아케호시 스바루

부활동/농구부
키/170cm 몸무게/55kg

이사라 마오

부활동/농구부
키/169cm 몸무게/54kg

유우키 마코토
부활동/테니스부
키/173cm 몸무게/58kg

히다카 호쿠토
부활동/연극부
키/172cm 몸무게/55kg

Ensemble ★ Stars

청 춘 의 광 상 곡

아키라 지음
Happy Elements 주식회사 일러스트

Ensemble ★ Stars

청춘의 광상곡

CONTENTS

Monologue

즐거운 게 좋아.

모두의 웃는 얼굴이, 정말 좋아.

꿈을 이룬다는 건——그 무엇보다 멋진 일이야.

그래서 즐거운 시간을, 모두에게 행복을 전하는 것을 꿈으로 삼은 아이돌들은—— 신이나 천사님이라 불리며, 신앙의 대상이 될 정도의 고귀한 존재라고 생각하고 있었다.

하지만 나는 알지 못했다.

내가 유메노사키 학원에서 만났던 아이돌들은, 결코 곱게 장식되어 모셔진 인형 같은 우상이 아니라……. 울기도 하고 웃기도 하고 화내기도 하며, 평범한 사람들처럼 청춘을 살아가는 남자애들이기도 하다는 것을.

그런 그들이 꿈을 이루기 위해, 얼마나 많은 눈물을 흘려야 했는지를——.

Introduction

아름다운 바다를 마주 보고 있는
언덕 위에 위치한 사립 유메노사키 학원.
남성 아이돌 육성을 전문으로 하여,
빛나는 별처럼 재능을 지닌 젊은 아이돌을 대대로
연예계에 진출시킨 역사를 갖고 있다.
당신은 이 유메노사키 학원으로 전학 온
특별한 상황에 있는 여학생이다.
당신은 젊은 남성 아이돌들이 청춘을 노래하는
학교에, 그들을 사랑으로 이끄는
『프로듀서』로서 초대된 것이다.
모두가 당신에게 흥미를 갖는다.
매일매일 새롭고, 행복 가득한 즐거운 일들이 일어난다.
당신은 다양한 개성을 지닌
아이돌들에게 휘둘리면서도…….
그들과 함께, 빛나는 꿈을 좇아 달려가게 된다.
소중한 인연도 맺게 될 것이다.
유메노사키 학원에서 만난 아이돌들과 함께 연주하는
청춘의 앙상블을, 부디 마음껏 즐겨주길 바란다.

✎ *Start* ˚‧

봄.

벚꽃도 이제 막 봉오리를 맺기 시작한, 아직 쌀쌀한 시기.

약간의 집안 사정 등으로 사립 유메노사키 학원―― 고등학생 아이돌들이 청춘을 노래하는 학교로 전학하게 된 나는 등교 첫날, 교실까지 도착하는 것만으로도 몹시 지쳐 있었다.

연예계의 보물, 황금알과도 같은 아이돌들이 재적하고 있기 때문인지, 보안이 엄중해 철저한 소지품 검사까지 받았다.

지갑 속이나 화장품 파우치를 뒤적거리는 정도라면 '어쩔 수 없다'고 생각할 수도 있었겠지만, 입 속 어금니까지 공들여 확인하는 단계까지 이르자 나는 이해했다. ――아름답게 꾸며져 있지만, 이곳은 분명 감옥이라고.

이왕이면 재미있는 상황에 서보고 싶다, 지금까지는 극히 평범하게 공기처럼 떠다니듯 하루하루를 보내고 있었으니까―― 나는 예전부터 자기주장이 약하고 목소리도 작아, 주위와 크게 관계를 맺지 않으며 다른 많은 사람들 중 한 명으로서 살아왔다.

이왕 전학한다면, 지금까지의 조용하고 재미없는 나 자신에서 벗어날 수 있는―― 주인공이나 히로인이 아니어도 좋다.

그러나 한 명의 조연으로서 참가할 수 있는, 재미있는 이야기 속으로 뛰어들어 보고 싶었다.

그런 사춘기다운 내 소망은, 전학 수속을 모두 끝내고 앞으로 내가 다닐 2학년 A반 교실로 향할 즈음에는 짙은 비구름처럼 흐린 기분에 덮여…… 그대로, 사라져버릴 것만 같았다.

이 학교에서도, 나는 어두운 곳으로 어두운 곳으로── 좁은 곳으로 좁은 곳으로, 무언가에 쫓겨 몰리듯 쓰레기장의 탁한 공기 같은 잿빛 청춘을 보낼 수밖에 없는 걸까.

그렇게 포기하며, 더는 아무런 기대도 하지 않고──.

2학년 A반 교실, 그 문을 연 순간이었다.

"얏호☆ 네가 바로 소문의 전학생이구나!"

온 세상에, 빛이 가득 채워졌다.

짙은 비구름에 덮여, 어둠 속에 혼자 서 있는 것만 같았던 나의 우려를, 후회를 모두 날려 버리는 듯한──.

굉장히 밝고 기운 넘치며 긍정적인, 태양 같은 미소였다.

나는 그 순간, 이해했고── 실감했다.

아아, 이게 바로 아이돌이다.

나는 숨 쉬는 것도 잊은 채, 멍하니 서 있고 말았다.

조심스레, 앞을 바라본다.

교실 문을 '부숴버릴 거야☆' 라 말하듯 엄청난 기세로 열고, 좋아하는 주인님을 기다리던 강아지처럼 뛰어나온 건── 사립 유메노사키 학원의 푸른 블레이저 교복을 입은, 눈꼬리가 조금 처진 느낌의 귀여운 얼굴을 지닌 남자애였다.

머리카락 끝이 자유분방하게 뻗친 헤어스타일. 2학년임을 나타내는 푸른 넥타이. 입을 크게 벌리고 있음에도 전혀 못생겨지지 않는 기적과도 같은 만면에 미소.

옛날 순정만화에 나오는 히로인처럼, 두 눈에는 별이 반짝반짝 빛나고 있다.

당황해 뒤로 넘어질 뻔한 나를, 아무래도 클래스메이트인 것 같은 그 남자애는 가볍게 안아 세웠다. ──보기보다 완력이 있는 것 같다, 남자애니까.

놀란 내 얼굴을 향해 쑥 다가와 프러포즈하듯 자기소개를 한다.

"난 아케호시 스바루! 빛나는 별이라 쓰고 『아케호시(明星)』, 스바루는 가타카나로 써! 기억하기 쉽지~ ♪"

일방적으로 자기소개한 후, 그는 나를 바르게 세워주고서 "괜찮아?"라며 무구한 눈동자로 바라본다. 가까워 가까워 가까워, 얼굴이 너무 가깝다고. 나는 지금까지 여학교에 다녔었기에, 이성과의 접촉에는 익숙하지 않다.

아케호시 스바루라 한 남자애는 한시도 가만히 있지 않고, 내 양손을 잡고는 상하좌우로 붕붕 흔들어 댔다.

"모처럼 같은 반이 됐으니 친하게 지내자! 우리 친구 하자! 잘 부탁해~☆"

　유메노사키 학원 아이돌과에는 현재, 남학생밖에 없다. 남자들 사이에 여자 혼자, 그런 사실만으로도 불안한데 다른 사람들은 죄다 아이돌이다. 잘 적응할 수 있을지 모르겠다. 적어도 익숙해 질 때 까지 시간은 걸리겠지──그런 걱정을 하고 있었는데.

　이런 대환영 분위기라면, 조금은 희망을 가질 수 있을지도 모르겠다.

　친하게 지낼 수 있었으면 좋겠다, 오늘부터 클래스메이트가 되는 거니까.

　그렇게 생각하고, 나도 최대한 친절하게 미소를 지어 보였다.

　그랬더니 스바루 군은 "응응!" 하고 기쁜 듯 끄덕이며, 어째서 일까, 갑자기 무릎을 꿇고 양손을 높게 들어 올렸다.

　"그런고로! 뜬금없지만, 돈 좀 빌려 주십시오⋯⋯!"

　"뜬금없는 것도 정도가 있지."

　기대를 담아 나를 올려다보는 스바루 군의 반짝반짝한 미소를 덮어버리듯, 차가운 태도의 남자애가 등장했다. 무릎을 꿇고 있는 스바루 군을 지긋지긋하다는 듯 바라보며, 미안하다는 듯 내게 인사했다.

　"초면에 갑자기 돈을 달라고 조르면 실례잖아. 전학생도 곤란 해 하고 있다고?"

　온화한 목소리지만, 날붙이로 찌르는 것 같은 단단한 울림이 있다.

예쁜 남자애였다.

스바루 군이 대자연에서 뛰노는 동물처럼 밝고 화려한 아름다움이라면, 이쪽은 일류 장인이 정성스레 빚어낸 그림이나 도자기 같은, 인공적이고도 차가운 아름다움이다.

윤기 있는 검은 머리카락. 길게 찢어진 두 눈동자, 얼음 조각상처럼 체온이 낮아 보이는 흰 피부.

"미안해, 전학생. 이 녀석 말은 무시해 줘, 아케호시는 바보라 그래."

스바루 군과는 뚜렷이 대조되는 얼어붙은 무표정으로, 그 남자애는 지친 한숨을 내쉬었다.

"하지만……. 이 학원에 바보는 많지만, 결코 '바보만 있는' 건 아니란 걸 이해해 주길 바란다."

"너무해 홋케~. 전학생에게 내 첫인상이 바보로 확정돼 버리잖아!"

"'홋케~'라고 부르지 마."

"에~? '히다카 호쿠토' 니까, 홋케~면 OK잖아☆"

떠들썩대며, 나를 방치하고 둘이 서로 입씨름하고 있다. 사이가 좋은 건지 나쁜 건지 잘 모르겠다── 서로 스스럼없는 느낌이니, 친구 사이인 걸까.

"이참에 소개할게, 이 녀석은 히다카 호쿠토! 홋케~라고 부르면 돼☆"

스바루 군이 가볍게 몸을 일으켜 히다카 호쿠토 군── 차가운 인상의 남자애와 억지로 어깨동무를 했다. 역시 반해 넋을 잃어버릴 정도의, 스스로 빛을 내뿜는 것 같은 미소와 함께.

"내 친구야! 슬프게도 돈을 빌려주지 않는 타입의 친구지……!"

"쓸데없는 정보를 부가하지 마."

한숨을 쉬더니, 호쿠토 군은 밀착해 오는 스바루 군을 '꾹꾹' 손바닥으로 밀어내려고 한다.

"미안해, 전학생. 부디 오해하지 말아줬으면 좋겠어. 아케호시는 바보인 데다 이상하게 돈에 집착하는 면이 있지만, 좋은 녀석이야. 그리고 눈치도 없고, 아무에게나 묘한 별명을 붙이는 습성도 있지만."

"도와주는 척하면서 완전 놀리는 거지? 홋케~!? 날 더 칭찬해 줘! 아니면, 돈이라도 빌려 주세요……!"

"돈은 안 빌려줘."

익숙하게 스바루 군의 말을 받아넘기며, 호쿠토 군은 맥 빠진 표정으로 물었다.

"너, 그렇게 가난한 것도 아니면서 왜 그렇게 돈을 찾는 거야?"

"돈이나 보석 같은 건, 반짝반짝해서 좋거든~☆"

"새라도 되냐 넌. 아아, 두뇌가 조류 수준이란 거군……?"

"자~자, 거기까지~♪"

갑자기 상쾌하고 도 부드러운—— 편안한 목소리가 들려왔다.

폭풍과도 같은 대화에 맞장구도 치지 못하고 그저 압도되어 있던 나는, 마치 구세주를 만난 기분으로 소리가 들린 쪽을 바라보았다.

그런 나에게 가볍게 윙크하며, 또 다른 남자애가 등장했다.

먼저 만났던 두 사람이 너무나 개성 넘치는――서로 극단적인 개성을 갖고 있어 알기 쉬웠다보니, 이 남자애에 대한 첫 인상은 '아, 드디어 평범한 아이가 나와 줬어' 였다.

안심감마저 느껴지는, 한눈에 보기엔 수수한 용모였다.

멋진 안경에, 호감을 주는 자연스러운 미소. 주머니에서 엿보이는 꽤 투박한 디자인의 스마트폰. 거기에 달려 있는 유명한 모 유원지의 인기 마스코트 캐릭터 스트랩. 좋은 환경에서 자란 도련님 같은, 손상 하나 없는 황갈색 머리칼.

그렇지만, 이 남자애도 아이돌이겠지――잘 보니, 상당히 잘생긴 얼굴이다. 오히려 그것을 숨기듯 멋쩍게 얼굴을 돌려버렸지만.

무심한 듯 스바루 군과 호쿠토 군 사이에 들어와 두 사람을 중재하듯 서서, 그 남자애는 "무서워하지 않아도 돼~"라며 작은 동물에게 인사하듯 나에게 손을 흔들어 주었다.

"너희 말이야, 전학생 쨩에게 이상한 꽁트나 보여주려고 말을 건 건 아니잖아? 부탁하고 싶은 일이 있었던 거 아니었어~?"

알 수 없는 화제를 던지면서, 안경 속 보석 같은 눈동자가 한순간 반짝였다.

"오오, 그랬었지! 맞아 웃키~! 역시 '토크의 달인' 이라 머리

회전도 빨라!"

스바루 군이 안경 쓴 남자애의 배를 팔꿈치로 '꾸욱꾸욱' 누른다.

"안경 때문이야? 안경을 쓰고 있으면 '토크력 +50' 같은 효과라도 있는 거야?"

"그래그래. 안경을 벗으면 아무것도 알 수가 없어져서——어? 내 이름……뭐였더라? 전학생 쨩, 혹시 알아?"

"전학생이 어떻게 알겠어, 웃키~! 오늘 처음 만난 건데!"

"모처럼 아케호시 군이 멘트를 던져줬으니, 받아 줘야겠다 싶어서♪"

"너의 그런 점이 정말 좋아 웃키~☆"

"나도 아케호시 군이 정말 좋아~♪"

"너희는, 사이가 너무 좋아서 오히려 기분 나빠."

스바루 군과 웃키~ 군(아무래도 별명이겠지)의 대화를 듣다 짜증이 났는지 호쿠토 군이 둘을 밀어내고는—— 또 한숨을 쉬었다.

미안하다는 듯 아까부터 한마디도 하지 못하고 있던 나를 본다.

"됐어. 너희에게 맡겼다간 한도 끝도 없을 테니, 내가 직접 설명할게."

"재미없이, 홋케~! 어서 올라타라고, 이 바보들의 빅 웨이브에……☆"

"맞아 맞아, 기회는 지금뿐이라고 히다카 군!"

"시끄러, 바보 콤비."

등 뒤에서 와자지껄 떠드는 둘을 돌아보지도 않고, 호쿠토 군은 잘라 버리듯 냉철히 말했다.

"음. 그럼 먼저 자기소개부터 할게."

그러고 보니, 아직 이름 외의 정보를 전혀 얻지 못했다.

"난 히다카 호쿠토라고 해. 이 2학년 A반의 반장을 맡고 있어."

과연, 확실히 반장이란 느낌은 든다.

내가 고개를 끄덕이고 있자, 호쿠토 군은 조금 당황한 듯 나를 바라본다.

"선생님께서 널 잘 챙겨주라 하셨어. 그러니 힘든 일이 있을 땐 나에게 상담해 줘. 반장으로서 할 수 있는 일이라면 최선을 다해 도울게."

거기까지 일정한 리듬으로 담담하게 말을 마치고, 가볍게 고개를 숙였다. 로봇 같은 아이야. ——나도 그에 맞춰 고개를 숙이자, 아까까지 호쿠토 군이 등 뒤에서 필사적으로 막고 있던 다른 두 사람이 '확' 앞으로 나왔다.

"그럼 나도 이어서 자기소개를 해 볼까……☆"

그 기세에 넘어질 뻔한, 하마터면 깔려 버릴 뻔한 내게 개의치 않고—— 기운 넘치게 눈을 반짝이며 다가온다.

"난 유우키 마코토, 잘 부탁해! 웃키~라고 불러 줘!"

드디어 이름을 알았다, 안경을 쓴 아이는 유우키 마코토 군이

라고 하는 모양이다. 덤으로 유메노사키 학원의 학생들은 적어도 학교 안에서는 예명이 아닌 본명으로 생활하고 있는 모양이다.

평범한, 이름. 평범한, 또래 남자애들이다.

그렇게 생각하니 조금 마음이 편해졌다.

무심코 미소 지으니, 마코토 군도 기쁜 듯 웃어 주었다. 왠지 부드럽고, 좋은 분위기—— 나, 2학년 A반 사람들과는 잘 지낼 수 있을지도 모르겠다.

그렇게 생각하고 있는 사이에도, 모두 각자 하고 싶은 이야기들을 꺼내느라 바쁘다.

"'유우키'의 우키에서 따서 '웃키~'야, 원숭이 같은 면도 있고!"

"앗, 지금 멘트 던진 거지! 잠깐 기다려 봐 내가 이어줄게!"

틈만 나면 끼어드는 스바루 군과 마코토 군에게, 호쿠토 군은 차갑게 "자기소개를 해, 유우키." 하고 쏘아붙였다. 이런 면들이 즐거워 보이는 이 3인조의 '일상'이겠지. 나도 그 안에 들어갈 수 있을까.

자신은 별로 없지만——.

열심히 해 보자, 라곤 생각했다. 왠지, 이 아이들이 조금씩 좋아져 가고 있었다. 즐겁고, 행복한 기분으로 만들어 준다.

역시, 아이돌이다. 사람을 밝게 만드는, 긍정적인 추진력이 있다.

"알았어 알았어~ 음음, 난 '방송 위원회'에 소속되어 있어. 이런저런 정보가 모이니까. 궁금한 게 있을 땐 나한테 물어봐!"

버릇인 건지 마코토 군이 윙크하며 장난기 있는 포즈를 취한다.

모두 나에게 맡기라는 듯, 호기롭게 가슴을 두드린다.

"시험 잘 보는 요령부터, 선생님들 뒷소문까지 뭐든 알려 줄수 있어 ♪"

아이돌 학교인 유메노사키 학원에도 일반 학교처럼 부활동이나 위원회가 존재한다. 기본적으로 아이돌 활동이 최우선인 것같고, 연예계 활동에 도움이 될 법한 것이나 가벼운 활동들 정도—— 같은 설명이 학교 안내책자에 실려 있었다.

부활동은 필수적으로 참가해야 하는 모양인지라 나도 어디에들어갈지 골라야 하지만 우선은 학교에 적응해야 하니까 서두르지 않아도 된다고 담임인 사가미 선생님께서 말씀해 주셨다.

"나도 자기소개 할래~☆ 아까도 했지만 얼마든지 또 할 거야!"

생각에 잠겨있는 내 바로 눈앞에서 스바루 군이 만면에 미소를 띤다.

"난 아케호시 스바루! 홋케~가 '반장' 이고 웃키~가 '방송위원' 이면 난 '돈 애호가——.'"

"그런 건 말하지 마, 아케호시. 복잡해지잖아."

그런 스바루 군의 얼굴을 잡아 억지로 떼어놓으면서, 호쿠토군이 정보를 정리하기 위해 메모장에 샤프를 굴리고 있는 나를이상한 생물이라도 본 듯 바라보았다.

메모를 하는 건 내 버릇이다. 말하는 게 서툴러 적어도 다른 사람이 한 말을 잘 파악해 두기 위해서. 잘 듣고 있다고, 나에게 닿고 있다 주장하기 위해서.

잘 받아서 메모해서 머릿속으로 정리해도. 재치 있는 대답을 하기 전에—— 대화는 점점 진행되어서, 늘 결국 아무 말도 하지 못하고 끝나버리지만.

그래서 오늘, 처음 만난 그들이 굉장히 수다쟁이라는 점에는 오히려 감사하고 있다. 내가 우물쭈물하며 아무 말도 하지 못하더라도 모두가 대화를 이어가 주니까.

가슴 한편에 따스함을 느끼고 있는 나를 보고, 호쿠토 군은 고개를 갸웃거리면서도 웃어 주었다.

"뭐, 우리는 평소 이렇게 셋이서 다니는 경우가 많아. 이 바보들의 동료로 취급받는 건 유감스럽지만, 그만한 사정이 있어서 말이야."

말하는 것치곤 이 분위기를 싫어하지는 않는 듯, 호쿠토 군의 말투는 상냥하다.

"정확히 말하자면, 한 명 더—— 같이 다니고 있는 녀석이 있지만. 그 녀석 소개는 나중에 해도 되겠지. 다른 반이기도 하고, 다음 기회에 해도 괜찮을 거야."

"어이어이, 사리~만 빼놓는 건 불쌍하잖아! 우리 친구잖아! 잠깐만 기다려 봐. 금방 데려올게☆"

"그만둬. 부탁이니까. 일을 더 복잡하게 만들지 말아 줘."

순식간에 어딘가로 달려가려고 했던 스바루 군을 호쿠토 군이 익숙한 손놀림으로 목덜미를 잡아 멈춰 세웠다. 멋대로 달려가는 강아지 때문에 곤란해 하는, 산책 중인 주인 같다.

그런데 사리~는 누굴까? 스바루 군은 다른 사람에게 이상한 별명을 붙이는 경향이 있는 모양이니 '사리~'가 본명은 아니겠지만.

이 세 사람처럼 개성적인 아이가, 한 명 더 있는 걸까—— 아니지, 이곳 유메노사키 학원에서는 이것이 당연한 걸지도 모른다.

평범한 아이는 없겠지. 모두 아이돌이니까.

"뭐, 됐어."

호쿠토 군은 내 동요는 느끼지 못하고, 마지막까지 일정한 말투로 말을 이어갔다.

"슬슬 HR시간이군. 다음 이야기는 점심시간에 하고 싶어. 예정을 비워 줘 전학생. 등교 첫날부터 이리저리 끌고 다녀서 미안하지만."

정면에서.

기가 죽을 정도로 진지하게—— 나를, 바라보았다.

"우린 네게 부탁하고 싶은 일이 있어. 그건, 너만 할 수 있는 일이야. 네가 우리를 도와줘야 할 의리는 없겠지만, 부디 우리를 위해 시간을 내 줬으면 해."

호쿠토 군만이 아니었다, 스바루 군과 마코토 군도 진지한 눈으로 나를 바라보고 있다. 아까까지만 해도 바보스러운 웃음과 화제로 떠들썩했었기에, 그 순간의 기묘한 정적과—— 마치 목숨이라도 건 듯한 그들의 필사적인 태도는 강한 인상을 남겼다.

"잘 부탁할게, 전학생."

호쿠토 군의 말과 동시에, 아침 예비종 소리가 울려 퍼졌다.

유메노사키 학원에서의 내 생활은, 이제 막 시작됐을 뿐이다.

✦✦✦✦✦

어딘가 허무적인 종소리가, 울려 퍼지고 있다.

"그런고로 점심시간이야 전학생☆"

"뭐가 '그런고로'인지는 모르겠지만, 어쨌든 아케호시 군 말대로 점심시간이야 전학생 쨩!"

지쳐있던 나에게 스바루 군과 마코토 군이 강아지처럼 달려왔다.

조금 스타트가 늦었던 호쿠토 군이 내 옆자리에서 성대하게 한숨을 쉬었다.

나는 교과서나 노트, 필통을 정리하던 손을 멈추고 어째서인지 내 주변을 빙글빙글 돌고 있는 두 사람을 당황한 눈빛으로 바라보았다.

나는 척추가 뽑혀나간 것처럼 흐늘흐늘 몸을 일으켰다.

전학생이니까~ 여자애니까~와 같은 소소한 배려는 이 유메노사키 학원에서도, 수업 중에도, 다른 학생들에게도 없어서…….. 지금까지 일반 여학교에 다녔던 내겐 익숙하지 않은 댄스며, 가창이며, 이론에서도 아이돌의 역사니 경영학(그런 수업이 있었다)이니 눈코 뜰 새 없이 바빠, 지칠 대로 지쳐 있다.

먼저, 어떤 수업인지 이해하는 데 시간이 걸리는 건 물론이거니와(무슨 의미가 있는지 알 수 없는 수업들도 많았다), 본 적도 들어본 적도 없는 내용투성이였다. 따라가는 건 둘째 치고, 선생님이 말씀하시는 내용도 모두 이세계 언어처럼 느껴졌다.

덤으로 야생과도 같은 연예계에서 경쟁하는 아이돌들을 육성하기 위한 학교이기에—— 의무교육도 아니기 때문에, 따라오지 못하는 낙오자는 인정사정없이 떨어트린다. 그런 분위기였다, 친절하게 대해주는 사람은 아무도 없었다.

모두 진지하게, 꿈을 좇기 위해 노력하고 있는 것이다.

마음을 다시 잡자. 그렇게 생각하고, 나는 화장실로 가기 위해 일어섰다. 얼굴을 씻고 오자. ——어떻게든 적응하지 않으면, 전학 첫날조차 잘 마무리할 수 없을 것 같았다.

"잠깐, 아무 데도 못 가! 얌전히 우리들의 이야기를 듣도록 해, 전학생!"

비틀거리며 교실 문으로 향하는 내 앞을 스바루 군이 가로막았다.

문을 막고 서서는 득의양양하게 웃고 있다.

"이건, 강제 이벤트니까! 후하하, 분해? 분하지!"

"별로 그렇진 않을 거야, 아케호시 군!"

그런 스바루 군을 열심히 따라오던 마코토 군이 복잡한 표정을 짓는다.

"……앗, 이건 상황극인가! 알았어, 아케호시 군! '크크크! 얌전히 우리 이야기를 듣지 않겠다면, 내 안경을——'"

"그만해 바보 콤비, 전학생이 곤란해 하고 있잖아."

보고만 있을 수 없었던 거겠지, 빈틈없이 교과서 등의 정리를 마친 호쿠토 군이 일어서서 두 사람을 질책한다. 기계처럼 묘하게 정확한 발걸음으로 다가오더니, 마코토 군과 스바루 군을 난폭하게 떼어내려고 했다.

"아앙, 안 돼 히다카 군! 히다카 군도 같이하자. 우리가 '바보 콤비'에서 '바보 트리오'로 새롭게 태어날 기회란 말이야……!"

"그런 기회 필요 없어."

버둥거리며 안달하는 마코토 군을 재주 좋게 옆으로 옮겨두더니, 호쿠토 군은 어쩔 줄 몰라 서 있는 나에게 미안하다는 눈빛을 보냈다.

"됐고, 너희는 딱 30초만이라도 좀 조용히 해 줘── 부탁이야. 자, 아케호시. 10엔 줄게."

그리고 익숙한 몸짓으로, 주머니에서 꺼낸 10엔 동전을 스바루 군에게 쥐여 주는 것이었다.

그 순간 스바루 군은 10엔 동전을 양손에 쥔 채로 점프하더니 이윽고 무릎을 꿇고 조아렸다.

"홋케~……아니, 호쿠토 님! 저는 호쿠토 님의 충실한 개입니다! 30초간 절대로, 쓸데없는 말은 하지 않겠다고 선언합니다☆"

"단돈 10엔에 매수되다니, 너무 가벼워, 아케호시 군! 아케호시 군의 바보짓이 없다면, 난 날개 잃은 새나 다름없는데……!"

그런 스바루 군을 마코토 군이 '불안에 떨며' 바라보고 있다.

순식간에 둘을 진정시킨 후, 호쿠토 군은 만족스럽다는 듯 미소 지었다.

"좋아 좋아. 너희들 그대로 조용히 있어."

스바루 군도 마코토 군도 "…………." "…………." 하며 무언이 되어버렸다. 왜인지 표정까지 지우고 있어서, 아까 떠들썩하게 감정을 분출하고 있었던 만큼 낙차가 심하다.

호쿠토 군도 "너희가 아무 말도 하지 않으니, 그건 그거대로 무서운데"라며 얼굴을 굳히면서도, 똑바로 나를 바라봐 주었다.

"아무튼 시끄럽게 해서 미안해, 전학생."

아아, 호쿠토 군은 그나마 말이 통할 것 같아……. 아니 화장실에 가고 싶었던 것뿐인데, 출입구를 그가 막고 있으니 지나갈수 없어 곤란한 건 같지만.

"급한 용건이 있다면 어쩔 수 없지만. 혹시 없다면, 점심시간은 우리들을 위해 써 줬으면 해. 부디, 잘 부탁할게."

힐끔힐끔 복도를 보던 나를 보고, 호쿠토 군은 '?' 하며 고개를 갸웃거리더니.

"자, 별사탕 줄게."

어딘가에서 컬러풀한 과자를 꺼내 들더니, 아까 스바루 군에게 10엔 동전을 쥐여준 것과 같은 움직임으로 나에게 쥐여주었다. 비인간적으로 차가운 호쿠토 군의 손끝.

이성과의 접촉에 익숙하지 않아, 허둥지둥하는 내 바로 옆에서——.

어째서인지, 스바루 군과 마코토 군이 말없이 몸부림치고 있다.

(……!? 끼어들고 싶어! 별사탕 이야기가 히다카 군의 주요 소재라는 걸, 전학생 쨩에게 설명해주고 싶어~!)

(안돼, 웃키~! 지금 말하면, 10엔은 못 받게 된다고!?)

(하지만 아케호시 군! 기본적으로 태클 담당인 히다카 군을 놀릴 수 있는 모처럼의 기회인데~!)

(마음은 잘 알아, 웃키~! 그래도 지금은 참아야 해, 내 10엔을 위해! 즉 내 영혼을 위해서……!)

그런 두 사람을 신기하다는 듯 바라보면서, 호쿠토 군의 머릿속에선 과연 어떤 결론이 나왔을까.

그는 굉장히 진지하게 변하지 않는 평탄한 어조로 투덜거렸다.

"너희는, 왜 그러고 있는 거지? 화장실이 급한가? 그럴 땐 참지 않는 게 좋아. 건강에 좋지 않다고 할머니가 그렇게 말씀하셨어."

(할머니~!? 젠장 난 히다카 군의 '별사탕'과 '할머니'의 관련성을 알고 있는데! 그런데도 말할 수 없다니, 지금이 멘트를 날릴 절호의 기회인데~!)

(진정해 웃키~! 30초만 참으면 돼, 화이팅!)

작은 목소리로 소곤대는 두 사람을 보며 호쿠토 군은 "대체 뭐지……?"하고 고개를 갸웃거리면서도 화장실이 급할 땐 참지 않는 게 좋다 = 화장실에 가도 된다는 거겠지—— 하고 복도로 나가려던 내 팔을 갑자기 붙잡았다.

"뭐, 어쨌든 점심시간은 그렇게 길지 않아. 학교 안내는 방과 후에라도, 천천히 해 주고 싶은 게 솔직한 마음이야."

내 팔을 잡은 채 호쿠토 군은 멋대로 이야기를 이어간다.

"전학생에게도 자기 일정이 있겠지. 방과 후까지 시간을 뺏는 건 마음이 아파. 시간은 돈이라고 할머니께서도 말씀하셨어."

"돈!? 지금 돈 얘기야?"

"아케호시 말을 해버렸으니 10엔은 없던 걸로."

"앗, 기다려! 지금 건 아냐! 무효, 무효!"

눈을 반짝이며 얼굴을 든 스바루 군에게 못을 박고 호쿠토 군은 내 얼굴 가까이 다가왔다.

"방과 후에도 시간이 된다면 좋겠지만…… 우선 점심시간은 식당이라도 안내할게. 할머니께서도 배가 고프면 싸울 수 없다고 말씀하셨어."

조금 알고 있었지만 이야기를 들어달라고 재촉하는 것뿐 내 이야기를 들을 생각은 그다지 없는 모양이다.

"혹시 전학생은 도시락을 선호하는 건가? 식당은 외부 음식 반입이 자유이니 거기서 같이 먹으면 되겠지만."

고개를 끄덕이며 호쿠토 군은 드디어 내 의견을 들어준다.

"그런고로, 식당으로 가자. 다른 의견은 없지?"

그런 식의 질문은 문제가 있다고 생각하는데—— 압박하지 말아줬으면 좋겠다. 이런 분위기에서는 의견이 있더라도 말하기 힘들다.

내가 '아우아우' 하고 입을 여닫으며 아무 말도 하지 못하는 사이에, 내 의견을 듣기 위해 호쿠토 군이 준비해 준 시간은 끝나버린 모양이다. 그는 '다른 의견은 없는 모양이군.' 이란 표정을 짓고, 그대로 나를 복도로 끌고 가려고 한다.

"식당은 이쪽이야, 안내할게. …… 너희도 이제 말해도 돼, 그리고 숨까지 참으라곤 하지 않았어."

호쿠토 군이 이제야 기억났다는 듯, 둘에게 말을 던졌다.

"푸하아!? 숨은 쉬어도 되는 거였으면 빨리 말하라고! 질식할 뻔했잖아, 이 살인자! 홋케~는 냉혈한! 냉동칸~!"

"왜 마지막에 몽골 왕 이름처럼 말한 거야? 오늘도 발상을 종잡을 수 없는 걸 아케호시 군! 역시 존경해……☆"

"존경보다, 차라리 돈을 줘……!"

서로 재촉하며 비교적 쓸데없어 보이는 대화를 나누고 있는 스바루 군과 마코토 군에게, 호쿠토 군이 "너희, 버리고 간다~?"하며 대충 말을 걸고 있었다.

"그럼."

기계처럼 일정한 발걸음으로 걸으며 호쿠토 군이 이야기한다.

"걸으면서라 미안하지만. 사립 유메노사키 학원에 대해, 간략하게 설명할게."

덤으로 손을 놓으면 내가 도망갈 거라 생각하고 있는지, 호쿠토 군은 교실에서부터 쭉 내 팔을 잡고 있었다.

나는 보폭이 큰 호쿠토 군에게 필사적으로 맞춰 걸으면서도, 신기한 풍경에 주변을 두리번거리게 된다. 등교 첫날이니 모든 것이 신선하다.

유메노사키 학원의 건물은 어느 나라의 왕후 귀족이 사는 저택이 아닐까 싶을 정도로 광대해, 화려하면서도 과다한 장식에, 청소도 잘 되어 있어 먼지 하나 없다. 모든 게 반짝반짝 빛나고 있다. ──역시, 아이돌들의 학교다.

지금까지 내가 다니던 여학교도 규모는 비슷했지만 이렇게 화려하지는 않았으니까……. 나는 왠지, 무도회에 잘못 들어온 서민과도 같은 기분이다. 발자국을 남기거나 무언가를 부수기라도 하면 엄청나게 혼날 것 같다.

복도를 지나가는 다른 학생들도, 모두 아이돌인 걸까. ──잘생긴 데다, 어딘가 반짝여 보인다. 정말로, 눈이 부셔서 어지러울 정도도. 보석상자 속에 빠진 길가의 돌멩이 같은 상황인 내 눈에서 보면.

너무 주위를 두리번거리지 말도록 하자, 나는 그렇게 생각하며 호쿠토 군의 뒷모습을 바라보았다. 그 시선을 느꼈는지 호쿠토 군은 고개만 돌려 나를 보고는 걷는 속도를 늦춰주었다.

"전학생은 아직 이 학원에 대해 잘 모른다고 들었거든."

꾸물거리는 내게 화 한 번 내지 않고, 호쿠토 군은 변하지 않는 어조로 말한다.

"그래~?"

맞장구를 친 건 왜인지 산책 중인 개처럼 다소 앞을 걸어가던 스바루 군이었다. 그는 뿅뿅 점프하듯 걸으며 때때로 과장된 몸짓으로 뒤돌아본다.

일일이 움직임이 화려한 스바루 군에게 싫증이 난 듯 호쿠토 군이 눈살을 찌푸렸다.

"음. 무슨 사정이 있어서 급하게 전학 오게 된 모양이야. 제대로 설명도 듣지 못하고 '툭' 여기 떨어져 버린 느낌이겠지."

그 말에 나는 마음속으로 동의했다. 맞아 맞아, 그래⋯⋯. 나는 아무것도 모른다. 이세계에 떨어진 기분이다, 그래서 이렇게 불안한 거지만.

호쿠토 군이 걱정스러운 표정으로 보고 있기에 나는 애써 미소 지었다.

괜찮아. 얼른 적응할 테니까, 모두에게 부담을 주진 않을 테니까.

방해만은 하지 않을 테니까.

"그 처지에는 동정해. 또한 난 반장으로서 전학생을 돌볼 의무가 있어. 모르는 게 있다면 언제든지 내게 기대도록 해."

"나한테도 기대 줘 기대 줘☆"

"나한테도! 정보 수집은 내 전매특허야. '몰랐으면 더 좋았을걸' 하고 후회할 만한 정보를 잔뜩 알려줄게~ ♪"

각자 나름대로 기운이 날 수 있는 말을 해 주었다. 왠지 고마워서 나는 미소를 지으며 얼굴을 들었다.

호쿠토 군도 안심한 것인지 얼버무리듯 화제를 돌렸다.

"우선 먼저 말해둘까. 이 두 녀석은 바보니 되도록 가까이 하지 않는 게 좋아."

"어이어이! 갑자기 무슨 소릴 하는 거야 홋케~, 전학생을 독점하려는 거지! 치사해. 나도 전학생으로 놀고 싶어!"

"전학생 '으로' 라는 표현이 신경 쓰인다만. 전학생은 정말 아무것도 모르는 모양이니 쓸데없는 소릴 해서 혼란을 주지 말도록."

무턱대고 안겨드는 스바루 군을 성가셔하면서도 호쿠토 군은 마음을 바꾸었는지—— 다시 무표정으로 돌아왔다.

"사족이 길었네. 설명을 계속할게."

나도 간단한 개요 정도는 알고 있지만 처음부터 친절하게 재확인시켜 준다.

"유메노사키 학원은 이른바 '아이돌' 을 양성하기 위한 교육기관이야."

대전제부터, 자세하게.

"실제 프로로 데뷔한 연예인이나 데뷔를 목표로 하는 연습생들이 재적하고 있어."

가만히 있기엔 심심한 모양인지 스바루 군과 마코토 군도 설명을 덧붙여준다.

"전문학교, 비슷한 거라고 해야겠지. 모두가 아이돌의 꿈을 이루기 위해 노력하고 있다는 느낌~?"

"그건 아이돌과 이야기지. 일반과나 다른 학과엔 물론 일반인 도 있지만."

덤으로 다른 과들과는 꽤 엄밀하게 교정이 구분 지어져 있다. 건물 간 이동도 제한되어 있어, 정말로 감옥 같다.

아이돌과는, 아이돌과만으로도 이미 큰 조직을 형성하고 있 는 것이다. 다른 학과와의 교류가 어느 정도 있는지는 나는 잘 모르지만—— 이렇게 얘기하는 걸 보면 서로 간섭하는 일은 거 의 없는 것 같다.

"그리고, '현역이 아닌' 사람도 있지."

수업 시간처럼, 주어지는 지식과 직접 조사한 사실을 정리하 고 있는 내 모습을 확인하면서 호쿠토 군이 타이밍 맞춰 설명해 준다.

"데뷔는 했지만 현재 아이돌 활동을 하고 있지 않은 사람도 있 어. 유우키도 그랬었지?"

"아~, 미안. 그거 내 아킬레스건이니까 건들지 말아 줬으면 좋겠는걸~?"

계속 온화하게 웃고 있던 마코토 군이 그때만은 완전히 무표 정이 되어 있었다. 마치 인형처럼. 아무것도 비추지 않는 유리 구슬 같은 두 눈동자——.

나는 한기를 느껴, 몸을 움츠렸다.

기묘한 느낌만을 남기고, 마코토 군은 다시 원래의 편안해 보 이는 미소로 돌아와 있었지만. 대체 무엇이었을까—— 나는 물

끄러미 마코토 군을 바라보고 말았다.

표면상으로는 밝게 행동하고 있지만 모두 마음속에 무언가를 안고 있는 거겠지.

호쿠토 군은 조금 멋쩍은 표정으로 "음, 미안해. 어쨌든…….". 하고 조금 억지스럽게 화제를 돌렸다.

"현역 아이돌, 은퇴 또는 활동정지 중이면서도 연예계 활동 경험이 있는 자—— 그리고 언젠가 연예계로 진출하고 싶어 하는 사람들이 아이돌과 학생으로 들어와 있어."

그러고 보니 담임인 사가미 선생님도 유메노사키 학원 졸업생인 듯했다. 나는 그쪽 방면은 지식이 없어서 잘 모르지만 담임 선생님의 이름을 듣고 어머니가 굉장히 흥분했던 걸 기억하고 있다—— 한 시대를 풍미했던 전설의 아이돌이었던 모양이다.

"말하자면 유메노사키 학원 아이돌과는 거대한 아이돌 기획사 같다. ——고 본다면 그렇게 실제와 별 차이는 없을 거야."

딱딱한, 아니 예스럽기도 한 말투로 호쿠토 군은 이야기를 이어간다.

"이 학원에는 아이돌로서 실력을 향상시키거나, 인맥을 형성하거나 연예계 일을 소개받거나——."

조용히 듣고 있는 나를 보고 기분이 좋아졌는지 호쿠토 군은 계속 이야기를 진행시킨다.

"즉, 아이돌로서의 자신을 갈고닦기 위한 시스템이, 환경이, 모두 마련되어 있는 곳이야."

정말 일그러짐이나 광기를 느낄 정도로 철저하게 마련되어 있다.

"우리 아이돌과 학생들은 '아이돌의, 아이돌에 의한, 아이돌을 위한 학교'에서―― 매일, 더 훌륭한 아이돌이 되기 위해 노력하고 있어."

"아하하. 모두가 다들 히다카 군처럼 열심히 하고 있는 건 아니지만 말이야."

조금 분위기를 되찾은 마코토 군이 포근한 미소로 맞장구 쳤다.

"적당히 부활동 같은 거나 하면서, 느긋~하게 청춘을 즐기고 있는 사람도 있는걸?"

"그건 그렇지만. 원칙적으로―― 유메노사키 학원의 설립 목적은 '더 훌륭한 아이돌이 되기 위한 학교'란 건 틀림없잖아."

호쿠토 군도 안심했는지 마코토 군을 보며 미소 짓고 있었다.

"학원 내 여러 시설이나 수업 등도 더 훌륭한 아이돌을 육성하기 위한 것들이니까."

그 사실은 정말 필요 이상으로 알게 되었지만.

"전학생은 일반 고등학교에서 왔다고 했지? 그렇다면 뭐든지 '아이돌에 맞춰진' 유메노사키 학원에 적응하기 힘든 부분도 많을 거야."

이미 알고 있는 사실이지만 호쿠토 군은 강하게 언급해주었다.

"하지만 안심해도 돼. 내가 확실히 서포트할 테니까."

그건―― 정말로 고마운 일이다.

연애 등은 할 시간이 없을 것 같지만.

적어도 이 유메노사키 학원이 나에게 행복하고 소중한 장소가 되었으면 좋겠다.

"흠흠, 홋케~가 하는 이야기는 배울 게 많다니까~♪"

"아케호시, 왜 너도 '처음 듣는 것'처럼 굴고 있는 거야…….
넌 좀 더, 돈벌이 이외의 일에도 흥미를 가져야 해."

고개를 끄덕이고 있는 스바루 군을 가볍게 찌르고 있는 호쿠
토 군.

그런 화목한 모습을 바라보며 나도 언제부터인가 진심으로 웃
고 있었다.

✦❖✦ ✦ ❖✦

복도를 걸으며.

"곧, 식당에 도착할 거야."

가이드처럼 종종 '이곳은~.' '저 학생은~.' 하고 눈에 들어
오는 걸 설명해주고 있던 호쿠토 군이 시간을 알리는 것 같은 말
투로 말했다.

"자세한 안내는 방과 후에 하기로 하고……. 먼저 교실과 식
당 그리고 양호실 등을 파악해두면 불편함은 없겠지."

그러고 보니 목적지는 식당이었다. 아침부터 정신없이 여러
일이 있었던 탓인지 잊고 있던 공복감이 배꼽시계가 되어 작게
울렸다.

놀라 얼굴을 붉히고 말았지만 호쿠토 군은 '?' 하고 고개를
갸웃거리며 이야기를 이어간다.

"교무실 위치는 알고 있지? 전학생으로서 인사하러 들른 적은 있을 거야."

고개를 끄덕이자, 호쿠토 군은 작고 무력한 생물이라도 보는 것처럼 부드럽게 미소 지었다.

"특별히 가고 싶은 곳이 있을 땐, 교무실에서 선생님께 여쭤보거나 전화로 날 부르면 돼. 다른 일이 없을 땐 5분 내로 달려갈게."

어딘가 어긋나 있지만 정말로 좋은 아이구나. ──믿음직하다.

기쁨에 미소 짓고 있는 나에게 호쿠토 군은 스마트폰을 꺼내 내밀었다.

"적응하는 동안은 반장으로서 내가 될 수 있는 한 도울게. 편하게 불러줘도 좋아, 번호를 알려줄 테니 갖고 있어."

그 말을 듣고 그제야 나는 교실에 이것저것 놓고 온 것이 있음을 깨달았다. 반강제로 끌려 나와 여기까지 왔으니까. 어떻게 해야 하나 곤란해 하는 날 보고 호쿠토 군은 메모장을 내밀어주었다.

'여기에 메모해.' 라는 의미겠지. 고맙게 받았다. 호쿠토 군의 번호와 메일 주소 등을 역시 그에게 빌린 볼펜으로 적어나간다.

즐거운 듯 스바루 군이 내가 메모를 적는 걸 들여다본다.

"앗, 내 번호랑 메일 주소도 알려줄게! 음~, Scrooge 골뱅이…… ♪"

정말, 강아지 같은 아이야……. 허둥대며 스바루 군이 입에 담은 주소 등도 적어 내려간다.

조금 스타트가 늦었던 마코토 군이 부러운 듯 그런 우리를 바라보고 있다.

"아케호시 군 메일 주소, 자주 바뀌던데 매번 약간 스팸 광고 같단 말이야. '나와 함께 부자가 되자☆' 같은 그런 거."

"아하하~ 기억하기 쉬워서 좋지 않아?"

스바루 군은 쾌활하게 웃고는 마코토 군의 등을 밀어 내 앞에 서게 한다.

마코토 군의 연락처도 메모해 둬, 라는 마음 씀씀이인지──단순한 스킨십인지는 의문이다. 알 수 없는 남자애들이다.

아직 처음 만나고 시간이 그렇게 지나지도 않았는데 금세 분위기가 풀어지기는 했다. 나는 아직 겸손한 태도가 풀리지 않지만── 이 아이들은 주저하지 않고 쑥쑥 다가온다.

망설임은 있지만 불쾌하지는 않기에 마코토 군이 쑥스러운 듯 가르쳐 준 번호도 적었다.

전학 첫날부터 아이돌, 게다가 남자애의 연락처를 이렇게 많이 알게 되었다.

"전학생, 혹시나 하는 김에 말해 둘게. 우선 전화번호 등은 아이돌과가 아닌 사람에게는 비밀로 해 주면 고맙겠어."

무의미하게 두근대고 있던 나에게 호쿠토 군이 겁주듯 말했다.

"이래 봬도 다들 아이돌이니까. 개인정보가 유출되면 트러블의 불씨가 돼."

그건 그럴 것이다. 전혀 그런 생각은 하지 못했다.

모두 아이돌인 것이다. 연락처를 적은 단순한 메모 한 장이 엄청난 병기로 바뀔지도 모른다는 기분이 들어 나는 조금 무서웠다.

이 짧은 문자열과 숫자열을 손에 넣기 위해, 수단방법을 가리지 않는 사람들이 있을지도 모른다. ——내가 이런 대단한 걸 무언가의 '덤'처럼 손에 넣어도 되는 걸까?

동요하고 있는 사이에도 세 사람은 신나게 대화를 나누고 있다.

"아케호시, 너도 인터넷에서 다른 사람들 연락처 팔거나 그러지 마."

"아니, 아무리 나라도 친구의 개인정보를 팔지는 않는다고."

스바루 군이 흥미 없다는 듯 손을 '팔랑팔랑' 흔들었다.

"게다가 인터넷 거래는 말이야~. 전부 계좌입금이라고~? 난 현금의 반짝임을 좋아하니까. 그쪽엔 매력을 느끼지 못하는 걸☆"

"뭐 '그런 면에서' 곤란한 일이 있다면 나한테 상담해. 인터넷 관련은 전문분야야~♪"

마코토 군이 윙크하며 그런 조언을 주었다.

"흠. 쓸데없는 이야기를 하는 사이에 식당이 꽤 가까워졌군."

긴 복도 끝, 햇빛이 밝게 드는 구역에 도달했다.

신발장 같은 것이 쭉 있다. 내가 오늘 아침, 등교했을 때 지나온 곳과는 다른 장소다——여러 곳에 출입구가 있는 걸까.

어째서인지, 굉장히 오래 신었던 것 같은 신발들이 대량으로

널브러져 있다.

"지금 우리가 걷고 있는 이동복도의 중간 부분은 밖과 이어져 있어. 식당은 바로 근처야. 신발장까지 가면 멀리 돌아가게 되니까 학생들은 대부분 이 지름길을 이용해."

임시로 사용하는 또 하나의 입구 같은 곳인 것 같다. 유메노사키 학원은 엄청나게 넓은 데다 복잡괴기한 구조로 되어 있어 익숙해 질 때까지 시간이 걸릴 것 같았다.

이동복도 중간 부분——바깥과 이어져 있는 문을 힘차게 열고 스바루 군이 뛰어나갔다. 흔들리는 교복 옷자락과 태양과도 같은 오렌지색 머리칼.

"와아~! 오늘 날씨도 좋네~, 온 세상이 반짝반짝 빛나고 있어☆"

"아케호시 갑자기 뛰어나가지 마. 개도 아니고. 적어도 신발은 갈아 신고 나가."

호쿠토 군이 근처에 떨어져있던 실외화를 들어 분주하게 뛰어다니는 스바루 군을 향해 던졌다. 그걸 야무지게 받고선 스바루 군은 신발을 바꿔 신었다.

정말 날씨도 좋고——바깥에는 반짝임이 가득했다. 그와 대비되어 유메노사키 학원 안이 음울한 어둠으로 보이고 말았다. 눈이 부셔 눈을 감는 내 어깨를 호쿠토 군이 살짝 두드린다.

"자, 전학생도. 실내화는 여기서 벗어."

자신도 실내화를 벗으면서 호쿠토 군이 학교에 흔히 있는 독자적 규칙을 가르쳐 준다.

"이 주변에 있는 신발들은 누구든지 자유롭게 사용할 수 있어. 사이즈가 맞는 걸 골라서 신으면 돼."

유메노사키 학원의 교사는 너무나도 넓다. 일일이 신발장까지 가는 걸 귀찮아하던 학생들이 고심한 결과일 것이다. 하지만 아이돌과에는 남자애들밖에 없다보니 신발도 남자용뿐이다. 사이즈가 맞는 게 있을까.

뭐, 아무거나 신어도 상관은 없지만. 다른 사람이 신었던 신발을 만지는 게 싫다고 할 정도로 결벽증은 아니다. 이런 대범한 광경은 남학교답다는 느낌이 들었다.

여기저기 흩어진 신발을 물색하던 나를 호쿠토 군이 흥미롭다는 듯 내려다보고 있다.

"음. 전학생은 아직 실내화에 이름을 쓰지 않았군. 다른 것들과 '섞여' 버릴지도 모르겠어."

"아~ 이제 막 전학 와서 소지품에 이름 쓰는 거 잊은 거지?"

기다려도 아무도 오지 않아 심심했던 모양인지 스바루 군이 밖에서 문손잡이를 쥐고 즐거운 듯 이쪽을 바라보고 있다.

햇빛을 반사해 스바루 군의 눈은 거짓말처럼 빛나고 있다.

"좋겠다, 반짝반짝 새 물건☆ 나랑 교환할래?"

"전학생. 매직펜이 있으니 이걸로 실내화에 이름을 적도록 해."

실외화를 신은 채로 들어오려는 스바루 군을 손바닥으로 밀어내며 호쿠토 군이 어느새 매직펜을 꺼내 들고 있었다. 마술처럼. 메모장에 별사탕에 10엔 동전에, 그의 주머니에는 여러 물건이 들어있는 모양이다.

마코토 군이 감탄한 듯, 자신도 신발을 갈아 신으며 중얼거렸다.

"히다카 군은 정말 준비성이 좋다고 해야 하나, 조금 도라에몽 같지 않아······?"

"마치 '엄마' 같아~☆"

마코토 군을 껴안아 방해하면서 이상한 소릴 하는 스바루 군에게 호쿠토 군이 불쾌하다는 표정을 짓는다.

"누가 엄마라는 거야. 어떤 일이 있더라도 대처할 수 있도록 준비하는 게 반장으로서의 내 업무 방식이야."

굉장히 득의양양한 모습의 호쿠토 군이었다.

"움직이지 마, 전학생. 이참에 실내화에 이름을 적어 줄게."

모두의 대화를 듣느라 신발을 고르지 못했던 나를 향해 호쿠토 군이 보다 못했는지 걸어왔다. 손에는 아까 주머니에서 꺼냈던 매직펜.

"엄마~, 내 실내화에도 이름 없으니까 적어 줘 적어 줘☆"

"엄마라 부르지 마. 흠, 전학생은 발이 작군──."

꽝꽝 바닥을 구르며 떼를 쓰는(?) 스바루 군을 반쯤 무시하고서 호쿠토 군이 내 실내화를 살짝 쓰다듬었다.

"이거라면 따로 이름을 쓰지 않아도 다른 실내화와 '섞일' 일은 없을 것 같군."

그리고 순식간에 웅크려 앉아──.

"그래도 만일에 대비해서 적어두도록 하자. 유비무환이니까."

계속 서 있던 내 발아래서 벗지 않은 내 실내화에 이름을 적기 시작했다. 묘한 감촉에 놀라 이상한 목소리가 나오고 말았다.

"움직이지 마, 전학생. 글자가 비뚤어져. ……치마가 시야를 가려서 방해되는군."

그에 더해 호쿠토 군이 자연스럽게 내 치마에 손을 대려는 단계가 되어 드디어 두고 볼 수 없겠다 싶었는지 마코토 군이 끼어들어주었다.

"히다카 군. 너에게 그럴 생각이 없다는 건 아주 잘 알고 있지만, 성희롱으로 보인다?"

"홋케~ 변태 아저씨~☆"

"'엄마'인지 '아저씨'인지 적어도 하나로 통일해."

마코토 군의 발언과 스바루 군의 놀림에 호쿠토 군이 곤란하다는 듯 불평했다.

"음, 다 적었어. 그럼 가자. 꾸물대다간 식권이 다 팔려버릴지도 몰라."

호쿠토 군은 빠르게 내 실내화에 이름을 적고는 바로 몸을 일으켰다. 자신도 빠르게 신발을 갈아 신고 밖으로 가자고 손짓해주었다.

역광 때문에 그가 어떤 표정을 짓고 있었는지는 알 수 없었다.

☄ *Guide* ♪✦

  야외로 나왔다.

  애초에 자연경관이 빼어난 지역이라서 학원 내에도 화단이나 나무가 가득 심겨 있다. 이상한 표현이지만 마치 박물관 정원 안에 있는 것 같다.

  정면에는 식당처럼 보이는 엄숙한 느낌의 건물.

  그 뒤에는 엄청나게 넓은 운동장과 더 뒤쪽에는 넓은 바다가 펼쳐져 있다. 내 키로는 여기서 보기엔 건물에 가려져 거기까진 잘 보이지 않지만.

  뒷길 같은 곳으로 와서 그런지 다른 이유라도 있는 건지—— 주변에 다른 학생들의 모습은 보이지 않는다. 누군가가 라이브 퍼포먼스 연습이라도 하고 있는지 노랫소리나 악기 소리 등—— 북적거림은 전해져 온다.

  나는 딱 맞는 사이즈가 없다 보니 조금 큰 신발을 신을 수밖에 없었기에 '터벅터벅' 하고 크게 신발 소리를 내고 만다.

  주변에는 제각각 느긋하게 걷는 남자애들.

  정말로 이상한 느낌이다.

  어제까지의 생활과는 모든 것이 달랐다.

"으음~, 최고로 맑은 날씨네! 기분도 상승☆"

기운 넘치게 달리던 스바루 군이 우리를 향해 돌아보았다. 빨리 와, 라고 말하는 듯 손짓한다.

곧바로 기다리기 지친 모양인지 스바루 군이 전력으로 달려와 다이빙을 시도했다. 세 명이서 그 무게를 받아내며, 쓴웃음을 지었다.

소중한 듯 우리를 한 사람 한 사람 껴안은 후, 곧바로 떨어져서——.

스바루 군은 하늘에서 빛나는 태양보다도 반짝이는 미소를 지었다.

"아하하, 아직 봄인데 햇빛이 이렇게 강해! 태닝하기엔 딱 좋은 기회 아닐까, 웃키~?"

"에, 갑자기 화제 넘기지 말라고!?"

다른 사람의 신발이라 익숙하지 않았던 거겠지, 발끝을 톡톡 두드려 위화감을 없애려 하던 마코토 군이 흠칫 놀랐다. 안경을 '꾸욱' 밀어 올리고는, 매우 진지하게 대답했다.

"음음, '햅쌀'처럼 좋은 아이돌을 만들려면 '햇살'이 필요하다는 거지……!"

"아하하☆ 웃키~의 썰렁 개그는 여전히 기발한걸!"

"썰렁 개그!? 아니, 난 항상 진심으로 '이건 먹힌다!' 생각하고 한 말인데!"

필사적으로 변명하는 마코토 군을 거의 무시하고서 스바루 군이 "그건 그렇고"라며 묘하게 냉정한 표정으로 우리를 바라본다(무시당한 마코토 군은 섭섭한 표정을 지었다).

"홋케~, 아까 설명에서 이해가 안 가는 게 있는데 말이야."

아까부터 계속 돌아다니고 있었음에도 스바루 군은 전혀 피곤한 기색을 보이지 않는다. 오히려 햇빛을 받아 점점 더 활기가 넘치는 것 같다.

자유분방하게 날고뛰고 하는데도 신기하게도 자연스럽다.

──불쾌하지 않다. 발놀림이 절묘한 걸까, 뭘까.

신비한 남자애다.

감탄하며 스바루 군을 바라보는 내 바로 옆에서 기사처럼 대기하던 호쿠토 군이── 걱정스러운 듯 손을 턱으로 가져갔다.

"흠. 내 설명에 부족한 점이 있다면 지적해줘."

"부족한 점은 아닌데. 아까 설명만으론 '전학생의 입장'을 잘 모르겠어서."

그런 호쿠토 군을 뒤에서 껴안으며 스바루 군이 무구한 눈빛으로 질문한다.

"'전학생에게 학원을 소개한다'는 취지니 어쩔 수 없지만. 사실 우리도 전학생에 대해 많이 알고 싶은걸!"

아주 가까운 거리에서 내 얼굴을 들여다본다.

"많이 많이 가르쳐 줘, 알고 싶어 알고 싶어☆"

생글생글 웃으며 말해 주었지만 나는 대답도 할 수 없었다. 대화하는 게 서툴다, 이야기할 수 있는 것도 없고. 너희가 흥미를 느낄만한 건 아무것도──.

어떻게 해야 할지 고민하고 있자 호쿠토 군이 양손으로 스바루 군을 들어 올리는 것 같은 움직임을 보였다.

"아케호시. 같은 말을 반복하는 건 좋지 않은 습관이야. 귀에 거슬릴 정도는 아니지만 어린애 같아 보여."

그대로 스바루 군을 앞을 향하도록 돌려세운다. 정말로 엄마 같다. 호쿠토 군이 감탄하고 있는 나를 재촉해 모두 다시 목적지를 향해 걷기 시작했다.

"뭐, 아케호시의 질문도 '맞는' 이야기긴 해."

"그러고 보니 수수께끼 같은 존재지, 전학생 쨩은."

가장 느리게 따라오던 마코토 군이 내 옆으로 다가와 얼굴을 들여다보았다. 다들 거리가 너무 가까워. ──가까이서 보니, 마코토 군은 놀라울 정도로 미형이다.

왠지 똑바로 볼 수가 없어 또 고개를 숙이고 만 내게서 마코토 군도 부끄러워하는 듯 시선을 돌리고 말았다.

"우리 학원 아이돌과는 남자들뿐일 텐데, 여자애인걸."

그래도 흥미는 있는지 다시 나를 곁눈질로 바라본다. 뭘까 그, 첫사랑에 빠진 아이 같은 행동은.

"……여자 맞지? '여장 아이돌' 같은 특수한 속성도 아닌 거지?"

"틀림없이 여성이겠지, 골격으로 알 수 있어. 제 2차 성징을 기점으로, 신체적 특징을 통해 성별 판별이 가능해."

이상한 소릴 하는 마코토 군에게, 호쿠토 군이 이론적이라 무심코 납득해버릴 것 같지만 왠지 핀트가 엇나간 설명을 하고 있다.

어라, 왜 나는 성별을 의심받고 있는 걸까?

자신의 여자다움에 자신감을 잃어가려고 하고 있을 때, 호쿠토 군은 한숨을 쉬었다.

"여장한 남자였다면 간단한 이야기였겠지만……. 화장실이나 탈의실은, 어떻게 하려는 거지?"

너무, 그런 부끄러운 이야기를 당당히 입에 담지 말아줬으면 좋겠다. 어쩔 수 없지만── 내가 오기 전까지, 유메노사키 학원 아이돌과는 남학교 그 자체였으니까.

"일반과에는 여학생도 있겠지만. 일일이 그쪽 건물까지 이동하는 것도 번거로울 테고."

"아이돌과와 다른 과 사이는 접수처 같은 걸로 구역을 나누고 말이야. 일일이 이동하는 건 시간도 오래 걸릴 거고~?"

마코토 군이 무언가 검색하고 있는 듯 스마트폰을 조작하고 있다.

"직원이나 외부 강사 중엔 여자분도 계시고. 그분들을 위한 시설도 있으니 당장은 그쪽을 이용할 수밖에 없겠지만."

나도 그럴 셈이다, 라는 마음을 담아 끄덕인다. 정말 내 전학은 갑자기 정해진 것이어서 설비나 이런저런 준비가 따라오지 못했던 것이다. 나만을 위해 화장실 등을 새로 설치하는 것도 품이 많이 드는 일이니, 오히려 죄송한 마음이 드는걸.

탈의실은 일단 임시로 평소에는 쓰지 않는 빈 교실을 이용하라는 설명을 듣긴 했다. 내가 옷을 갈아입을 때마다 다른 남학생들을 모두 내보내는 것도 미안하니까.

애초에 남자들만 있던 공간에 여자가 한 명이라는 터무니없는 이야기다. 부족한 부분이 생기는 것도 어쩔 수 없다. 어떻게든 잘 적응해서── 대처해 나가자고 생각하지만.

"흠……. 듣기로는 내년부터 유메노사키 학원 전체가 남녀공학으로 바뀐다는 모양이야. 전학생은 그 테스트 케이스로 온 셈이지."

호쿠토 군이 말한 대로다. 내년부터 있을 남녀공학화에 맞춰 분명 설비 등 여러 가지가 갖춰질 터. 느긋하게 기다리면 머지않아 쾌적한 환경이 될 것이다.

"아아, 저번 전교 조회 때 학원장이 그런 얘기를 했었던 것 같기도?"

마코토 군이 스마트폰 조작을 끝내고 복잡한 표정을 지었다.

"남녀공학이라~. 뭐, 남성 아이돌 육성에만 집중할 의의는 그렇게 없기도 하고. 요즘은 여성 아이돌이 더 활발한 느낌도 있고?"

"연예계── 콕 집어 표현하자면 '아이돌 업계'의 규모와 활기가 증대됐지."

나는 아직 잘 모르는 업계사정을 이야기하고 있다. 그들은 실제 당사자다. 다른 사람의 일이라 치부할 수 없는 것이다. 내게는 아직 텔레비전 속 이야기……같은 느낌이지만.

"전통을 지켜온 유메노사키의 운영 방식에 대해 다시 생각 해 볼 시기인 거겠지."

유메노사키 학원은 역사 있는 아이돌 육성학교다. 설립된 당시에는 새로웠겠지만── 시대 흐름과 함께 연예계도, 원하는 아이돌의 모습도 변화하고 있다.

그런 현실의 실정에 대응하기 위해—— 여러모로 모색하고 있는 시기인 거겠지.

변해가는 현실에 맞추고 어울리지 못하면 역사의 뒤안길로 사라질 수밖에 없다.

"남녀공학화뿐만 아니라 육성 범위도 확대할 모양이야. 여성 아이돌뿐만 아니라 성우, 음악가, 연출가 등 폭넓게 육성할 방침이라고 해."

그런 이야기는 나도 들은 기억이 있다.

그렇다곤 하지만 나는 전문적인 기술도 없고, 꿈도 없어—— 말하자면 아무 능력도 없어 도움도 안 되는 사람이라도 해 보면 어떻게든 될 거라는 무난한 학과에 소속하게 되었다.

"전학생은 그 방침에 따라 신설되는 『프로듀스과』로 전학 오게 된 모양이야."

호쿠토 군이 한 말 그대로.

나는 이 아이돌들의 학교에 『프로듀서』로서 전학 온 것이다.

"흐음, 『프로듀서』~?"

스바루 군이 마치 처음 만난 것처럼 다시 나를 아래위로 바라본다.

"그러고 보니 그걸 전문으로 하는 사람은 없었네. 선생님이

겸직하거나 없어도 딱히 불편한 것도 없었고?"

"선생님들도 평소에 다른 일들로 바쁘시니까.『프로듀서』역할을 맡아 줄 학생이 있다면 큰 도움이 되겠지."

유메노사키 학원은 거대한 아이돌 기획사 같은 거라고는 하지만 학생을 교육하고 지도하며 프로듀스까지 해야 한다——라고 하면 선생님에게 부담이 너무 크다. 학생끼리 그런 부분을 자체적으로 할 수 있다면 도움이 될 것이다.

그런 것들을 생각하고 있는 나를 이번엔 마코토 군이 뚫어지게 바라보았다. 그다지, 다른 사람의 시선엔 익숙하지 않은데……. 곤란해 하며 바라보자, 마코토 군은 금방 시선을 떼 주었다. 나처럼, 주목받는 것에 서툰 것일지도 모르겠다.

아이돌, 인데도 말이다.

"흐응. 전학생 쨩은, 아이돌이 아니라『프로듀서』신분이란 거지?"

납득한 듯 마코토 군은 몇 번이고 고개를 끄덕인다.

"그래서 그랬구나, 아이돌 같지 않다는 생각은 했지만."

그러는 마코토 군이야말로, 언동은 아이돌이란 느낌이 들지 않는다. 평범한, 어디에나 있는 남자애처럼 보인다.

그렇기에 친근감은 들지만.

아이돌이라고 해도 다양한 타입이 있는 거겠지.

"음. 지금으로선『프로듀스과』학생은 한 명뿐이라, 교실이나 일반 수업은『아이돌과』……. 즉, 우리와 함께 한다는 것 같다만."

호쿠토 군의 말대로, 그런 사정으로 나는 그들과 같은 2학년 A반으로 전학 왔다. 본래라면 다른 학과는 다른 교실을 사용하기 때문에, 특별 케이스다. 내년도부터는 바뀔 것 같지만.

그들과는 1년간 같은 교실에서 자리를 함께하며 배우게 된다.

"그리고 전학생은 『프로듀서』로서도 생초보인 모양이야."

친하게 지내고 싶다는 마음을 담아 웃고 있었는데 호쿠토 군이 꽤 심한 말을 했다. 그 말 그대로지만―― 좀 더, 부드럽게 말해 줬으면 좋겠다.

새삼스레 자신이 이 장소에 어울리지 않는다는 점이 싫어진다. 나는 지금까지 아이돌에도 거의 흥미가 없던 일반인이었다. 어째서 나는 이런 상황에 들어오게 된 걸까.

스바루 군이 "그래~?" 하고 놀란 듯 고개를 갸웃거렸다.

"아무래도, 그런 모양이야. 처음엔 '일반과'로 전학할 예정이었지만――."

그 말 그대로지만 어떻게 호쿠토 군이 거기까지 내 사정을 알고 있는 걸까.

아마 담임 선생님께 전학생을 잘 돌봐달라는 말을 들었을 때 이런저런 이야기를 들었던 거겠지,――반장도 고생이 많다.

"'프로듀스과라는 걸 새로 만드니까, 그쪽에 들어가 보지 않을래?' 라는 권유를 받고, 들어오게 된 모양이야."

그 말대로 지금에 와서는 조금 후회하고 있다. 전학을 결정하던 시기의 나는 반쯤 자포자기 상태로―― 이런저런 생각을 할 마음의 여유가 없었다.

오로지 새로운, 본 적 없는 풍경을 기대하면서.

모든 것을 버리고. 이제까지의 생활을, 나 자신을 모두 쓰레기통에 버리고.

자유로운 신천지로 향하고 싶었다.

암울한 늪 같던 슬픔에 가득 차 있던 나날들을 과거의 지층 속에 묻어버리고 싶어서.

반짝반짝 빛나는 세상에서 살아보고 싶어서.

나는 지금 여기에 있다.

무슨 인과인지 『프로듀서』로서―― 아이돌들에게 둘러싸여 있다.

"학과 신설과 이 아이의 전학은 갑작스럽게 정해진 모양이야. 학원 측도 정신이 없었는지 자세한 건 불명이야. 이상한 이야기고 수상쩍기도 하지만."

조금 나를 의심하듯 바라보면서도 호쿠토 군은 담담하게 이야기를 이어간다.

"갑자기 신설된 학과에 갑자기 들어온―― 비전문가를 일류 『프로듀서』로 성장시킨다……. 유메노사키 학원으로서도 큰 도전이겠지."

"도전이라고 해야 할지 무모하다고 해야 할지……. 정말 터무니없네, 전학생 쨩도 이런 복잡한 상황을 받아들이다니, 정말 용감한데!"

감탄해 주는 마코토 군에게 나는 부끄러움을 감추려 미소 지었지만.

그 직후 들려온 호쿠토 군의 말에, 내 표정은 얼어붙었다.

"이전 학교에서 무슨 일이 생겨서, 급하게 전학할 수밖에 없었던 걸지도 모르지만."

…………

나는 아무 반응도 할 수 없었다.

그저 침묵을 지킬 수밖에 없었다.

아마 나는 차마 눈 뜨고 볼 수 없을 만큼 지독한 표정을 짓고 있겠지. 호쿠토 군은 놀란 듯 눈을 동그랗게 뜨고는 앞을 바라본다.

"뭐 새로운 학교에서 새로운 일에 도전한다는 전학생의 용기에는 칭찬하고 싶어. 우리도 응원하고 도움이 되어주어야 해."

망가진 장난감처럼 움직이지 못하게 된 내 등을 상냥하게 지탱해주듯 밀어 앞을 향하게 하고── 걸어 나가도록 재촉해준다. 나는 그것에 순순히 따랐다.

"아무튼 학생 때부터…… 그리고 일상생활 속에서 '아이돌'과 『프로듀서』가 관계를 맺을 수 있는 건 좋은 일이긴 해."

"평소 학교생활 하면서 높은 사람과 인맥을 만들 수 있다는 건 좋을지도."

어떻게든 미소를 만들어낸 나를 보고 조금 안심한 듯 마코토 군이 호쿠토 군의 말을 이어주었다. 역시 내가 말하지 않더라도 알아서 모두가 이야기해 주니 마음이 편하다.

"뭐, 전학생 쨩이 위대한 『프로듀서』가 될 수 있을지는 잘 모르겠지만!"

분위기를 풀어주려는지 가벼운 농담을 던져주는 마코토 군이었다.

✦✧✦✧✦

수줍어하는 나에게 스바루 군이 타이밍 좋게 맞장구를 친다.

"안녕하세요~. 앞으로 잘 부탁드리겠습니다. 『프로듀서』! 아, 대통령님☆"

"뭐, 거기까지 아첨할 필요는 없지만. 같이 일할 사람들과 잘 지내는 연습, 좋은 경험이 될 거야."

호쿠토 군도 미소를 띠며, 정리하듯 말했다.

"유메노사키 학원에서 쌓은 그녀와의 관계가……. 우리의 아이돌 활동, 아니 인생의 보물이 될지도 몰라."

거기서 이야기가 일단락되나 했더니, 아직 호쿠토 군은 이야기를 계속하고 있다.

"그리고 미래의 『프로듀서』를 배출할 수 있게 되면……. 아이돌을 육성하는 것보다, 연예계에서 얻을 수 있는 수확이 더 클지도 몰라."

그건 그에게 굉장히 흥미가 가는 부분이겠지. 그 부분을 많이 생각하고 있기에—— 그래서 한번 화제로 나오니, 얘기를 멈출 수가 없는 것이다.

"아이돌만 양산해도, 활용할 장소나 인재가 없으면 재능을 썩히는 거니까."

호쿠토 군은 아이돌이고 당사자이니 연예계 사정도 다른 사람

일이라 치부할 수 없을 것이다. 아니—— 그것뿐만이 아니다, 무언가 깊은 이유가 있는 건지도 모른다.

"'아이돌'과『프로듀서』는 두 날개와도 같아. 한쪽에만 치중하면 연예계에선 발전할 수 없어. 앞으로 나아가기 위해서는 필요한 투자일 거라 생각해."

나는 아직 그들에 대해 잘 모르기에 알 수 없지만.

이제 눈을 뗄 수 없다. 관여하고 말았다. 서로 알게 되고 말았다.

생초보라도 풋내기라도 나는『프로듀서』가 되어 버렸으니까.

"『프로듀서』등 다양한 분야의 졸업생을 세상에 내보낼 수 있다면……. 연예계 종사자의 대부분을, 유메노사키 학원 출신으로 채울 수 있을지도 몰라."

현재도 유메노사키 학원 졸업생은——특히 아이돌 업계에 넓게 퍼져서 활동하고 있다.

그 분포와 깊이를 더욱 더 확대시킨다.

그것이 유메노사키 학원의 방침인 것일까.

"연예계를 학원 관계자로 채우면 유메노사키의 입김은 굉장히 강해지겠지. 그렇게 되면 유메노사키 학원의 존재감과 지배력은 더 이상 따라올 자가 없을 정도가 될 거야."

"정말, 미래를 위한 투자란 느낌이네. 그렇게 해서 연예계를 장악하려는 걸까~ 우리 학원은. 그렇게 욕심부리다 실패하지 않았으면 좋겠는데 말이야?"

마코토 군이 소시민처럼 추위에 떠는 것 같은 시늉을 한다. 실제로 음모론과도 같은—— 비현실적이면서도 무서운 이야기이긴 하다. 내가 엄청난 악행의 한 축을 맡게 될 가능성이 아주 조금이라도 있는 것이다.

악행, 아니 역시 음모. 누군가의 야망——.

"뭐, 새로운 바람이 부는 건 '좋은 일'이잖아 ♪"

낙천적으로 스바루 군이 태평하게 웃어 보였다.

그것을 보고 안도했는지 호쿠토 군도 표정을 풀었다.

"음. 여러 의미로 학원은 지금, 격변의 시기에 있다는 거겠지."

오히려 기대를 담은 시선으로 나를 바라보았다.

"전학생은 우리가 '클래스메이트'로서 접하는 첫 여학생이자, 『프로듀서』이기도 해. ——낡은 전통에 얽매여 있는 유메노사키 학원 아이돌과를 움직일 하나의 기폭제가 될 수 있을 거야."

"기폭제 말이지. 좋아 좋아☆ 우리도 지루하고 구시대적인 이 학원의 시스템을 전부 부숴버리겠단 마음가짐이었으니까!"

호쿠토 군과 어깨동무를 하며 스바루 군이 두 눈을 반짝이고 있다.

"우릴 도와준다면 더할 나위 없이 좋겠는걸~☆"

"우선은 학원에 익숙해져야 하겠지만. 전학생도 자신만의 생각이 있을 테니 우리에게 협력해 달라고 강요할 순 없어."

남자애들끼리 무언가 불온한 대화를 나누고 있다.

어떻게 된 일일까. ——그들은 나를 무언가에 끌어들이려고 하는 걸까. 될 수 있다면 힘이 되어주고 싶지만.

정말 짧은 시간 동안 이야기를 나눈 것만으로도—— 왠지 이 아이들이 좋아져 가고 있으니까. 그들이 웃어 줬으면 좋겠다고 생각하기 시작했으니까.

　내가 무엇을 할 수 있을지는 모르겠다.

　아무것도 할 수 없어 잃기만 했었으니까 여기에 있는 거지만.

　"하지만 이 학원의 현재 상황을 직접 보고 듣고 느낀 후에———."

　호쿠토 군이 얼굴을 들어 유메노사키 학원의 모든 것에 도전하듯 주위를 둘러보았다.

　거대한 아이돌들의 학교는 그저 오연히 서 있을 뿐이다.

　"전학생도 '이건 잘못됐다'고 생각한다면 우리는 분명 둘도 없는 동료가 될 수 있을 거야."

　기계처럼 담담히 있던 그가 그 순간만큼은 화상이라도 입을 것 같은 열량을 담아.

　"난 그렇게 믿고 싶어."

　그렇게 말해 주었다.

　그 말의 의미를 나는 아직 정확히 이해하지 못하고 있지만.

　가슴을 울리는 무언가를 느꼈다. 그의 열기가 내 마음속에 퍼져나간다. 오랜만에 살아 있다는 느낌이 들었다. 숨만 붙어있는 것도 아니다. 죽지 못해 사는 것도 아니다. ———나는 살아 있어.

　"……이야기 순서가 뒤바뀌었군. 너무 서두르지 마, 아케호시. 차근차근 설명하고 싶으니까 내 계획을 흩트리지 말아 줘."

　"네네, 알겠습니다. 미안 미안, 그래도 우리도 '지푸라기라도 잡고 싶은' 심정이니 말이야~ ♪"

　콩 하고 머리를 맞아 혀를 내밀고선 스바루 군이 앞을 향해 뿅

뿅 뛰어나간다.

"그건 그렇고 홋케~, 운동장 쪽에서 무슨 일이라도 났나 봐! '학원의 현재 상황'에 대해 지금 바로 보여줄 수 있을 것 같지 않아?"

"흠. 그건 마침 잘됐군. 말로 설명할 수고를 덜었어."

호쿠토 군은 여유 있는 미소를 짓더니 또다시 내 팔을 잡아 간단히 끌고 간다.

거절도 하지 못하고, 사납고 거친 운명 속으로——.

"우리 옆에서 너무 떨어지지 마, 전학생. 조금 거친 상황이 될 것 같아."

나는 발을 내디뎠다.

더 이상 멈추는 일 없이, 유메노사키 학원에 꽃피는 광란을 향해.

인해전술이라는 말이 있듯 과도하게 밀집된 사람은 바다와 같아진다.

흐르는 음악에 맞춰 손이나 머리가 흔들리는 모습은 굽이치는 큰 파도와도 같다.

파도소리처럼 웅성거리는 목소리가 귀에 아플 정도로 요란스럽다.

초봄인데도 무덥다고 느낄 정도로 인파 속에는 열기가 가득하다.

아직 익숙하지 않은 유메노사키 학원 교복에 흥건히 땀이 배었다.

이상한 분위기다.

넓은 운동장을 가득 채울 것 같은 사람, 사람, 사람······. 모두 유메노사키 학원 학생이겠지. 역시 바다가 생각나는 선명한 푸른 블레이저 교복을 입은 무리. 모두 남자애들이라 그들보다 키가 작은 나에게는 멀리까지의 상황은 잘 보이지 않았다.

무슨 일일까, 이건. 폭동? 바겐세일?

아니—— 아직 나에게 친숙하지 않은 그래도 텔레비전 등에서 몇 번인가 본 적 있는 라이브 공연장 같았다.

모두들 손에는 야광봉—— 공사 현장에서 일하는 사람이 갖고 있는 빛나는 막대를 가늘게 만든 것 같은 물건을 들고 있다.

아까부터 큰 소리로 울리는 노랫소리나 연주도 꽤 거친 곡조지만 아이돌송인 모양이다. 모여 있는 학생들은 모두 점프하면서 머리를 흔들고 엄지와 검지 새끼손가락만 세우는 독특한 핸드사인을 취하고 있다.

그런 전문용어는 앞으로 열심히 공부해 둬야겠다.

"오오, 사람이 엄청 모여 있는데! 두근두근해지는걸~☆"

"흠. 음악 소리도 커서 목소리가 잘 들리지 않는군."

먼저 도착해 있던 스바루 군과 호쿠토 군이 즐거운 듯 대화하면서도 인파에 가로막혀 더 이상 앞으로 나아가지 못한 채 오도가도 못하고 있었다.

그 등에 부딪혀버려 나는 이상한 소리를 내고 말았다.

딴생각을 하면서 걸어서는 안 되겠다. ──반성하고 있으니 호쿠토 군이 뒤돌아보았다.

"전학생, 잘 들려? 좀 더 가까이서 말할까?"

"우리랑 떨어지지 않게 조심해~, 전학생 쨩. 다들 조금 흥분한 것 같으니까 넘어지거나 하면 밟힐지도 모른다고?"

늦게 도착한 마코토 군이 발돋움으로 군중의 시선이 향하는 곳을 신경 쓰면서도 나를 걱정해 주었다. 고마워, 라고 눈짓으로만 감사를 전했다.

"내 팔 잡고 있어, 전학생."

서로를 보며 웃고 있는 나와 마코토 군을 보고 대항하듯 호쿠토 군이 자신의 팔을 내밀어 주었다.

"아케호시, 유우키도……. 전학생이 넘어지지 않도록 벽이 되어 줘."

"알겠슴다~. 남자니까, 이 정도는 해야지. 이 인파라면 버티고 있는 것만으로도 힘들겠어."

호쿠토 군의 재촉에 마코토 군도 즉시 응한다. 딱 호흡이 잘 맞는다.

내 주변을 세 사람이 둘러싸 준 덕에 드디어 조금 안심할 수 있게 되었다. 실제로 모여 있는 학생들은 주변 상황에는 신경도 쓰지 않고 흥분하고 있는지라 어깨도 자주 부딪힌다. 보호받고 있는 나는 그렇다 치고 가냘픈 마코토 군이 누군가와 갑자기 부딪혀 넘어질 뻔했다.

떨어질 뻔한 안경을 서둘러 잡고, 마코토 군은 쓴웃음을 지었다.

"보아하니, 이건 『B1』이네. 학생회 주관이 아니라 그런지 꽤 무법상태인 것 같아. 『B1』은 항상 이렇긴 하지만~?"

"『B1』인가……. 어디 주관인지 알아볼 수 있겠어? 유우키."

"당연하지. 그래도 잠깐만 기다려. 점심 먹으려고 나온 거라 스마트폰만 들고 왔거든. 어디 보자. 오늘 개최 예정인 『B1』은~?"

나는 잘 모르는 단어를 입에 담으며 호쿠토 군의 지시에 마코토 군이 스마트폰을 조작하기 시작한다. 꽤 능숙해 보인다. 눈에 보이지 않을 정도로 빠르고 부드러운 손놀림.

"흠. 유우키가 알아보고 있는 사이에 상황을 전혀 모르는 전학생에게 설명해 두도록 할까."

당황해 하는 나를 눈치챘는지 호쿠토 군이 내 얼굴 가까이 다가왔다. 귓가에서 이야기하지 않으면 주변이 소란스러워 목소리가 잘 들리지 않기 때문이다.

"유메노사키 학원 아이돌과에서는 정기적, 비정기적으로 '드림 아이돌 페스티벌'이라는 이벤트가 개최되고 있어."

중요한 이야기 같았기에 집중해서 듣기로 했다.

"줄여서, '드림페스'라고 부르는 일이 많아."

아까 빌렸었던 메모장을 꺼내 중요한 것 같은 단어들을 적어 내려간다. 드림페스―― 그것이 눈앞에서 벌어지고 있는 소란의 이름인 걸까?

"이 학원에 있는 한 피할 수 없는 일이니 기억해 두면 좋을 거야."

내가 메모하는 걸 성실하게 기다리며 호쿠토 군이 담담하게 설명해 준다.

"드림페스는 단적으로 말하자면 아이돌의 역량을 겨루기 위한 행사야. 일반 학교에 있는 정기고사…… 시험 같은 거라고 할 수 있지."

초보인 나를 신경 써 주었는지 친근한 비유를 들어주었다. 알기 쉽다. ──그들은 아이돌인 동시에 학생이기도 하다. 이곳은 학교이니 물론 시험도 있다.

"그렇다고 해도. 아이돌의 역량이란 점수로 쉽게 낼 수 있는 게 아냐."

고개를 끄덕이는 나를 보며 기분이 좋아졌는지 호쿠토 군도 표정을 풀며 말했다. 다른 두 사람이 남이 하는 이야기를 잘 듣지 않는 느낌이기에 잘 들어주는 사람이 생겨 기뻤는지도 모른다.

"가창력, 연기력, 화술, 인기…… 여러 요소가 들어있기에 종합적인 '점수를 내기 힘든' 것이긴 해."

그건 그 말대로다.

"그런 애매한 '아이돌의 역량'을 학업 능력과 같은 점수로 바꾸기 위한 경쟁이 바로 드림페스야."

무언가 떠오른 것이 있는지 호쿠토 군은 다소 씁쓸한 표정으로 설명을 이어간다.

"준비된 무대 위에서……. 아이돌 개인끼리── 혹은『유닛』이라 불리는 집단끼리 대결하게 돼."

『유닛』이란 무엇일까, 라고 생각함과 동시에 호쿠토 군이 내 의문을 알아채고 설명을 덧붙여 주었다.

"『유닛』에 대해서는 나중에 설명할게. 이야기가 복잡해져서 미안하지만──."

"드림페스에선 아이돌 개인이나 『유닛』이 각각 퍼포먼스를 선보여. 그리고 관객이 '더 마음에 드는' 쪽에 투표를 하지."

호쿠토 군은 과외선생님처럼 내가 잘 이해하고 있는지 확인하며 이야기해 준다.

"집계 후 최종 득점이 더 높은 개인이나 『유닛』이 승리하게 돼. 극히 심플하게 설명하자면 그런 행사야."

간단하게 생각하자면 마치 게임 같다. 스포츠 같기도 하다. 규칙이 있고 득점이 있고 승패가 있다. 물론 호쿠토 군이 간략하게 설명해 줬을 뿐이고 실제로는 심오하고 복잡한 것이겠지만.

"드림페스의 결과는 성적에 반영돼. 유메노사키 학원 아이돌과의 모든 학생과 『유닛』은 드림페스 성적에 따라 랭크가 결정되지."

성적인가. ──그 부분도 학교답다. 나는 그렇게 공부는 특기가 아니기에 좋아하는 말은 아니지만. 내가 지금까지 다녔던 곳은 성적 다툼도 치열하고 숨 막히는 대학 진학 중심의 학교였으니까.

"순위가 매겨지고 더 높은 점수를 받은── 즉 드림페스에서 많은 승리를 거머쥔 개인이나 『유닛』은 학원으로부터 보수나 좋은 대우를 받을 수 있어."

그 부분도 극단적이면서도 학교답기는 하다. 학생들의 가치는 성적과 점수로 정해진다. 학교라기보다는 학원 같은 곳이지만.

"그렇기에 다들 필사적이야. 이기면 학원의 전폭적인 지원을 받을 수 있고 연예계 활동에서도 유리해져. 졸업 후 미래도 보장돼."

그럴 것이다. 잘하지 못하는 아이에게 투자할 메리트는 아무 것도 없다. 돈과 시간을 들인다면 문제아보다도 우등생—— 잔혹한 이야기이다. 아이돌 학교임에도.

"반대로 지면 밑바닥 생활이야. 드림페스에서 패배해 득점이 적은 학생에게는 '열등생'이란 낙인이 찍혀. 평판도 크게 내려가고 연예계에서도 설 자리가 없어지지."

내가 어두운 표정을 지었기에 호쿠토 군은 조금 억지스럽게 너무 걱정 말라는 듯 가슴을 폈다. 힘차고 긍정적이고 내 마음이 끌릴 정도로.

"그렇기에…… 유메노사키 학원 학생들은 드림페스에서 승리하기 위해, 밤낮 가리지 않고 퍼포먼스 수준과 매력을 높이기 위해 노력하고 있어."

성적표를 위해 열심히 공부한다, 같은 느낌일까.

시험 결과가 모든 것을 결정한다. ——이 유메노사키 학원에서는 드림페스의 결과가.

"드림페스는 그렇게 학생들을 경쟁시키고 아이돌로서 더욱 성장시키기 위한 행사야."

호쿠토 군은 거기까지 말하고는 거의 들리지 않는 목소리로 "어디까지나 본래 의미로는 말이야."라고 덧붙였다.

"미안, 설명이 복잡했어. 대체로 그런 행사라고 이해해주면 돼."

무심코 입에서 흘러나온 실언을 그는 황급히 주워 담았다.

"드림페스는 아이돌들을 경주마처럼 겨루게 하는 생존 경쟁의 장이야."

당혹해 하는 나에게 얼버무리듯 빠르게 설명을 이어간다.

"드림페스에는 랭크가 구분되어 있어서 가장 높은 것부터 차례로『SS』『S1』『S2』『A1』『B1』이라 불리고 있어."

구별이 어려운 이름들을 나는 필사적으로 메모해 간다.

"랭크가 높은 드림페스에서 승리할수록 높은 실적으로 평가돼. 반대로 랭크가 낮은 드림페스에서 아무리 많이 우승한다 해도 큰 보상은 없어."

호쿠토 군은 친절하고 정중하게 알기 쉬운 숫자로 예를 들어준다.

"간단하게 표현하자면. 낮은 랭크에서 100번 승리하는 것 보다 높은 랭크에서 1번 승리하는 게 더 가치가 있다고 할수 있지."

진짜 학교 선생님처럼 중요한 점을 강조해 주기도 한다.

"그런 명확한 '승리의 무게' 의 차이가 있어. 이것도 기억해 줬으면 해."

야외 수업을 받는 기분으로 나는 내용을 이해하기 위해 필사적으로 노력한다.

"지금 여기서 개최되고 있는 건 『B1』, 즉 최하위 랭크의 드림 페스야. 이 『B1』에 대해서만 빠르게 설명할게."

설명은 일단락된 걸까——싶었는데 아직 조금 더 길어질 것 같다. 나는 서둘러 덮으려던 메모장을 다시 펼쳤다.

"『B1』은 학원에서 인정하지 않는 비공식 드림페스야. 말하자 면 친선시합이라고도 할 수 있지. 학원은 『B1』의 존재를 무시하 고 있기 때문에 여기서 이겨도 성적에는 전혀 반영되지 않아."

비공식전. 입시 기출문제에서 성적이 좋더라도 실전에서의 합격, 불합격에는 전혀 관계가 없다. ——그런 느낌이겠지. 대 략적으로 파악했다.

"그렇지만 여러 사정이 있어. 『A1』이상 랭크의 드림페스는 유명무실한 존재가 되어버려서……. 학생들의 의욕이 저하되 어 있는 지금 상황에서는——."

신경 쓰이는 발언이었지만 호쿠토 군은 얼버무리듯 빠르게 말 한다.

"『B1』이야말로 가장 자유롭고 활기 있는 드림페스라고 할 수 있지."

확실히 열기가 굉장하다. 최하 랭크의 드림페스가 이 정도라 면——더 높은 랭크는 *무도관 라이브처럼 되어버리는 걸까. 나는 새삼스럽게 자신이 엄청난 장소에 와 있음을 실감한다.

"좋은 기회이니 이대로 지켜보도록 하자. 드림페스야말로 가

---

* 무도관: 일본무도관. 1964년 개관한 약 10,000석 규모의 무도 경기장. 유도 등의 스포츠 경기는 물론 대학 의 입학식이나 졸업식, 콘서트 등 다양한 용도로 활용되고 있다. 높은 집객력이 요구되기에 뮤지션이나 아이 돌 등이 이곳에서 공연을 한다는 건 일본 음악 업계에서 메이저가 되었음을 나타낼 수 있는 장소이기도 하다.

장 유메노사키 학원다운 행사니까."

그쯤에서 설명은 일단락됐는지 호쿠토 군은 다시금 앞쪽으로
——주위 모든 사람들이 주시하고 있는 방향으로 시선을 향했
다.

"현장을 직접 경험해보면 학원 생활에도 빨리 적응할 수 있을
거야."

만원전철 속에 있는 것처럼 옴짝달싹 못하던 나였지만——
호쿠토 군은 그에게 몸을 기대고 만 나를 어린아이 취급한다.

"무대는 잘 보여? 전학생. 목말이라도 태우는 게 좋을까?"

아무리 그래도 그건 부끄럽지만 받침대 정도는 있었으면 좋겠
다.

나는 힘껏 발돋움하여 광란의 중심으로 시선을 향했다.

🎤 *Conflict* 🎵✦

모여든 학생들이 바라보는 그 끝에 무대가 있었다.

이런 걸 간이 무대라 부르는 걸까. 적당한 넓이의 간략화된 무대다. 장식류는 거의 없었지만 최소한의 조명이나 음향설비 등은 갖춰져 있다. 조금 높은 위치에 있기에 나는 학생들 사이에서 어떻게든 발돋움해 멀리서나마 확인할 수 있었다.

목말보다는 낮다고 생각해 주변 시선에 개의치 않고 호쿠토 군의 어깨에 꽉 껴안듯 붙어있다. 까치발로 넘어지지 않도록만 주의하며 앞을 주시한다.

다음부터는 받침대 같은 거라도 들고 다녀야 할까. 드림페스라는 건 일상다반사라고 들었고 매번 이런 무리한 자세로 관전하다가는 어딘가 삐끗할 것 같다.

이리저리 춤추는 야광봉에 맞지 않도록 때때로 머리를 숙이면서.

과열되어 가는 분위기 속에서 나는 그저 무대를 주시하고 있었다.

"신전에 인사! 서로에게 인사!"

간이 무대 구석에 마이크를 손에 쥐고 외치는 남자애가 있다.

아마도 1학년이겠지. ──유메노사키 학원은 넥타이 색으로 학년을 구분하고 있어서 붉은색이 1학년, 푸른색이 2학년, 녹색이 3학년을 나타낸다. 나이에 어울리게 천진난만해 보이는 기운 넘치는 모습이 돋보였다. 격한 동작을 하다 때때로 균형을 잃고 넘어질 것 같은 모습을 보이기도 한다.

날씬해 보이지만 적당히 단련된 몸. 야생동물같이 반짝거리며 빛나는 눈동자와 조금 뾰족한 이빨. 염색하던 도중 누군가에게 혼나 그만둔 것 같이 일부분에만 붉은 매쉬가 들어간 검은 머리. 똑바로 서 있는 그의 자세에서 곧은 의지가 엿보였다.

"서로 마주 보시고── 지금부터 정정당당하게 승부임다!"

주먹을 높게 들고 흔들며 그 남자애는 애교 있는 미소를 띠운다.

"자자, 드디어 시작됐습니다!"

기운차게 진행하면서도 앞으로 쏠려있는 관객들에게 재빠르게 대응한다.

"맨 앞줄에 계신 분들은 위험하니까 조금만 뒤로 물러나주십쇼! 너무 흥분해서 무대로 돌이나 귤이나 야광봉 등은 던지지 말아주셨으면 함다~!"

실제로 꽤 더러운 야유가 많다. 이 드림페스는 『B1』, 비공식 경기라고 하니까── 우아함과는 거리가 먼, 야생의 기운이 흘러넘치고 있다.

"안녕하심까! 승부의 세계는 사나이의 세계! 신성불가침 영역!"

무도인 같은 인사를 하고서 사회를 맡고 있는 1학년 아이는 열심히 외친다.

"피 끓는 두 수컷의 승부를 똑똑히 지켜봐 주시기 바람다~!"

목소리가 왕왕 울려대서 역시 귀가 아프다.

"소개가 늦었슴다! 저는 이번 【용왕전】의 중계와 투표 집계 등을 맡은 가라테부 1학년, 나구모 테토라라고 함다! 반갑슴다!"

나구모 테토라라고 자신의 이름을 밝힌 사회자는 의욕적으로 자기소개를 시작했다.

"취미는 근력 운동! 좋아하는 건 갈비! 장래희망은 진정한 남자가 되는 검다!"

꽤 열정이 넘쳐 보인다. 엉뚱해서 재미있기는 하지만.

"저에 대한 이야기는 이 정도면 됐겠죠! 그것보다 승부의 행방에 주목해주시길 바람다!"

마이크로 확대된 목소리를 발산하며 테토라 군은 열정적으로 떠든다.

"【용왕전】은 규칙상 단숨에 승부가 날 가능성도 있슴다! 눈을 크게 뜨고 잘 보셔야 함다! 야생적이고 숭고한 사나이의 삶을……☆"

"흠."

테토라 군의 설명을 듣고 있어도 진전이 없다고 느꼈던 거겠지. ──시끄럽다는 듯 눈썹을 찌푸리고 있던 호쿠토 군이 옆에서 조사를 하고 있던 마코토 군에게 말을 걸었다.

"이 드림페스에 대한 정보는 찾았어, 유우키?"

"음~······『B1』은 정보가 잘 돌지 않아 어렵지만, 대충 파악했어."

스마트폰을 슬립 상태로 돌리고 마코토 군이 해설해준다.

"【용왕전】은 전에도 몇 번 개최됐던 기록이 있어. 비교적 전통 있는 비공식 경기야. 주관은 대대로 가라테부 같은 무도계 부활동에서 맡는 모양이야."

유메노사키 학원 아이돌과는 거의 남학교이기에 남자애들이 좋아할 것 같은 부활동이 많다.

"【용왕전】의 승자가 소속된 부가 다음 【용왕전】 개최를 맡는다. ——는 형식인 것 같아. 승리하면 '용왕'이라는 칭호도 주어지는 말하자면 타이틀 매치지~♪"

정말로 격투기 같다. 아니 장기일까. 가끔 읽는 신문에 장기에 관한 기사가 있어서 조금은 알고 있다. 용왕이라—— 굉장히 강해보이는 이름이긴 하다.

"과거에 개최됐었던 것도 포함해 【용왕전】은 모두 개인전. 즉 1대 1 드림페스야."

개인이나 『유닛』으로 대결한다고 호쿠토 군도 말했었다. 그 『유닛』이라는 게 무엇인지는 나는 아직 설명을 듣지 못해 모르겠지만.

단체전과 개인전 같은 느낌이라고 보면 되는 걸까······. 일단 조용히 들어두기로 한다.

"주제를 대충 정리하자면 '유메노사키 학원에서 가장 강한 남자를 정하는 드림페스'라고 해야 하려나?"

조금 의미를 이해할 수 없었다.

질문은 나중에 몰아서 하자고 일단 메모하고 있는 내 의문을 대변해 주듯—— 호쿠토 군이 얼굴을 찌푸렸다.

"정말로 격투기 타이틀 매치 같군……. 서로 결투라도 하는 건가?"

"응, 아무래도 그런가 봐.【용왕전】의 특징으로 '상대방이 노래나 퍼포먼스를 하고 있을 때 직접공격을 해도 된다'는 규칙이 있어."

농담조로 던진 호쿠토 군의 질문을 마코토 군은 간단히 긍정해 버리고 말았다.

"서로 때리고 발로 차고 하다 보니 매번 가볍게 피바다가 된다는 모양이야~?"

아이돌이란 대체 뭐였더라……. 아니면 내가 잘 모르는 것뿐 이런 일이 '흔히 있는' 걸까.

컬쳐 쇼크를 받아 동요하고 있는 사이에 이야기는 점점 진행되고 있다.

"그렇게 다운돼서 10카운트 내에 일어나지 못하면 패배. 그리고 실신이나 장외로 밀려나면 KO패. 격렬하네~. 우리 학원에서 가장 폭력적인 드림페스일지도?"

다행이다. 이런 게 '흔히 있는' 일은 아닌 모양이다.

멋대로 두근거리던 나를 마코토 군이 "?" 하고 신기하게 바라보면서 이야기한다.

"물론, 둘 다 마지막까지 무사히 퍼포먼스를 마치면 평소대로 투표로 승자를 결정해. 판정승 같은 느낌?"

다시 스마트폰을 켜서 마코토 군은 가볍게 화면을 스크롤한다.

"예전 【용왕전】에서도 몇 번인가 판정단계까지 승부가 진행된 적이 있네."

✦✧・✦✦

"흠. '투표 방식'에 대해 전학생에게 설명해두도록 할까."

'덤'처럼 호쿠토 군이 이야기를 시작한다. 설명하는 걸 좋아하는 걸까. ——일단 그대로 잘 들어두기로 한다.

"전학생에겐 교복과 학생증과 함께 입학 시에 야광봉이 지급되었을 거야. 지금도 갖고 있어?"

들어온 질문에 내심 놀랐다. 꽤 서둘러서 교실을 나온 탓에 잘 모르겠지만—— 그래도 분명 그러한 물건을 담임 선생님께 받았던 기억이 있다.

"그 야광봉이 없으면 드림페스의 관객으로서 집계되지 않으니 항상 몸에 지니고 다녀야 해."

주머니에 넣어두었던 것이 기억이 나서 꺼내 들어 호쿠토 군에게 보여주었다. 내 야광봉—— 고도의 기술로 만들어진 물건인 모양인지라 작은 크기로 줄일 수 있어 들고 다니기에 불편함이 없다.

"흠, 잘 가지고 있는 것 같네. 야광봉의 바닥 부분을 봐. 거기에 다이얼이 있을 거야."

생각이 옆길로 새 있던 나에게 호쿠토 군이 정확하게 지시를 내린다. 들여다보니 야광봉을 쥐는 부분보다 좀 더 아래 위치에 다이얼이 있었다.

새 물건이다 보니 아직 단단해서 돌리려면 악력이 꽤 필요하다.

"다이얼을 돌려서 1~10까지 숫자를 표시할 수 있어. 그 숫자가 현재 퍼포먼스를 하고 있는 개인이나 『유닛』의 투표 점수로 적용되게 돼."

그렇구나, 투표다. 우리를 포함해 드림페스를 관전하고 있는 사람들이 심사위원이 되어 점수를 정해 아이돌들의 승패를 결정한다. 정말로 이 야광봉은 소중한 물건인 것이다.

꼬옥, 그것을 쥐었다.

"공식 드림페스라면 야광봉에서 나오는 전파를 통해 기계가 자동으로 득표수를 집계해. 하지만 친선시합——『B1』은 사람이 직접 야광봉 색을 눈으로 세고 있어."

비공식이기에, 득점 집계시스템 같은 건 사용할 수 없는 거겠지. 그것은 학원 측 드림페스라는 제도를 운영하고 있는 공적인 기관만이 활용할 수 있는 것이다.

그렇지 않으면 득표수 조작 등이 간단하게 이뤄질 수 있기에 드림페스가 성립할 수 없게 된다.

"투표한 점수가 1점이면 흰색, 2점이면 노란색—— 이런 식으로 야광봉의 색상이 변하는 구조로 되어 있어."

"개인이 투표할 수 있는 건 1~10점까지이고, 최고점인 10점은 무지개색이야."

호쿠토 군의 설명을 마코토 군이 보충해주었다.

"눈앞의 모든 관객들이 무지개 색 야광봉을 흔들어 주는 걸 보는 건 우리의 꿈이지~♪"

"퍼포먼스를 하는 사람도 야광봉 색을 통해……. 대충 자신의 득표수를 파악할 수 있지."

야광봉으로 투표라는 건 엉뚱하다는 생각도 들었지만 의외로 이치에 맞다. 오래된 역사 속에서 가꿔진 시스템이겠지.

둘러보니 집계 담당인지 쌍안경을 들고 공연을 관람하는 사람처럼 야광봉 색을 계측하고 있는 사람들이 있었다. 그쪽도 학생인 건지 교복차림이다. 사람의 힘, 눈으로 보고 셀 수밖에 없다면 실수도 있을 것 같지만── 비공식전이니 어쩔 수 없겠지.

"전학생도 '각 점수가 무슨 색으로 빛나는지' 등을 빨리 파악해두는 게 좋을 거야."

"야광봉 색=투표 점수는 퍼포먼스 중에 몇 번이든 바꿀 수 있어."

마코토 군이 시범을 보이듯 야광봉 색을 연속으로 바꿔 보인다.

아직 낮이라 주변이 밝아서 빛나고 있는지는 잘 알 수 없었지만. 동시에 야광봉 색이 물리적으로 변해간다. 내부에 색지 등이 들어있는 모양인지 밝은 환경에서도 크게 문제는 없는 듯하다.

시험 삼아 야광봉 색을 바꿔보거나 하고 있는 내게 마코토 군이 윙크를 했다.

"하나의 개인이나 『유닛』의 공연이 끝나고 '집계가 완료되었다'는 공지가 나오면……. 일단 다이얼을 0으로 돌려서, 야광봉을 끄는 게 매너야♪"

"그 정도만 기억해 두면 드림페스를 관전할 때 불편함은 없을 거야. 혹시 질문할 점은 있어, 전학생?"

완전히 과외선생님 포스가 뿜어 나오는 호쿠토 군에게 내가 반응하려고 한──.

바로 그때였다.

"다녀왔어~☆"

사람들 사이를 요리조리 빠져 나오며 스바루 군이 만면에 미소로 우릴 향해 다이빙했다. 당황해서 마코토 군, 호쿠토 군, 나까지 셋이 함께 받아 멈춰 세운다. 일일이 움직임이 큰 아이다.

"아케호시. '다녀왔어' 라니 어디 갔었던 거야 넌?"

귀찮다는 듯 스바루 군을 '꾹꾹' 밀어내면서 호쿠토 군이 의아해하며 물었다.

"안 보인다 했더니……. 너무 멋대로 돌아다니지 마."

"미안 미안. 드림페스 관전하는 사이에 점심시간이 끝나버릴 것 같아서 말이야. 식당에서 가볍게 먹을 것들 좀 사 왔어!"

만세 포즈의 스바루 군의 양손에는 따끈따끈 김을 뿜어내는 종이봉투가 들려 있었다. 안엔 무엇이 들었을까. 맛있을 것 같은 냄새도 난다.

"왠지 몰라도 식당에 가면 직원분들이 "말랐구나, 많이 먹고 튼튼하게 자라렴!" 하면서 많이 주시는 일이 많아. 그러니까 다

같이 나눠 먹자~☆"

인원수만큼 있는 것 같은 종이봉투를 빛나는 미소와 함께 각자에게 나눠준다. 그렇게 말라보이지는 않지만── 왠지 호의를 베풀고 싶어지는 스타일이다, 스바루 군은.

종이봉투를 받아 들고 고마워, 라고 감사 인사를 전했다.

"흠. 그러고 보니 우리의 당초 목적은 식당에서 밥을 먹는 거였지. 공복이긴 해. 가끔은 센스 있는 행동을 하는 데 아케호시?"

"아하하, 일단 내가 배가 고팠거든! 더 지나면 뱃가죽이 등에 달라붙을 것 같아☆"

칭찬인지 비방인지 알 수 없는 호쿠토 군이었지만 스바루 군은 개의치 않고 웃고 있다. 그는 거의 찢어버릴 기세로 종이봉투를 뜯어 햄버거를 꺼냈다.

"다들 먹어 먹어, 배가 고파서는 싸울 수 없으니까!"

그리고 호쾌하게 물어뜯는다. 확실히 나도 꽤 배가 고팠다.

"딱히 우리가 싸우는 건 아니지만! 자, 이번엔 어떤 반짝반짝한 꿈을 볼 수 있을까☆"

있는 힘껏 발돋움하며 스바루 군이 간이 무대로 시선을 돌렸다.

자동연주였던 것 같던 노랫소리와 연주가 갑자기 끊겼다.

연출적인 무음과 서서히 퍼지는 웅성거림 속──.

"다들, 준비 됐습까?"

자신에게 주목이 모이는 최적의 타이밍에 테토라 군이 힘차게 무대를 밟는다.

"이번 【용왕전】은 도전자가 선공임다!"

마이크를 쥐고서 깔끔하게 정권지르기 자세.

그대로 한 발 물러서 【용왕전】이라는 행사의 주역을 무대로 올린다.

"선수 입장! 여러분, 큰 박수로 환영해주시기 바람다!"

그 목소리에 재촉받듯 모여 있던 학생들이 일제히 움직임을 재개한다. 테토라 군을 따라하듯 발을 굴리며 박수와 환성을 보내고 있다.

역시 많이 해 본 솜씨다. 테토라 군도 관객도……. 나는 머리가 빙빙 어지러워져서 호쿠토 군에게 매달려 있는 상태다.

이젠 그만해도 좋을 정도였지만 테토라 군은 한껏 고양되어 진행을 이어간다.

"도전자! 키 174cm, 체중 58kg! 한 번 물면 절대 놓지 않는 경음부의 사나운 이빨! 유메노사키 학원 아이돌과 2학년 B반, '광견' 오오가미 코가~!"

"오오, 소개까지 격투기 경기 같아~!"

점점 에너지 상승중인 스바루 군이 눈을 빛내며 뛰어 올랐다.

"좋아 좋아, 돈을 걸고 싶어지는걸! 흥분돼~☆"

"여자애들은 이런 분위기가 불편할지도 모르겠지만."

무턱대고 손을 흔드는 스바루 군에게 치이면서도 태연하게 서 있는 호쿠토 군이 걱정스러운 듯 나를 바라보았다.

"전학생, 기분이 나빠지면 말해. 이런 인파 속에서 빈혈로 쓰러지기라도 하면 큰일이니까."

"그나저나 누가 도전하나 싶었더니 가미 씨였네~?"

진심으로 즐거운 듯 스바루 군은 묘한 명칭을 입에 담았다.

"『B1』은 비공식 경기니까. 참여해도 득도 없는 데다 학생회나 선생님들에게 찍히는 게 일상인데도 말이야!"

역시 나는 아직 잘 모르는 이야기를 하고 있다. 비공식전은 그렇게 좋은 취급을 받지 못하는 걸까……. 그렇겠지, 무슨 일이든 무허가는 좋지 않다. 학생인 이상 교칙이나 선생님의 말에는 따라야 하는 것이다.

"역시 경음부, 무법자의 모범이야! 힘내~. 응원할게, 가미 씨~☆"

"시끄러!"

갑자기 짐승의 포효와도 같은 거친 목소리가 울려 퍼졌다.

"앗, 나왔다! 의상도 본격적이야~☆ 의욕 만점이네, 가미 씨!"

"시끄러, 시끄러! 제삼자는 조용히 입 다물고 지켜보기나 하라고!"

스바루 군뿐만 아니라 온 세상에 이의를 제기하는 것 같은 반항적인 태도로——.

그 남자애는 당당한 걸음으로 성큼성큼 무대 위를 걷고 있다.

"그나저나 멋대로 별명으로 부르지 마 아케호시, 짜증 나게! 이 몸은 고고한 한 마리 늑대란 말이다……!"

소란스러운 속에서도 목소리를 들었는지 스바루 군을 향해 꽤 저속한 지옥에 떨어져라 ^{Go To Hell} 사인을 보낸다.

이를 드러내고 주위를 위협하고 있다.

그런 거친 언동이 딱 맞는 야생동물 같은 남자애였다. 고고하게 사라져가는 회색 늑대의 눈동자, 반짝임을 싫어하는 것 같은 조금 어두운 달빛 색 머리칼.

자신이 언급했던 것처럼 늑대 같다.

입고 있는 건 유메노사키 학원 모두에게 지급되는 공통 아이돌 의상이다.

교복 색을 더 진하게 만든 것 같은 깊은 바다색에 뭉게구름 같은 흰색이 선명함을 더하고 있다. 화려하지만 시원한 디자인. 억지로 옷을 입혀진 동물처럼 꽤 대담한 어레인지가 들어가 있다. 단련된 몸의 선이 잘 보여서 보기에 왠지 부끄러워진다.

"학원 규칙이건 경음부건 상관없어! 흥미도 없고 가치도 없다! 이 몸이 최강이란 건 이미 정해진 사실이라고!"

아까 테토라 군의 소개에 따르면 오오가미 코가라는 이름인 것 같은 남자애는 먹잇감에 달려들듯 큰 제스처를 취했다. 무언가를 물어뜯듯 몸을 앞으로 기울여 으르렁거리고 있다.

"난 그걸 증명할 뿐이다! 이의가 있는 녀석은 앞으로 나와. 전부 피바다 속으로 때려눕혀 주지……!"

태도는 건방지고 오만하다. 정말로 상대가 누구든 싸움을 거는 것 같다.

"우민들아! 네 녀석들의 영혼을 갈기 찢고 물어뜯어 선혈을 모조리 마셔버리겠다!"

외치고 있는 내용도 위험해 보이는 이야기들뿐이다.

그래도 눈을 뗄 수가 없다. 마음이 고양된다. ――그도 아이돌인 것이다. 모여 있던 학생들의 주목을 한 몸에 받고서 전혀 두려워하지도 떨지도 않고 코가 군은 소리 높여 선언했다.

"포식당하기 직전의 황홀감에 몸부림쳐라! Rock&Roll!"

동시에 소중하게 안고 있던 기타를 켜기 시작했다. 공격적인 사운드가 귀를 칼로 푹푹 찌르는 것 같다.

그래도 그것이 신기하게도 기분이 좋다.

아이돌이라기보다는 완전히 록 뮤지션이지만. 연주와 동시에 노래도 하고 있어 완전히 코가 군의 독무대였다.

* * *

무대에 푹 빠져있던 내 옆에서 세 사람이 잡담을 하고 있다.

"오오, 연주 시작됐어! 멋지단 말이야, 일렉 기타☆"

"어라, 오오가미 군 기타였던가? 기억은 안 나지만 다른 드림페스에선 드럼이었던 기억이 있는데?"

"가미 씨는 일렉 기타가 주 종목인데~?"

마코토 군의 질문에 대답하면서 아무래도 코가 군과 사이가 좋은 모양인 스바루 군은―― 친밀감을 담아 무대를 바라보고 있다.

"아하하, 여전히 관객을 전혀 생각하지 않는 독선적인 연주!

모든 걸 물어뜯는 것 같은 중저음! 짜릿한걸~☆"

마코토 군이 뭐든 바로 인터넷에서 검색하는 요즘 세대답게 스마트폰을 만지작거리고 있다.

"음~……찾아보니 경음부 멤버는 4명인데 기타와 베이스밖에 없네. 자유분방하게 각자 하고 싶은 걸 한다는 느낌?"

"그건 말이야. 거기 부장이 방임주의라 그래. 경음부라는 『유닛』을 만든 것도 아니고~. 담당 악기가 겹쳐도 괜찮은 거 아닐까?"

"부활동에선 각자 좋아하는 악기를 연습하고 그걸 개인이나 『유닛』에서 살린단 느낌인가?"

"너희, 전문용어로만 대화하지 마."

호쿠토 군이 어이없다는 표정으로 설명해 준다.

"이참에 전학생에게 『유닛』에 대해 설명할게."

또다시 과외선생님의 수업이 시작된다는 느낌에 나는 서둘러 메모장을 준비했다.

"우리 유메노사키 학원 아이돌과 학생은 대강 두 명~다섯 명 정도의 소규모 집단=『유닛』을 결성할 수 있어. 말 그대로 흔히 쓰이는 의미로서의 아이돌 유닛이야. 드림페스에는 개인이 『유닛』 단위로 참여할 수 있어."

흠흠.

"『유닛』은 학원에 신청해 허락을 받으면 결성할 수 있어. 결성도 해산도 탈퇴도 신규 가입도……. 그때마다 신청해야 하는 수고는 들지만 어느 정도는 자유로워."

마음 맞는 동료와 결성하는 밴드 같은 것이려나. 아이돌들의 학교에서는 그렇게 가볍게 생각할 수 있는 것이 아닌—— 중요한 모임이겠지만.

"참가 조건이 『유닛』만으로 한정된 드림페스도 있어. 완전히 솔로 활동에만 주력하고 있는 사람도 있지만. 여러모로 편리한 점이 있어 『유닛』을 결성하는 사람들이 대부분이야."

"학원에서는 『유닛』에게 드림페스에서의 성적 등에 따라 활동자금이나 장소 등도 제공하니까. 활동의 폭을 넓힐 수 있어. 결성해서 손해 볼 건 없단 느낌~ ♪"

마코토 군도 대화에 참여해 가려운 곳을 시원하게 긁어주듯 보충 설명을 해 준다.

"『유닛』별로 팬클럽이 있기도 하고. 유명한 『유닛』은 서점에서 사진집이 팔리기도 해."

그런 유명인들과 나란히 앉아 공부할 수 있는 나는 다른 사람들이 부러워 할 입장인 거겠지.

"물론. 멤버 간 문제로 참담한 사태가 일어나는 『유닛』도 있지만~?"

"보충하자면. 유메노사키 학원에는 위원회나 부활동도 있지만 『유닛』과는 구별되어 있어."

어째서인지 마코토 군이 설명하고 있으면 지지 않으려는 듯 추가 정보를 주는 호쿠토 군이었다.

"위원회는 주로 선생님 등 학원 관계자가 하는 일을 대행해. 부활동은 단순한 취미 모임, 동호인들이 느긋하게 연결되어 있는 것뿐인 서클이야."

역시 무엇에 있어서도 아이돌 활동이 최우선인 모양이다. 그도 그럴 것이다. ——아이돌을 하면서 학생도 하고 있는 것이니. 나에게는 아직 상상이 가지 않는 어려움이 있을 것이다.

"그러나 『유닛』은 슬픔도 기쁨도 함께하는 동료야. 『유닛』의 평가는 그대로 개인에 대한 평가……. 즉 학원 내 성적이나 아이돌로서의 외부 평가에도 반영돼. 유메노사키 학원이란 수라장을 헤쳐 나가기 위해 손을 맞잡고 서로의 힘이 되어주는 무엇과도 바꿀 수 없는 동포라고도 말할 수 있어."

호쿠토 군은 진지하게 즐거운 듯 좌우로 움직이고 있는 스바루 군과 마코토 군을 한 번씩 바라보았다. 그러고는 둘을 한꺼번에 끌어안듯 어깨를 맞댄다.

"우리 셋도 『Trickstar』라는 『유닛』을 결성했어."

트릭스타…… 잘 들어보지 못했지만 즐거울 것 같은 어감이다.

이때는 그 정도의 감상이었다. 얼마 지나지 않아 나에게 있어 무시할 수 없는 존재가 될 소중한——『Trickstar』의 이름을 떠들썩함 속에서 처음으로 들었다.

큰 느낌도 없고 설명 중의 덤과도 같이.

나는 이 시점에서는 아직 어딘가 손님 같은 기분으로 다른 사람 일인 것처럼 그들이 어떤 각오로 내 곁에 있는지——그것을 생각하지도 못할 정도로 마음을 놓고 있었다.

"꼭 기억해줘. 그리고 가능하다면 우리 『Trickstar』에게 축복을 가져다줄 여신이 되어줬으면 좋겠어."

미스터리한 말을 들은 것 같은 기분이 들었지만 무슨 의미인지 되물어 볼 시간도 없었다. 호쿠토 군은 땅에 닿을 듯이 깊게 머리를 숙였다.

"진심으로 부탁할게, 전학생."

"『Trickstar』에는 멤버가 한 명 더 있어. '마법사' 사리~☆"

스바루 군이 브이 사인을 하며 묘한 이야기를 하기 시작했다.

"빨리 전학생에게 소개해주고 싶은데 다른 반인 건 이럴 때 불편해 그치?"

"이사라도 애매한 입장이니까. 우리 활동에 무리하게 참가하게 할 순 없어."

호쿠토 군이 조금 미안하다는 듯 맞장구를 친다.

"이사라가 없는 동안엔 전학생이 그 빈자리를 채워주면 든든하겠지만."

"히다카 군은 계속 그런 식으로……. '그런 말'이 부담이 되는 사람도 있어."

마코토 군이 그 순간에만 차갑고도 인형 같은 무표정을 짓고 있었다.

그것을 보고 등줄기가 오싹해진 나를 보고 그는 무서울 정도로 활짝 웃어보였다.

"우선은 부담 갖지 말고 유메노사키 학원에 적응해 줘, 전학생 쨩♪"

천천히 조금씩── 나는 빠져들어 간다.

끝없는 늪과도 같은 인연과 희비극이 소용돌이치는 청춘 속으로.

설명을 들으며 라이브를 보고 이제야 조금 분위기에 익숙해진 나는—— 아까 스바루 군이 사다 준 음식을 냠냠 먹고 있었다.

패스트푸드점보다 좀 더 양질의 햄버거와 두꺼운 스테이크에 곁들여 나올 것 같은 본격적인 포테이토 프라이. 맛있지만 꽤 위장에 부담이 간다.

손가락과 입가에 덕지덕지 묻어버린 기름기와 소스 등을 뭔든지 갖고 있는 호쿠토 군이 준 물티슈로 닦았다. 배가 채워지니 안심이 되었다.

"큰일임다~!"

그때 등 뒤에서 갑자기 들려온 큰 목소리에 놀라 사레가 들리고 말았다.

콜록거리며 돌아보니 그곳엔 아까 무대 위에서 사회를 맡고 있던 1학년—— 테토라 군이 주위를 바쁘게 둘러보며 뛰어다니고 있었다.

"큰일이에요 큰일, 변고가 터졌슴다~!"

"음, 변태라니. 우리 부장이 또 무슨 일이라도 저지른 건가?"

"'변태'가 아니라 '변고'임다! 잠깐 여쭤보겠는데, 혹시 우리 대장 못 보셨슴까?"

"흠, 갑자기 물어도 곤란하다만……?"

잘 모르겠다는 반응을 보인 호쿠토 군에게, 테토라 군은 도와 달라 매달리듯 달려왔다. 울상을 짓고 있다. ——호쿠토 군은 조금 불쌍하다 생각했는지 친절히 받아주었다.

"찬찬히 설명해. '대장'은 누구고 왜 그 '대장'을 찾고 있지?"

사무적 아니 기계적인 반응이었지만 그런 성격이라 그렇겠지.

"내가 도울 수 있는 게 있다면 협력할게. 먼저 사정을 자세히 들려줘."

다 먹고 난 음식 포장지 등을 회수해 한데 모아 비닐봉지를 '꾹' 묶으며 호쿠토 군은 능숙하게 대응한다.

"너, 이 드림페스……【용왕전】의 중계 담당이었지. 이런데 서 여유 부리고 있을 시간은 없을 텐데?"

"에, 에에? 그렇게 여러 가지 막 물어보셔도 곤란함다, 어려 운 이야기는 잘 모름다!"

테토라 군은 의외로 정중한 응대에 반대로 당황했는지 긴장한 듯 보였다. 똑바로 서서 아직 군대에 적응하지 못한 신병처럼 어색한 경례를 하고 있다.

"그게 '대장'은 우리 부장 얘김다. 【용왕전】에서 경음부 오오가미 선배와 대결할 예정이었슴다! 그런데 그런데, 어째선지 지금 행방불명임다!"

그러고 보니 코가 군은 도전자로 소개되었었다. 격투기 같은 방식이라면 도전을 받을 챔피언이 있을 터였다. 그런데 아까부 터 코가 군은 혼자서 연주를 하고 있다.

아무래도 심상치 않은 사태가 일어난 모양이었다.

"그건 큰일이군."

호쿠토 군은 조금 걱정스럽다는 기색을 보이며 고민하듯 팔짱을 꼈다.

"넌 가라테부였지. 가라테부 부장이라면 분명……?"

"맞슴다! 키류 쿠로 선배임다! 제가 존경하는 대장임다!"

크게 필요하지 않은 정보까지 부가하는 테토라 군이었다. 그키류 쿠로라는 사람을 정말로 존경하고 있는 거겠지. 말투도 상당히 열정적이었다.

"키류 씨라면, 아까 봤는데~?"

흥미롭다는 듯 상황을 지켜보던 스바루 군이 '번쩍' 손을 들었다.

"식당에 있었어! 평범하게 식권 사고는 *나폴리탄 먹고 있던데?"

그 말에 테토라 군은 '꽈광' 하고 효과음 자막이 보일 정도로 충격 받은 표정을 지었다.

"네!? 왜 평소처럼 식사하고 계신 검까~. 곧 승부가 시작되는 이 타이밍에! 너무 자유로운 거 아님까 대장. 장난 아님다~!"

오히려 칭찬하고 있는 것 같지만……, 테토라 군은 사나이 울음으로 울며 감탄했다.

"대장~! 【용왕전】은 우리 가라테부가 대대로 우승기를 계승해온 전통 있는 드림페스임다! '점심 먹는 중'이라는 바보 같은 이유로, 허무하게 다른 녀석들에게 뺏기는 건 납득할 수 없슴

---

*나폴리탄: 파스타면을 양파, 소시지 등의 부재료와 함께 토마토케첩으로 볶은 요리.

다! 있을 수 없는 일임다!"

오 마이 갓 하고 머리를 감싸 쥐고 그 자리에 주저앉은 테토라 군의――.

그 뒤에 어느새 누군가가 서 있었다.

"뭘 그리 떠들고 있나, 테츠."

뱃속까지 울리는 중후한 목소리. 무심코 목 안에서 '힉' 하고 비명이 흘러나왔다. 등장한 것은 위압감 있는―― 한눈에 보기에도 무서워 보이는 인상의 인물이었다.

유메노사키 학원 교복을 입고 있으니 아슬아슬하게 학생으로는 보인다. 하지만 아이돌이란 느낌은커녕 학생이란 느낌도 잘 들지 않았다. 우람한 체격의 거구였다.

삼백안 기미의 찢어진 양 눈. 타오르는 불꽃과도 같은 붉은 머리칼을 뒤로 매만지고 있다. 나 같은 건 밟아 짓뭉개버릴 것 같다. 아니 머리부터 그대로 우적우적 먹어버릴 것 같았다.

"앗, 대장! 안녕하심까~☆ 식사는 다 하셨습까?"

테토라 군이 눈을 반짝이며 과하지만 예의바르게 인사를 한다. 그러나 곧 상황을 파악한 듯 허둥대며 그――키류 쿠로 씨를 잡아끌었다.

"뭐 그런 건 됐습다. 우선 옷부터 갈아입고, 무대로 올라주십쇼!"

하지만 테토라 군이 있는 힘껏 끌어당기고 있는데도 쿠로 씨는 미동도 하지 않는다. 땅속 깊이 뿌리를 내린 큰 나무처럼 움직이지 않고 "……?" 하고 고개를 작게 갸웃거린다.

"엇, 왜 모르겠다는 표정이심까!? 대장은 싸우셔야 한다, 대장은 우리 가라테부 대표이기 때문임다! 대장이야말로 최강의 사나이임다~!"

누가 봐도 어리둥절해 하는 쿠로 씨에게 테토라 군이 열정적으로 설명한다.

"【용왕전】은 상대가 퍼포먼스를 하는 사이에 공격해 무대에서 떨어트리는 게 주요소이기도 함다! 이런 【용왕전】만의 규칙을 이용하지 않는 건 아깝습다!"

테토라 군은 '크으으~' 하고 눈가를 비비며, 어째선지 감동하고 있다.

"퍼포먼스만으로 정정당당히 승부하고 싶다……. 그런 대장의 마음은 저도 잘 이해하지만 말임다?"

그런 긍정적인 해석을 한 모양이지만 쿠로 씨는 여전히 잘 모르겠다는 태도였다.

"아니, 미안하다……. 그저, 【용왕전】이 있다는 걸 잊고 있었던 것뿐이다."

"정말임까!? 깜빡했다로 될 일이 아니다, 정신 차리십쇼, 대장!"

정말 너무하다 싶은 대응에도 굴하지 않고 테토라 군은 이번엔 머리를 중심으로 온몸을 사용해 밀며 쿠로 씨를 무대로 데려가려고 한다.

　여전히 쿠로 씨는 미동도 하지 않았지만, 특별히 힘을 주어 버티고 있는 것 같지도 않은데 거대한 산처럼 움직이지 않는다. 체중 차 때문일까—— 아니면 가라테부인 쿠로 씨가 무언가 기술을 써서, 테토라 군의 힘을 흘리고 있는 걸까.

　"자자, 지금이라도 괜찮으니 무대에 올라주십쇼! 저 경음부의 '광견'에게, 가라테부의 긍지를 보여주셨으면 합니다! 저런 불건전한 로큰롤 녀석은 대장의 가라테 펀치 한 방이면 충분합니다☆"

　어떻게든 쿠로 씨가 의욕을 낼 수 있게 하려고 노력하는 테토라 군이었다. 그런 귀여운 후배를 보며 쿠로 씨도 무언가를 느낀 것이겠지 진지하게 고개를 끄덕였다.

　"테츠."

　"넵!"

　"폭력으로는, 아무것도 해결할 수 없다."

　"네에에!? 이제 와서 그런 소릴 하시는 검까? 폭력도 괜찮습다. 그게 【용왕전】의 규칙이란 말임다~!"

　전혀 상반되는 주장을 하는 떠들썩한 두 사람이었다.

　이 부분에서 나는 쿠로 씨에 대한 경계심이 꽤 풀어지고 있었다. 생각보다 왠지 좋은 사람일지도 몰라……. 사람은 외모로만 판단해선 안 되는 것이다.

　가라테부 두 사람의 소란스러운 모습이 꽤 눈에 띄었던 것이겠지. 무대 위에서 격하게 연주하던 코가 군이 둘을 향해 말을 걸었다.

"어이어이, 내분이라도 났냐?"

바보 취급하듯 코웃음 치고 있다.

"한심하군~. 시작도 하기 전부터 패배의 기운을 뿜어내다니! 아니면 이 몸의 위압감에 쫄리기라도 했냐? 원숭이 대장!"

"앗, 우릴 얕보다니! 어떡함까 대장. 완전히 무시하고 있슴다!"

역시 열이 받았는지 테토라 군이 장난감 사 달라고 부모님께 떼쓰는 아이처럼 쿠로 씨의 옷을 '쭉쭉' 잡아당겼다.

"뭐라도 한마디 해주자고요, 대장~!"

"시끄러. 큰 소리를 내면 연주에 방해가 된다."

"네에에!? 왜 그런 건 '아주 잘' 지키는 검까 대장. 괜찮슴다 【용왕전】은 방해 OK! 몇 번이나 말씀드렸는데도 그러심까~!?"

"무도는 예로 시작해 예로 끝나는 법."

"아니아니, 지금은 그런 건 잠시 치워도 됨다. 이건 무도가 아니라 싸움이란 말임다!"

일일이 진지하게 반응하는 쿠로 씨에게 테토라 군은 거의 울먹이며 필사적으로 소리쳤다.

"남이 자기 얼굴에 침 뱉는데도 예의니 뭐니 하는 건 그냥 바보일 뿐임다, 대장~!?"

"하! 겁먹은 건 아니겠지?"

맥 빠지는 대화를 하는 가라테부 두 사람을 코가 군이 비웃고 있다. 말을 하는 동안에는 어쩔 수 없이 노래는 끊겼지만 연주는 멈추지 않고 있다는 점은 성실하다.

지켜보는 학생들도 여흥의 일환이라 생각한 것인지 그대로 즐기고 있는 모습이었다.

"유메노사키 학원 최강도 별 볼 것 없군. 이렇게 상대도 안돼서야 정말 재미없어 죽겠어!"

격투기의 마이크 퍼포먼스처럼 코가 군은 도발을 계속한다.

"그게 아니면 이런저런 변명으로 싸움을 피하는 게 무도란 거냐! 좀 더 이 몸을 즐겁게 하란 말이다! 피가 끓어오르게 해 달란 말이야. 요즘 목줄이라도 채워진 것처럼 답답하고 스트레스가 쌓여있다고!"

간절히 요청하는 것처럼 코가 군은 쥐어뜯듯 기타를 친다.

"부탁이다! 격렬한 싸움으로 이 몸의 답답함을 전부 날려 버릴 수 있게 해 줘! 잔뜩 기대하고 있다고! 유메노사키 학원 최강, 키류 쿠로!"

"……선배의 이름을 함부로 부르는 건가."

최강이라는 둥 험한 분위기가 느껴지는 단어로 표현된 쿠로 씨는 역시 위압적인 분위기에 반해 온화한 모습이었다. 코가 군의 도발을 산들바람처럼 받아넘기고 태연히 서 있다.

그러나 테토라 군이 분한 듯 표정을 찌푸리고 있는 것을 보고 쿠로 씨는 곤란하다는 듯 눈썹을 찌푸린 후 가볍게 반격했다.

"교육이 부족한 것 같군. 경음부의 '광견'."

"하, 눈치나 보며 굽실거리는 건 이 몸과는 맞지 않아! 이 겁쟁이들. 뭐가 가라테냐! 무도라는 거냐! 실망시키지 말라고!"

"시끄럽게 짖지 마라. 강아지."

시끄럽다고 느꼈던 거겠지. 거칠게 귀를 파며 쿠로 씨는 드디어 움직였다. 천천히 한 발 한 발 무대로 향한다. 그 전신에 투지인지 살기인지 지금까지 내가 가까이서 본 적 없던 거센 공기가 충만하기 시작했다.

"나를 욕하는 건 상관없다. 그러나 무도를 모욕하는 예의를 모르는 녀석은 살아 돌아갈 생각은 하지 않는 게 좋을 거다."

무서운 말을 입에 담으며 쿠로 씨는 그대로 여유롭게 활보한다.

"점심도 소화시킬 겸 데리고 놀아주지."

"오오……☆ 드디어 대장이 최전선에 섰습다. 공부가 됩다!"

형님을 따르는 아우처럼 테토라 군이 기쁜 듯 쿠로 씨의 뒤를 따른다. 어째서인지 부자 같은 느낌도 든다. 개였다면 꼬리를 흔들고 있을 거다.

그런 사랑스러운 1학년에게 쿠로 씨는 어깨 너머로 돌아보며 말한다.

"테츠."

"넵!"

"그 전에, 혹시 손수건 같은 것 있나."

진지한 표정으로 쿠로 씨는 엉뚱한 소릴 하기 시작했다.

"나폴리탄을 먹다 보니 소스가 입에 묻어서 말이다. 이런 지저분한 얼굴로 무대에 설 수는 없다."

"네에에!? 그러니까 왜 그런 건 '아주 잘' 지키시는 겁까~.

그런 거 상관 없습다! 오히려 나폴리탄 소스가 피가 튄 것처럼 보여서 아~주 멋집다!"

실제로 쿠로 씨의 입가는 많이 더러워져 있었다.

식당에서 나폴리탄을 먹다 후배 테토라 군의 비명과도 같은 목소리를 듣고 서둘러 뛰쳐나온 거겠지.

테토라 군이 푹 빠진 것도 알 것 같다. 굉장히 넓은 마음과 의지가 되는 모습. 의협심이 있는 사람이었다.

테토라 군은 "실례합다!" 등 양해를 구하는 말을 하며 관객들 사이를 재빠르게 헤쳐 나가 최단 루트로 무대로 향한다.

"그보다 어서 올라가십쇼! 서두르지 않으면 도전자의 퍼포먼스가 끝나 버릴겁다! 【용왕전】의 규칙을 사용해 승리할 수 있는 기회를 이대로 놓쳐버릴 순 없습다~!"

"확실히 악기 연주만 보자면 오오가미는 유메노사키 학원에서도 손꼽히는 실력자야. 방해 없이 정정당당하게 승부한다면 아무리 선배라 해도 불리하겠지."

자리에 남겨진 우리들 중 호쿠토 군만이 냉정하게 상황을 분석하고 있다. 그리고 뭐든지 갖고 있던 그가 품속에서 고급스러워 보이는 손수건을 꺼내 앞으로 가고 있는 쿠로 씨를 향해 던지려고 했던 거겠지── 높게 들어 올려 깃발처럼 흔들었다.

"선배, 괜찮으시다면 제 손수건을……음?"

"괜찮다."

쿠로 씨는 미소 짓더니 어디에선가 손수건을 꺼내 입가를 닦았다.

"거기 아가씨가 손수건을 빌려줬다."

"오오, 전학생. 세심하군."

감탄하는 호쿠토 군의 말에 나는 고개를 끄덕였다.

물티슈는 다 써버렸지만 조금 더 깨끗이 닦으려고 손수건을 꺼냈었다. 그것을 나폴리탄 때문에 입가가 더러워진 쿠로 씨에게──괜찮으시면 쓰세요, 하고 건넸던 것이다.

조용히 이야기를 듣고만 있었던 건 아니었다, 나도.

도움이 되었다니 기쁘다. 만족감에 웃고 있으니 호쿠토 군이 "그런 면은 역시 여자애인 건가……"라는 둥 말하며 자신의 손수건을 마지못해 품속으로 돌려놓았다.

"아하하☆ 홋케~. 자기 일을 뺏겨서 '시무룩' 한 거야~?"

괜한 소릴 하는 스바루 군을 호쿠토 군이 화풀이라도 하듯 팔꿈치로 쿡 찔렀다.

그러는 사이에도 쿠로 씨는 점점 무대를 향해 걸어가고 있다.

"고맙다. 손수건은 나중에 세탁해서 돌려주지. 얼굴이나 의상에 피가 묻을 수도 있으니 조금만 더 빌렸으면 한다."

무서운 소릴 하고 있다……. 저렴한 물건이라 무리해서 돌려주지 않아도 괜찮지만. 피로 더러워졌던 것을 돌려받아도 곤란하다.

"서두르십쇼, 대장! 어서 갈아입으셔야 한다. 제가 돕겠습니다!"

"그래. 항상 고생이 많구나. 테츠."

"그런 말씀은 안 하셔도 됨다! 자, 경음부. 얌전히 죽을 준비나 하시라 이겁다!"

앞장 서는 테토라 군에 쿠로 씨도 즐거움을 느꼈는지 미소를 짓고 있다. 금방 무대에 도착해 놀랄 정도로 민첩하게 무대 위로 뛰어 올랐다.

높은 위치에 서 있기에 큰 몸집이 더욱 강조되어 눈에 띈다. 깨끗이 입가를 닦고 손수건을 접어 주머니에 넣고서 쿠로 씨는 당당히 일어섰다.

✦✦✦

만사태평하게 등장한 대전 상대를 오히려 전력으로 맞이하듯 코가 군이 이를 드러내며 웃었다.

"하, 드디어 납셨군! 이대로 꼬리 내리고 도망가는 줄 알고 내가 더 조마조마했다고!"

마치 불량배처럼 코가 군이 쿠로 씨에게 얼굴을 들이대며 위협한다.

"타임오버로 싸우지도 않고 이겨도 재미없거든~! 이 몸에겐 더욱 가치 있는 승리야말로 어울려……. 우옷!?"

"피했나."

어느새 헤드셋을 착용하고 있던 쿠로 씨의 목소리는 마이크를 통해 확대돼 여기까지 잘 들린다. 그렇지만 지금—— 대체 무슨 일이 일어난 걸까?

"입만 산 건 아니었나 보군, 꼬맹이."

나는 보지 못했지만 아무래도 경계 없이 다가온 코가 군에게

쿠로 씨가 무언가를 한 모양이었다. 그에 반응해 코가 군은 뒤로 크게 날았다.

조금 의외라는 듯 눈을 동그랗게 뜬 쿠로 씨를 코가 군은 이를 갈며 노려본다. 바닥에 손을 짚고 짐승처럼 착지해 무대 위를 미끄러지듯 이동하여 더 거리를 벌린다.

온몸으로 경계하면서 코가 군은 긴장감을 높이고 있다.

(칫!? 대체 뭐야, 이 녀석은!)

마음속에서 코가 군은 더 큰 공포심에 사로잡혀 있었다.

(전혀 살기를 느끼지 못했어. 산책하는 느낌으로 발차기를 날리다니! 피하지 못했으면 지금 그 한 방으로 끝나버렸겠어……!)

혀를 차며 꼴사나운 자세를 취하고 있는 자신이 부끄러워 빠르게 일어서서는 기타를 무기처럼 들고 쿠로 씨를 향해 으르렁거린다.

"그래도 봐주려는 생각은 마! 제대로 덤비란 말이다!"

그리고 다시 연주를 시작한다. 거친 음색이 갑작스러운 활극에 따라가지 못해 보고만 있던 학생들을 다시 흥분케 한다. 야광봉이 흔들리고 현장에 있는 모든 것이 열광으로 들끓기 시작한다.

그래. 지금은 코가 군의 퍼포먼스 타임이다. 마음 가는대로 행동하는 것처럼 보이지만 그에게도 냉정한 면이 있었다.──자신이 해야 할 일을 잘 알고 있다.

"그정도 가지고 이 몸의 연주를 멈추게 할 순 없어!"

【용왕전】에는 상대를 방해해도 된다는 규칙이 있다. 코가 군은 연주를 해서 관객의 표를 모아야 할 필요가 있다. 쿠로 씨는 규칙에 따라 방해를 하기 위해 기습 공격을 했지만, 코가 군은 오히려 그것을 퍼포먼스의 일환으로 거둬들이고 자극으로 바꾸어 더욱 더 신나게 노래와 연주를 발산하고 있었다.

아까 혼자서 연주하던 때보다 더 즐거워 보이기까지 했다.

"상단 발차기 한 발로 정리하려 하다니 내가 너무 쉽게 생각했나 보군."

쿠로 씨도 감탄하며 어깨 관절을 우두둑 울린다. 준비운동인지 몇 번인가 몸을 굽히고 펴더니 조용히 자세를 잡는다.

"어쩔 수 없군. 조금은 제대로 해 주지. 될 수 있다면 빨리 끝내고 싶다만……. 테츠의 비명소리를 듣고 다 먹기도 전에 서둘러 식당을 뛰어나왔으니까."

아까부터 의욕이 없어 보이는 건 혹시 배가 다 차지 않아서 그런 걸까.

"빨리 돌아가서 식사를 마저 마치고 싶다. 점심시간이 끝나기 전까지 결판을 내주지."

"크하하! 좋아, 흥분되는데! 원숭이 대장!"

"개 한 마리 상대하는데 원숭이면 충분하겠지."

아까도 들렸던 도발을 가볍게 돌려주고 쿠로 씨는 순식간에 ──지금까지의 온화한 태도를 완전히 버렸다. 살벌한, 건들면 폭발하는 화약고처럼 위험한 분위기가 감돈다.

쿠로 씨는 그저 가라테 자세를 취하고 있을 뿐이다. 그것만으로도 무기를── 진검을 빼 든 것처럼 긴박감이 커졌다. 나는 멀리서 바라보면서도 숨을 삼켰다.

"⋯⋯꼬맹이, 네 녀석은 너무 날뛰었어."

정말 서로 죽이기라도 하지 않겠냐는 생각마저 들고 말았다.

"지금 바로 그 입을 다물게 해 주지."

"하, 바라는 바다! 이 몸을 즐겁게 해 달라고 최강⋯⋯!"

코가 군도 전혀 겁내지 않고 정면에서 바라본다. 절정에 다다른 환성과 발을 굴리는 소리가 몰아치는 거대한 파도처럼 울려 퍼진다.

"하아, 하아!"

쿠로 씨를 무대로 인도하려 했지만 인파를 뚫다 도착이 늦어진 테토라 군이── 드디어 무대 위에 돌아와 크게 인사했다.

"아, 죄송합다 숨이 조금 차지만! 여기서 챔피언을 소개 해드리겠습다! 우리 가라테부의 대장, 키류 쿠로⋯⋯☆"

드디어 소개했다는 사실에 안심했다기보다 테토라 군은 그저 감개무량한지 몸을 떨고 있다. 주먹을 높게 들어 올리고 공평해야 할 사회자로서는 좀 그렇지 않을까 싶을 정도로 쿠로 씨에게 칭찬을 아끼지 않는다.

"학원에서 지급하는 공통 아이돌 의상도 대장이 입으면 남자의 승부복! 마치 특공복과도 같습다! 아주 멋짐다☆"

말을 듣고 처음 알았지만 어느새 쿠로 씨는 옷을 갈아입은 상태였다. 무대로 이동하는 도중에 테토라 군이 입혀주거나 했던 거겠지. 인파에 섞여 거의 보이지 않았지만── 빠른 의상 체인지다. 그 점은 아이돌답다.

코가 군도 입고 있는 같은 공통 아이돌 의상. 핏을 정돈하듯 팔을 흔들고 어깨를 돌리며 쿠로 씨는 관객들의 환성에 답하기 위해 바닥에 설치된 조명에 발을 얹고 손을 흔들었다.

무심코 나도 손을 흔들고 말아 그 모습을 본 쿠로 씨가 눈짓을 보내 주었다. 굉장히 기뻤다. ——정말 규칙은 이상하지만 아이돌의 라이브인 것이다.

"키 180cm, 체중 65kg! 격투가로서는 마른 몸이지만 대장은 실력만큼은 최강임다!"

확실히, 키를 생각하면 너무 가볍다는 느낌이 든다. 내가 남자애들을 그렇게 많이 본 적이 없는 탓에 더 거대하고 무섭다 생각한 거겠지.

그렇게 생각하고 있는 사이에도 테토라 군은 기운차게 떠든다.

"자, 선수들도 모였으니 본격적으로 【용왕전】의 뜨거운 막이 오름다. ——지금부터 한눈팔지 마십쇼! 승부는 한순간임다!"

조금 신경 쓰이는 말을 입에 담으면서.

"그리고 학생회가 방해하러 오기 전까지 모두 함께 즐겨주십쇼 ♪"

거기서부터는 완전히 격투기. 배틀 만화였다.

화려하게 과격하게 두 아이돌이 정면에서 맞붙어 무대 위를 활보한다. 아무도 그 이상한 광경에 의문을 가지지 않는 데다 분위기도 최고조. 당황하고 있는 내가 이상한 게 아닐까 의심될 정도였다.

"크하하, 갈수록 재밌어지는군! 이 자식!"

상식이 흔들리며 어지러워진 내 심정과는 상관없이 코가 군이 진심으로 즐거운 듯 으르렁댄다. 그 기세에 연주가 조금 흐트러져 불협화음이 울린다. 그가 치고 있는 건 일렉 기타다. 유선이기 때문에── 움직임이 제한된다.

그 상태에서 쿠로 씨에게 공격을 당하는 바람에 점점 다루기 어려워지고 있다.

원래라면 퍼포먼스 중에 공격을 하다니 언어도단, 경우에 따라선 경찰이 출동할 일이겠지만……. 그것이 【용왕전】, 이 드림페스의 기본사양인 것이다.

"뭐 하는 거냐 삐죽 머리! 학원 최강이란 그 실력을 이 몸에게 증명해보란 말이다! 이 몸은 아직 기운이 넘친다고……!"

"도발만큼은 수준급이군. 뭐, 즐거워 보이니 다행이다만."

식은땀을 훔치고 이를 드러내 위협하며 아직 기운이 넘치는 코가 군을 쿠로 씨는 어처구니없는 것 같기도 감탄하는 것 같기도 한 표정으로 바라보고 있다.

"하지만 난 전혀 즐겁지 않아. 그렇게 폭력은 좋아하지 않거든. 다가오는 위협에 대처하다 보니 어느새 나올 수 없을 만큼 깊이 빠져 버린 것뿐이야."

주머니에 손을 넣은 채 나른하게.

"테츠나 너와 같은 꼬맹이들이 폭력의 늪에 빠지는 건 원치 않는데 말이야. 이런 말을 할 때는 아닌 것 같군. 곡이 곧 끝나겠어."

무시무시한 기운이 쿠로 씨의 커다란 몸에 가득 차오른다.

멀리서 보고 있는 나라도 숨이 막힐 정도였다.

"봐주는 것도 상대에게 실례되는 일이겠지. ——성심성의껏 예를 다하도록 하지. 식사 도중이었다 보니 양손을 더럽히고 싶지 않아 손을 봉인하고 있었을 뿐이다."

드디어 쿠로 씨는 주머니에서 손을 빼고는 자세를 잡았다.

이 사람들 진심이다. 이 어처구니없는 싸움에 완전히 빠져 들어있다.

"아무래도 이 강아지는 가벼운 발길질만으로는 쫓아낼 수 없겠군."

"하, 핑계는 됐으니 덤빌 거면 확실하게 덤비라고! 그리고 뭐, 봉인? 아직 전력을 다하지 않았다~ 그거냐? 사춘기냐 이 자식. 중2병에라도 걸렸냐!"

코가 군이 오히려 크게 기뻐하며 알 수 없는 말들을 거침없이 쏟아낸다.

"그런 멍청한 녀석은 우리 경음부 흡혈귀 자식만으로도 충분해! 어서 멋진 모습을 보여 달라고. 용감해 보이는 건 이름뿐인 거냐? 어이어이어이!"

"짖지 마라. 노래와 연주에 집중해."

격투기의 호흡법—— 이부키(息吹)라는 것을 이용한 거겠지,

쿠로 씨의 목소리가 긴장에 휩싸인다. 쿵푸 영화처럼 손짓하며. 그 무표정이 무너져 무서운 미소로 변한다.

"다음에는 귀여운 후배들만 앞장세우지 말고 직접 나오라고 사쿠마에게 전해라. 그 녀석 정도는 되어야 즐겁게 싸울 수 있을 것 같으니."

"아!? 이 몸은 그러기에 역부족이라고 말하고 싶은 거냐, 그것 참 죄송하게 됐네요오오! 죽여 버리겠어, 이 자식~!"

무언가 역린을 건드린 것인지 코가 군은 발을 동동 구르며 격분했다. 기세 좋게 기타를 무대에 내려칠 뻔하다 서둘러 자제한다. 실제로 아직 연주 중이다.

"그리고 흡혈귀 녀석 얘기는 하지 마! 상대는 이 몸이잖아. 이 몸을 보라고! 아아 정말. 불쾌해서 온몸의 털이 곤두서겠어~!"

"먼저 사쿠마 이야기를 꺼낸 건 네 녀석이다."

벌레 대군의 습격이라도 받은 듯 몸부림치며 싫어하는 코가 군에게 쿠로 씨는 대담하게 접근한다. 산책하듯 무심한 움직임이었지만.

"좋아. 분위기도 이제 절정이니 결판을 지을 시간이다."

그렇게 빠르게 움직이고 있는 것처럼 보이지 않는데 발놀림이 좋은 걸까⋯⋯. 순식간에 순간이동이라도 하듯 쿠로 씨가 코가 군의 눈앞에 서 있다.

"지는 것보다는 비겁자라 불리는 게 낫겠지. ……기술을, 쓰도록 하겠다."

"우와앗!?"

역시 이 움직임에는 놀라 코가 군이 뒤로 몸을 젖혔다. 브릿지처럼 상체를 젖혀 다리 힘만으로 버틴다. 그래도 연주를 멈추지 않는 그의 복근 아슬아슬한 부분을 스치며——쿠로 씨의 날카로운 앞차기가 통과했다.

코가 군이 입은 아이돌 의상이 바람 압력만으로도 찢어져 하늘을 날았다.

"오옷! 지금부터 대장이 맹공격을 펼침다!"

줄곧 관객처럼 기쁜 듯 상황을 지켜보던 테토라 군이 자신이 해야 할 일을 기억해냈는지——마이크를 잡고, 쾌재를 불렀다.

"이 기술은 보기 힘들다는 *정중선 오단 찌르기! 일격필살을 5번 날리는 검다~☆"

나에게는 거의 뭐가 뭔지 눈으로 좇을 수 없을 정도였지만 테토라 군에게는 잘 보이고 있는 모양이다. 무대 위에서 액션 영화의 스턴트맨처럼 자유분방하게 돌아다니는 쿠로 씨와 코가 군의 상황을——중계해 주고 있다.

영화와 달리 카메라맨도 없다. 거의 아무것도 보이지 않는다. 현실은 불친절하다. ——쿠로 씨의 모습이 희미해졌나 했더니 코가 군이 그에 대응해 크게 움직인다. 그때마다 옷 조각들이, 땀이, 떨어지는 피가 연출처럼 춤춘다.

---

*정중선: 신체 앞뒷면의 머리 위 정중앙부터 다리 사이를 수직으로 지나는 선. 급소가 많다.

"그렇지만 야생의 감으로 간신히 피하는 오오가미 선배! 보통 사람의 수준을 뛰어넘는 민첩성입다~!"

"끝이다. 얌전히 벌을 받아라. 꼬맹이."

완전히 격투기 시합처럼 된 현재 상황 속에서 쿠로 씨가 일단 정지했나 싶었더니 몸을 움츠려 아슬아슬하게 바닥을 저공비행하듯 미끄러져 간다.

큰 몸을 순간적으로 굽혔기에 코가 군은 정말 짧은 시간이었겠지만 쿠로 씨를 보지 못한 모양이었다. 아연실색하는 그의 안면에 충격이 가해져 그 기세에 코가 군은 뒤로 밀려난다.

코가 군은 술에 취한 듯 비틀거리며 넘어질 듯한 모양새가 되었다.

"오오, 번개 같은 고속 잽! 위력은 적은 맨손 기술이지만 대장이 쓴다면 유성권입다! 오오가미 선배, 피하며 도망감다! 도망감다!"

"도망친 거 아니거든! 기타를 쥐고 있으니 어쩔 수 없잖아 멍청아. 아까부터 시끄럽다고 1학년 주제에!"

흐르는 코피를 어깨로 훔치고 코가 군이 테토라 군에게 불평을 던졌다.

그러나 그것이 그의 가장 큰 실책이었다.

"빈틈투성이군."

"우왓……!?"

바닥을 아슬아슬하게 종횡무진 움직이는 쿠로 씨의 통나무 같은 다리가 옆으로 활공한다. 이에 재빠르게 코가 군이 화려하게 날아올랐다.

"여기서 다리 후리기! 오오가미 선배, 하늘로 날았습다~!"

흥분이 절정에 달한 테토라 군의 목소리가 울려 퍼지는 중에 코가 군은 공중을 빙그르르 회전한다.

"우왓, 큰일이다!?"

"기타 꽉 잡아라."

겨우겨우 방어를 위해 몸을 둥글게 만 코가 군에게 바짝 다가와 쿠로 씨는 있는 힘껏 전신으로 태클. 쿠로 씨의 거구, 그의 체중과 기세가 코가 군의 전신을 압박한다.

"크악!?"

"대장의 기술, 몸통 박치기가 시원하게 들어갔습다! 전신을 무기로 만들어 모든 운동 에너지를 오오가미 선배에게 때려 넣었습다~☆"

테토라 군이 절규했다.

"오오가미 선배, 날아갑다~! 차에 치이기라도 한 듯 마치 와이어 액션같습다 ♪"

고통스러운 비명을 지르며 코가 군은 높이높이 날았다. —— 무대에서 우리가 있는 관객 쪽으로. 일직선으로. 옛날 소년만화처럼. 일렉 기타의 케이블이 뽑혔는지 천을 찢는 듯 귀에 거슬리는 소음이 울려 퍼졌다.

그래도 소중하게 기타를 안고 있는 코가 군. 악기를 소중히 다루고 있는 거다. 아까의 격렬한 공방 속에서도 상처 하나 없다.

"하지만 이건 특수 효과가 아님다! 실제 라이브 상황임다~☆"

모두 하늘을 올려다보며 입을 벌리고 있다. 신난 테토라 군의 중계 덕에 일단 상황은 알 수 있었지만 나는 솔직히── 무언가를 생각할 여유도 없었다.

"오오가미 선배, 이대로 무대 밖으로 떨어져 패배 확정인가~!?"

✦✧·✦✧·✦

거의 이긴 것이나 다름없다는 거겠지. 쿠로 씨에게 날아들어 껴안으며 환성을 지르던 테토라 군이── 갑자기, 정색했다.

"……으음?"

의심스러운 듯 계속 쥐고 있던 마이크를 응시했다.

"어, 어라? 마이크 전원이 끊겼습니다. 지금이 '좋을 때'인데~!"

마이크를 두드리기도 하고 전원을 올렸다 내렸다 하며 테토라 군은 잠시 당혹해 했지만──곧 사태를 파악했는지 눈에 띄게 혈색을 잃었다.

"음, 이상함다. 왜── 아앗, 설마!?"

"자, 거기까지~ ♪"

갑자기 말 그대로 물을 끼얹듯 청량한 목소리가 울렸다.

달콤한, 아직 변성기가 오지 않은 남자애의──천사의 목소리^{보 이 소 프 라 노}였다.

"너무 시끄럽잖아 이 가축들~☆ 이렇게 시끄러운데 설마 우리가 모를 줄 알았어?"

목소리의 주인은 【용왕전】을 감상하고 있던 학생들의 가장 뒤편―― 언제부터인가 군중을 에워싸고 있던 불온한 붉은 완장을 찬 학생들 중 한 명이었다.

나는 숨소리도 허용되지 않는 무대 위 공방에 정신이 팔려 그런 사람들이 다가오는 것도 눈치채지 못했다.

내가 계속 매달려있던 호쿠토 군의 몸이 움찔하며 굳은 것이 느껴졌다.

"으엑, 학생회 꼬마 아냐!?"

"꼬마라 하지 마! 건방지다. 교칙 위반 현행범 주제에, 발언을 삼가라!"

테토라 군의 솔직한 표현에 짜증이 난 듯 발을 동동 구르며――.

사랑스럽다고밖에 표현할 수 없는 목소리처럼 외모도 천사 같은 남자애가 가슴을 쭉 폈다.

키가 작고 가냘파 거의 여자애로밖에 보이지 않는다. 기장이 맞지 않는지 일부러인 건지 소매가 남아 손끝만이 '삐죽' 엿보인다.

동그랗고 귀여운 눈동자와 가련한 입술. 정성스레 키워져 꾸며진 꽃 같은 복숭아색 머리칼.

교복 주머니에서 곰 같기도 다람쥐 같기도 한 그다지 본 적 없는 생김새의 봉제인형이 마스코트 캐릭터처럼 달려 있다. 부모님과 함께 라이브를 즐기러 온 도련님이나 미아로밖에 보이지 않지만.

학생들의 반응은 극적이었다. 비명을 지르며 뒤로 물러나 서로 부딪혀 넘어지는 사람도 다수였다.

짧은 그 순간을 기점으로 패닉이 일어나기 시작한다.

그 장면을 득의양양하게 바라보며 사랑스러운 남자애는 손을 높이 들어 올리며 선언한다.

"흐흥~ ♪ 이미 이 비공식 드림페스 현장은 완전히 포위됐어. 순순히 우리 말을 듣는 게 좋을걸? 이 열등생들~ ♪"

그것은 【용왕전】과 학생들의 즐거움에 종지부를 찍는 악마의 선고.

남자애가 올렸던 손을 크게 휘두름과 동시에 주위를 둘러싸고 있던 완장을 단 억센 학생들이── 일제히 이쪽을 향해 밀어닥쳤다.

✎ *Hierarchy* ☌✦

"큰일이군, 학생회 녀석들이야."

"우와, 정말 '큰일' 이네! 다들 무대에 주목하고 있었다 보니 몰랐어. 언제 이렇게 둘러싸인 걸까……?"

전혀 상황 파악이 되지 않아 혼란스러운 내 옆에서 호쿠토 군 과 마코토 군이 대화를 나누고 있다. 이 두 사람에게는 익숙한 전개인 걸까—— 나처럼 크게 동요하고 있지는 않다.

상당히 이상사태라 생각되는데도.

아니. 오늘 아침부터 즉 유메노사키 학원에 들어오고부터—— 나는 마치 이세계를 헤매듯 지금까지의 상식이 연이어 부서지는 것 같은 전개에 휘말려 있다.

상황은 기다려주지 않는다. 현재진행형으로 패닉은 확대되고 있다.

가장 느긋해 보이던 스바루 군이 태평하게 생각난 것을 그대 로 입에 담는—— 것 같은 말투로 혼잣말을 했다.

"아차~. 점심시간엔 학생회 사람들, 학생회실에서 점심도 먹 고 일도 하느라 바쁠 텐데. 그래도 이렇게 소란스러우니 눈치 챈 걸까?"

나는 잘 모르는 이야기를 하고 있지만 설명할 여유도 없는 거 겠지. 스바루 군도 역시 곤란하다는 듯 명령을 기다리는 강아지처럼 우리를 차례로 바라본다.

"휩쓸려서 강제연행당하기 전에 후퇴할까?"

"흠……. 고민되는군, 전학생에게 학생회 녀석들의 '처리 방식'을 보여줘도 좋을 것 같아. 그리고 또 하나 신경 쓰이는 게 있어."

이런 상황에서도 냉정하게 호쿠토 군이 담담하게 쓸 데 없는 정보를 말하기 시작했다.

"키류 선배가 날려버린 오오가미가, 이쪽으로 날아오고 있어."

──뭐라구요?

"그걸 먼저 말했어야지! 아무리 생각해도 그게 제일 급한 일 아냐!?"

"미안. 나는 아무래도 두 가지를 동시에 생각할 순 없는 모양이야."

"아하핫, 홋케~는 항상 하나에 집중하는 타입이니까~☆"

"시야가 좁은 것뿐이야. 그리고 지금은 태평하게 떠들고 있을 때가 아니군."

스바루 군과 마코토 군이 차례차례 던진 말에 성실하게 모두 대답하고는 호쿠토 군은 팔짱을 끼고 고개를 갸웃거렸다. 작동이 멈춰버린 기계처럼 잠시 움직임을 멈췄다.

"……어떻게 해야 할까?"

침착한 듯 보이지만 호쿠토 군도 내심 꽤 동요하고 있는지도 모른다. 그가 구체적인 것을 아무것도 말해주지 않고 대응도 할 수 없는 상태로——.

군중에 이리저리 치이고 있고 나는 넘어지지 않도록 버티는 것이 최선이었다.

"우왓, 진짜 이쪽으로 날아오잖아!"

"가미 씨~. 이쪽으로 오지 마! 부딪혀. 부딪힌다고!!"

마코토 군과 스바루 군이 비명을 지르며 올려다보는 그 앞에 코가 군이 있다.

무슨 위력으로 날아간 걸까. 기압과 중력에 의해 감속하며 낙하하면서도—— 날개를 달고 나는 것처럼 굉장한 기세다.

아무리 봐도——똑바로 우리를 향해 돌격하는 궤도다.

"시, 시끄러! 공중에서 그렇게 맘대로 움직일 수 있을 리가 없잖아. 고양이도 아니고! 이 몸은 늑대란 말이다……!"

"공중에서 그렇게 다급하게 변명해도 바보처럼 보일 뿐이라고 가미 씨~!"

울부짖는 코가 군에게 어째서인지 키스를 날리며 놀리던 스바루 군의 목덜미를 잡아 호쿠토 군이 주위를 둘러보며 탈출경로를 모색한다.

"어쩔 수 없지. 피난하자. 학생회로부터 도망칠 수도 있으니 일거양득이야."

하지만 주위는 이리저리 뛰어다니는 인파에 몹시 혼잡하다. 움직이려 해도 움직일 수가 없다.

잘못하면 큰 사고로 이어질 수 있다. 억지로 돌파도 할 수 없어 호쿠토 군은 이를 갈았다.

　"오오가미는 튼튼하니 그대로 떨어져도 찰과상 정도로 끝나겠지."

　"그건 그렇지만 가미 씨는 우리집 개랑 절친인걸! 보고만 있을 순 없어. 내가 받아 줄게~!"

　기이한 언동을 보이며 스바루 군은 양팔을 벌려 코가 군을 받으려는 자세가 되어 있었다.

　"이쪽이야~. 여~기여~기☆"

　"칫, 쓸데없는 참견 마 아케호시! 이 몸은 네 녀석 도움 따위 빌리지 않아도……아니, 기다려 봐?"

　요령 좋게도 공중에서 인간도 아슬아슬하게 가능한 자세 제어——춤추듯 회전해 똑바로 서서 떨어지는 궤도가 되어, 코가 군이 말썽쟁이 꼬마처럼 웃었다.

　"좋~았어. 괜찮은 생각이야! 흐흥, 이 몸은 역시 천재야! 어이, 그대로 움직이지 마라, 아케호시……! 죽어라아아아앗!"

　"으갸악!?"

　있는 힘껏. 오오가미 군이 아케호시 군의 얼굴을 걷어찼다.

　"우왓, 오오가미 군이 아케호시 군 얼굴을 밟아버렸어~!?"

　"무슨 짓이냐 오오가미. 얼굴은 아이돌의 생명이야. 그리고 아케호시의 몇 없는 장점이야."

　마코토 군과 호쿠토 군이 놀라 소리치는 사이, 체중 차이도 있기에 날려간 스바루 군이 데굴데굴 땅바닥을 구른다. 그렇지만 의외로 괜찮은 듯 몸을 일으켜 울상이 되어 항의한다.

"너무해 홋케~. 가미 씨도! 난 구해주려고 했던 건데! 곤욕만 치렀잖아~!"

"칫…… 말라빠진 아케호시를 밟은 걸론 부족했나?"

스바루 군을 발판으로 다소 감속했지만 그대로 코가 군은 똑바로 떨어지며── 진로에 있던 나를 보고 소리쳤다.

"어이, 거기 처음 보는 여자! 너도 이 악물고 똑바로 서 있어!"

"전학생!? 오오가미, 너 뭘 하려고……!?"

서둘러 스바루 군을 일으켜주기 위해 가려던 호쿠토 군이 그 말에 놀라 굳었다. 그러나 늦었다. ──맹렬한 속도로 코가 군은 계속 움직이고 있다.

몸을 비틀어 지면에 부딪히지 않겠다며 억지로 궤도를 변경한다. 스바루 군을 발판으로 삼은 덕에 다소 자세 제어가 가능해진 것이다.

그러나 관성의 법칙에 의해 모든 운동 에너지는 없앨 수 없다.

중력과 속도를 지닌 채 그는 돌진해 온다.

"당연히 녀석도 이 몸의 발판으로 쓰겠단 거지──이야아앗!"

발부터.

코가 군이 있는 힘껏 내 전신에 충돌해왔다. 이건 거의 교통사고다. 마치 날아차기를 당한 것처럼 코가 군의 신발이 내 얼굴

에 꽂혔다.

당연히 버티지 못하고 나는 그대로 뒤로 넘어졌다. 코가 군의 무거움을 느끼며 땅바닥을 무시무시한 기세로 미끄러졌다.

뒤통수가 부딪쳐 눈앞에 불꽃이 튄다. 의식이 멀어져간다.

"저, 전학생 쨩~!? 괜찮아?"

마코토 군도 이쯤 되니 얼굴이 창백해져, 서둘러 나를 향해 달려왔다.

"우왓, 오오가미 군이 전학생 쨩을 덮쳤어! 겨, 경찰 아저씨~! 여기 범죄자 좀 빨리 체포해 주세요~!"

"시끄러 안경! 흐흥~ ♪ 꽤 괜찮은 쿠션이잖아. 도움이 됐어!"

코가 군은 무사히 착지한 듯 상처 하나 없이 팔팔하다. 내 배 위에서 정좌하는 것 같은 자세가 되어 어째서인지 지면에는 전혀 몸이 닿지 않고── 즉 내게 모든 체중을 올린 채 우쭐해 하고 있었다.

"칭찬해주지, 너! 누군지는 잘 모르겠지만!"

거리낌 없이 의식이 몽롱한 내 머리를 '톡톡' 두들기듯 쓰다듬었다. 나는 대답도 할 수 없었다. 대체 무슨 짓을……. 정말로 죽는 줄 알았다.

외부인인 것처럼 관객 기분으로 사태를 보고 있던 것이 나빴다.

나는 이제 당사자인데. 이 유메노사키 학원의 일원인데.

"승부는 아직 끝나지 않았어! 곡도 남아있단 말이다! 패배조건은 무대 밖으로 떨어지는 것……다시 말해 무대 밖 땅에 발이 닿는 것!"

크게 으스대며 코가 군은 내 위에 올라탄 채 무대를 바라보았다.

"이 몸은 이 여자와 아케호시를 발판으로 삼았으니 '발이 땅에 닿지 않았어'! 아직 진 게 아니란 말이지~. 지금부터가 시작이다!"

이런 상황인데도 죽을 만큼 날려간 직후인데도——아직 의욕이 넘친다. 이를 드러내고 투지가 넘쳐흐른다.

"싸움에서 상처 입은 늑대의 무서움을 뼈저리게 느끼게 해 주지 최강……!"

군중에 섞여 무대는 보이지 않지만 거기에 있을 터인 쿠로 씨를 향해 도전적인 시선을 보냈다.

지금 그에게는 라이브가 최우선사항인 거겠지.

격통과 충격으로 어질어질한 나를 너무하게도 코가 군은 전혀 신경 쓰지도 않고 부른다.

"어이, 여자! 이대로 이 몸을 무대까지 옮겨라! 이 몸을 날려 버린 저 삐죽삐죽 머리에게 복수해야겠어!"

"그건 무리야, 오오가미. 전학생은 정신을 잃었어."

호쿠토 군이 역시 화가 치밀었는지 엄하게 타일렀다. 나는 그렇게 몸이 튼튼하지는 않다. ——의식이 서서히 흐려져 상황을 거의 파악할 수 없게 된다.

"뭐? 우와 진짜네, 허약하잖아, 이 녀석!? 젠장, 쓸모없군!"

"멋대로 다치게 해 놓고 그런 소리가 나와?"

내 볼을 '툭툭' 때리는 코가 군의 어깨를 호쿠토 군이 잡았다. 손가락이 어깨에 세게 파고들 정도로 손에는 힘이 가득 실렸다.

"전학생 위에서 내려와 오오가미. 그 녀석은 우리의 클래스메이트다. 그리고 아주 소중한 우리의 새 동료야."

"뭐? 건방진 소리 하지 말라고 범생이 자식이! 한판 뜨자는 거냐. 상대해 주지! 이 몸을 물어뜯은 걸 후회하게 해 주겠어……!"

"미안하지만 너와 놀고 있을 때가 아니야."

덤벼드는 코가 군을 받아 넘기고, 호쿠토 군이 이를 간다.

"피아구분을 똑바로 해라 오오가미. 우리의 진정한 적이 누구인지 생각해."

"전원 정숙! 학생회 집행부다!"

폭뢰라도 떨어진 듯 비명과 소음이 울려 퍼지는 대패닉 속. 쩌렁쩌렁한 큰 목소리가 울려 퍼졌다. 모든 사람들이 동시에 움직임을 멈춘다.

신탁을 받은 경건한 신도와 같이.

또는 감옥에서 교도관에게 혼이 난 것처럼. 절대로 거역할 수 없는 상위자의 명령에 무심코 본능적으로 따르고 말았다. ── 그런 분위기였다.

정적이 돌아온 운동장에 모든 것을 굴복시키려는 것 같은 위압적인 목소리가 울렸다. 발성은 물론 발음도 좋아서 무언가 발

표라도 하고 있는 느낌이다.

"이 드림페스는 학원의 승인을 받지 않았다! 유메노사키 학원 교칙 제4조에 따라 주최자 및 관객 모두 처단하겠다!"

목소리의 주인은 군중을 둘러싸고 질서 있게 나란히 앉은 학생회 인물들의 가장 중앙에 서 있었다. 군대를 지휘하는 장군이나 참모처럼. 정의의 사도처럼 위풍당당하게.

지적인 풍모의 사려 깊어 보이는 인물이다. 차가운 인상의 안경, 짙은 녹색 머리. 바른 자세와 규율의 모범을 보이는 것처럼 자로 잰 듯 정확한 보폭으로 걸어온다. 유메노사키 학원 교복. 그 넥타이의 색은 녹색—— 3학년이다. 아무래도 학생회를 이끄는 거물인 듯하다.

거리도 멀었고 나는 거의 기절해 있었기 때문에 그렇게 정확하게 확인한 것은 아니었지만.

많은 사람들 속에 있어도 눈에 잘 띌 것 같은 존재감을 지닌 늠름한 모습이었다.

"용서는 없다. 이분자들."

떼쓰는 아이를 혼내는 부모처럼 기가 막히다는 듯 한숨을 깊게 쉬고서——.

안경이 어울리는 미남은 정정당당히 선언했다.

"학생회장 텐쇼인 에이치를 대신해 이 하스미 케이토가 네 녀석들의 모자란 머릿속에 교칙을 확실히 새겨주지."

"흥~흐흥~ ♪"

하스미 케이토라고 자신을 소개한 고압적인 인물에게 거리낌 없이 다가가 아까부터 즐거운 듯 상황을 지켜보던 천사 같은 사랑스러운 남자애가———소악마 같은 조소를 머금었다.

"도망가도 소용없어 돼지들. 이제 우리로 돌아갈 시간이야~ ☆"

표정은 기뻐 보이지만 입에 담은 말은 굉장히 무서운 이야기다.

"푸풉 ♪ 학생회가 점심시간에 바빠진다는 정보를 흘리면 꼬리를 드러낼 거라 생각했거든! 바보같이 걸려들었네~. 머리가 나쁜 사람은 참 불쌍해 ♪"

이 정도로 무시당하니 오히려 화낼 기운도 나지 않는다고 생각될 만큼 애교 있는 태도이기는 하다. 하지만 도발당한 학생들은 짜증이 났는지 일제히 그 남자애를 노려본다.

전혀 두려워하지도 않고 남자애는 오만한 어린 폭군과도 같이 말한다.

"우린 만반의 준비를 하고 기다렸어. 한 명도 빠짐없이 묶어서 우리로 보내줄게……! 아아 즐거워. 권력자를 거스르는 바보들을 밟아 뭉개는 이 쾌감~ ♪"

배배 몸을 꼬아 기쁨을 표현하며 전력으로 조롱한다.

"이번 기회에 두 번 다시 우리 학생회에게 거역하지 않는 게 좋을걸! 설설 기면서 머리를 숙이고 영원히 바닥에서 살란 말이야☆"

"말이 심하다. 히메미야."

케이토 씨는 히메미야라는 이름인 것 같은 사랑스러운 남자애의 머리를 쿡 찌르려다 살포시 머리 위에 손을 얹고 안경을 빛냈다. 불만을 표하는 히메미야 군을 착하지 착하지 하며 쓰다듬는다.

그리고 성가신 일을 정리할 때 같은 귀찮아하는 몸짓으로 잔소리했다.

"우리는 규칙을 준수하기 위해 움직일 뿐이다. 그 기준으로서만 일하고 있다는 걸 잊지 마."

케이토 씨는 화가 쉽게 풀리지 않는다는 태도로 눈썹을 찌푸린다.

"이런 미련한 녀석들. 규칙은 너희를 보호하기 위해 있는 것인데. 쓸데없이 어겨서 질서를 어지럽히고 우릴 번거롭게 해. 정말로 구제할 길이 없군."

그대로 히메미야 군을 수행원처럼 데리고 거만하게 걸어온다. 학생들이 일제히 뒤로 물러선다. 폭력적이지 않은 오히려 품성과 지성을 느끼게 하는 이 인물을—— 모두가 심하게 두려워하고 있는 듯 느껴졌다.

"나는 에이치만큼 너그럽지 못해. 압제자라고 불러도 상관없다. 질서는 필요한 거니까. 에이치가 돌아올 때까지 내가 이 학원의 안녕을 지키는 철벽이다."

주변은 포위당했다. 학생들에게는 어디에도 도망칠 곳이 없다.

"전원 체포해. 한 명도 놓치지 마. 포박한 자는 학생 지도실로 연행해. 나중에 내가 엄격히 설교해 주지."

유유히 케이토 씨는 주변에 있는 학생회 멤버로 보이는 힘센 사람들에게 손짓 몸짓으로 지시를 내리고 있다. 익숙해 보인다. 이런 일은 유메노사키 학원에서는 일상다반사란 거겠지.

우리는 공권력에는 거역할 수 없다. 따를 수밖에 없다. 용서해 달라고 비는 수밖에 없는 것이다. 비굴하게. 정말로—— 가축이나 노예처럼.

아이돌들의 학교인데 꿈도 희망도 없는 이야기였다.

"아하하! 부회장의 설교는 길다고~. 거의 고문 수준이야! 정말 우울하겠네♪"

자신은 완전히 케이토 씨의 등 뒤에 숨어 안전한 포지션을 확보하면서, 히메미야 군이 히죽히죽 웃고 있었다.

"제, 젠장~! 항상 이렇지만 너무 횡포임다. 학생회!"

위축된 학생들의 중심. 무대 위에서 테토라 군이 울상이 되어 이를 갈았다.

"【용왕전】은 전통 있는 드림페스임다! 가라테부의 위대한 선배님들로부터 전해져 내려온 가라테부의 역사 그 자체임다! 우리의 긍지란 말임다!"

목소리를 내어 반발할 수 있을 정도로 테토라 군은 강했다. 옆에서 그것을 지켜보는 쿠로 씨가 조금 자랑스럽다는 듯 눈으로 웃고 있다.

"그걸 인정하지 않고 간단히 '규칙 위반'이라 탄압하는 건 납득할 수 없슴다! 단호하게 항의하는 바임다!"

"항의? 누구한테? 정말 바보네~. 이 유메노사키 학원에서는 우리들 학생회가 주인이자 규칙이고 최고 권력자라고!"

테토라 군의 필사적인 호소를 히메미야 군이 한없이 거만하게 웃어 날렸다.

"선생님 앞에서 울며 매달려도 소용없어. 우리들에게 거역한 너희가 바로 '악'이니까! 아하하하하☆"

그 태도를 보고 포기한 듯 한숨을 쉬고서—— 쿠로 씨가 테토라 군의 등을 두드려 재촉한다. 주위를 빈틈없이 돌아보고 학생회 인원이 적은 방향을 확인했다.

"테츠. 일단 후퇴한다."

그대로 테토라 군의 등을 밀어 무대에서 내려오게 한다. 라이브는 중지다. 느긋하게 있을 새는 없다. ——멍하니 있다간 잡히고 만다. 가라테부 두 사람은 이 비공식전을 주최해 분위기를 상승시킨 장본인이다. 학생회에 있어 최우선으로 확보해야 할 주범인 것이다.

가장 먼저 타겟이 될 터다.

테토라 군도 그건 이해하고 있겠지만 아랫입술을 깨물며 저항했다.

"하, 하지만 대장! 저, 분합다! 이대로 단념해야 하다니~!"

"단념할 생각은 없다. 이 뒤처리는 나중에 끝내지. 그러나 분하긴 하지만……. 우리가 규칙을 어겼다는 사실은 변하지 않아."

쿠로 씨가 마치 역전의 용사처럼 냉정하게 상황을 분석하고 있다. 오히려 테토라 군처럼 혈기에 몸을 맡길 수 없는 자신에 어딘가 자조하는 것 같은 반웃음이다.

그러나 모두 마음속에 밀어 넣고——— 쿠로 씨는 살아남기 위해 움직인다. 야생동물처럼 약육강식의 이 세상에서.

"적어도 지금은 반항이 상책은 아니다. 그렇다고 묵묵히 저들에게 잡혀갈 의무도 없지."

✦✦✦

"놓치지 않겠어~!"

히메미야 군이 날쌔게 움직여 무대에서 내려와 도주하려는 가라테부 두 사람 앞을 막아선다. 작은 몸으로 가슴을 펴고 당당히 삿대질한다.

"이 소동의 주범! 너희는 내가 반드시 확보하겠어! 너흴 잡으면 내 평가도 폭풍 상승~ ♪ 절대로 도망 못 가 대장! 내 야망을 위해☆"

확연히 체격차가 있다. 나란히 서니 히메미야 군은 쿠로 씨의 반 정도의 키와 체중밖에 되지 않는 것처럼 느껴졌다. 보통이라면 걷어차이고 끝나겠지만———.

히메미야 군은 막대사탕이라도 꺼내듯 품속에서 무언가를 꺼내들었다.

"봐봐, 이게 뭘까요? 짜잔, 스턴건이랍니다~ ♪"

호신용 흉기다. 당연한 것처럼 무장하고 있다. ──학생운동
이 활발하던 시대도 아닌데 어째서일까, 이 위험한 전개는?

히메미야 군은 스턴건을 양손으로 쥐고서 싱글벙글 웃었다.

"아무리 단련한 사람이라도 이걸로 맞으면 다 똑같지! 찌릿찌
릿해서 기절해버려. 내 영광을 위해 죽어랏~!"

"……꼬마, 위험한 걸 휘두르면 못 쓴다."

정말 어린아이가 나뭇가지라도 휘두르며 싸우는 것 같은 움직
임으로 공격해 온 히메미야 군이었지만. 쿠로 씨는 쉽게 스턴건
을 피한다.

목표를 잃어 중심을 잃은 히메미야 군의 팔을 잡고 비틀어 올
려.

너무도 간단히, 스턴건을 빼앗고 말았다.

상대가 너무 강했다. 학원 최강 같은 별명을 지닌 쿠로 씨다.
──보기에도 연약해 보이는 히메미야 군과는 전투능력 차이
가 너무나도 크다.

따라서 그에게는 완전히 식은 죽 먹기였다.

"으아아아앙! 돌려줘~, 돌려줘!"

히메미야 군은 몇 초 느리게 자신의 무기를 빼앗긴 것을 깨닫
고 쿠로 씨의 두터운 가슴팍을 작은 주먹으로 '퍽퍽' 두드렸다.

쿠로 씨는 오히려 할 말을 잃었는지 한심스럽다는 표정을 짓
고 있다.

"호가호위로군. 꼬마는 집에 가서 엄마 젖이나 더 먹어라."

히메미야 군에게 "그럼 못써♪"라 말하듯 딱밤을 먹여 그 한

방만으로 뒤로 넘어지게 만든다. 화려하게 돌파한 쿠로 씨는 뒤돌아보지 않고 달려간다.

"이쪽이다 테츠. 내가 길을 열도록 하마. ……따라올 수 있겠지?"

"네, 넵! 대장~! 이 나구모 테토라. 언제라도 대장 뒤를 따르겠슴다!"

다시 생기를 되찾은 테토라 군이 눈을 빛내며 전력질주로 따라간다. 공을 쫓는 강아지 같다. 바닥을 구른 히메미야 군이 씩씩거리며 외친다.

가라테부 두 사람은 그들의 신체능력을 활용해 소동의 소용돌이 속에서 멀어져 간다.

(흠. 관객들을 두고 우리만 도망가는 건 조금 마음이 아프군.)

쿠로 씨는 곁눈질로 휘몰아치는 광란을 확인한다. 내심 후회하고 있었다. 뒤따라오는 테토라 군에게 초조함을 들키지 않도록 하기 위해 얼굴에는 드러내지 않았지만.

창피하다는 생각이 들지만 지금은 그저 도망칠 수밖에 없다.

(어차피 주범은 우리다. 구경 좀 했을 뿐인 관객들은 설교 정도로 끝날 테지.)

그렇게 판단하고 마음속 한편이 개운치 않으면서도 쿠로 씨는 철수한다.

(테츠가 열심히 기획한 드림페스였어. 될 수 있으면 마지막까지 진행하고 싶었지만……. 어쩔 수 없지. 운이 나빴다. 아니 이 시대가 나빴다고 해야겠지.)

쿠로 씨가 전력으로 날뛴다면 여기 모여 있는 학생회 전원을 쓰러뜨리는 것도 가능할지 모른다. 그러나 그래선 결국 아무것도 바뀌지 않는다.

단순한 폭력으로는 해결할 수 없다. 권력구조를 뒤집을 수 없다.

(학생회……. 정말 화가 치밀게 만드는 녀석들이군. 언제 누가 정했는지도 모르는 교칙에 얽매여서는. 뭐 학생회도 학생회 나름의 원칙이 있겠지.)

쿠로 씨는 아주 잠깐만 학생회 인원을 지휘하는 케이토 씨를 바라본다. 서로의 눈이 맞았을 때 어째서인지 조금 미안해하는 것 같은 케이토 씨를 보고── 쿠로 씨는 고개를 저었다.

(역시 마음에 들지 않는군.)

잠시 동안 사나운 살기를 보내고 쿠로 씨는 문득 옷 주머니에 손수건이 들어있음을 깨달았다. 그것을 보고, 조금 온화한 표정이 된다.

(……그리고 보니. 그 아가씨에게 손수건을 돌려주지 못했군.)

폭동의 현장처럼 혼란이 소용돌이치는 운동장을 주시한다. 그러나 모든 것이 뒤섞여 있어 누가 어디서 무얼 하고 있는지 거의 보이지 않는다.

겨우겨우 꽤 떨어진 위치에서 어째서인지 코가 군에게 깔려 있는 나를 발견한다. 쿠로 씨는 뭘 하는 거야 저 녀석들이라 말하는 것 같은 표정을 지었다.

(꽤 멀리 있군. 이 인파를 헤쳐 나가는 건 힘들겠어. 나중에 세탁해서 돌려주러 가자. 지금은 이 장소에서 탈출해야 해.)

사죄하듯 가볍게 목례하고 징을 두드리는 것 같은 굵은 목소리로 외쳤다.

"오오가미! 경기가 엉망이 되었으니——승부는 다음 기회로 미루는 걸로 해 주지. 다음엔 사쿠마를 데려와라!"

내가 아직 모르는 이름을 입에 담고서 호쾌하게 웃었다.

"그 아가씨에게는 빚이 있으니 안전하게 탈출할 수 있게 도와 줘라!"

코가 군에게 들리고 있는지는 이 소란 속에선 알 수 없다. 쿠로 씨도 그 이상은 아무 말 않고 그저 앞을 보고 나갈 수밖에 없다.

(아가씨. 어쩌다 이런 시시한 학원에 전학 와 버렸는지는 모르겠다만——조금만 기대해 볼게.)

열기의 소용돌이 속에서 학원 최강의 남자는 마치 패자처럼 달려나가 모습을 감춘다.

(부패한 이 학원에 부디 새로운 바람이 불게 해 주길 바란다.)

그 기도와 바람을——나는 아직 모른 채.

무정하게도 그즈음에서 의식이 완전히 끊기고 말았다.

그렇게 나는 무정하게도 기절해 있었기에——.

이건 나중에 들은 이야기이다.

"으하~!"

항상 기운 넘치는 스바루 군마저 지쳐버려 성대하게 숨을 내쉰다. 땅에 무릎을 꿇고 거칠게 호흡하고 있다. 날씨가 선선한데도 움직임 탓에 땀을 흘리고 있었다.

유메노사키 학원의 화려한 성곽과도 같은 교사 뒤. 잡초가 무성해 아무도 발을 들이지 않을 것 같은 구역이다. 거기까지 전력으로 도망쳐 온 그들——『Trickstar』멤버들은 잠시 숨 고르기에 열중했다.

특히 지쳐있던 사람은 스바루 군이다. 셋 중에서는 가장 체력이 있는 것 같지만 기절한 나를 업고서 전속력으로 도망쳐 왔으니 당연한 일이다.

스바루 군과 나를 걱정하듯 보면서도 마코토 군이 두려움에 떨며 조심스레 주위를 확인했다.

"어떻게든 학생회는 따돌린 걸까? 주, 죽는 줄 알았어……!"

"아직 방심할 수 없어."

호쿠토 군은 피곤함이 얼굴에 잘 드러나지 않는 타입인 것 같지만 그래도 바로 움직이기에는 힘든 듯 옆에 심어진 나무에 몸을 기대고 있다. 땀을 훔치며 눈을 감고 있었다.

아까까지의 소란스러움이 거짓말이었던 것처럼 주변은 고요하다. 아직 운동장에서는 성대한 사냥이 이루어지고 있겠지. 조금 먼 곳에서 소음이나 비명이 들려온다.

그러나 무사히 그들은 혼돈한 상황에서 탈출할 수 있었다.

"드림페스에 모여 있던 사람들에 비해 학생회 사람 수는 적었어. 우리가 주범인 것도 아니고——집요하게 쫓아오지는 않을 거라 생각해."

일단은 평온을 얻은 모양이다. 달리는 사이에 흐트러졌던 자세를 정리하기 위해서인지 스바루 군이 가볍게 움직이며 나를 다시 업었다.

얼굴에서 미소도 사라져 스바루 군은 드물게 냉엄한 표정으로 허공을 올려다보고 있다.

"우리들 같은 피라미까지 신경 쓰기에는 학생회도 손이 부족하겠지. 우리가 그런 대상이란 것도 조금 분하긴 하지만. 학생회와 맞서면 어떻게 될지 그 공포를 알아버렸네~?"

"하지만 언젠가는 반드시 정면으로 맞서게 될 거야. 이번엔 예행연습이었다 생각하면 돼."

호쿠토 군이 맞장구를 치고는 다가오는 기척을 확인하고서 눈을 크게 떴다.

"수상한 얘길 하고 있네, 너희들?"

스스럼없이 그들을 부르며 등장한 것은 나는 아직 모르는 남자애였다. 유메노사키 학원 교복. 학년을 나타내는 넥타이는 푸른색—— 2학년. 남자애로선 긴 머리를 머리핀으로 정리해 이마를 드러내고 있다. 쾌활해 보이는 혹은 경박해 보이는 외모.

시원한 외모지만 어째서인지 굉장히 지쳐있는 모습. 느릿느

릿 걸어오더니 모여 있는 모두를 기가 막힌다는 표정으로 보며 팔짱을 꼈다.

"앗, 사리~♪ 고마워, 우릴 몰래 도망갈 수 있게 해 줘서!"

스바루 군이 주인을 발견한 강아지처럼 만면에 미소로 그를 맞았다.

'사리~'라면——몇 번인가 화제에 올라왔었던 이사라라는 이름의 남자애겠지.

이제야 등장했다. 타이밍 나쁘게도 나는 기절한 상태고—— 어떻게 해도 나는 이 이사라 군이라는 아이와 서로 자기소개를 할 수도 없는 운명인 걸까.

이렇게 의식이 없는 나는 생각할 수도 없는 사이에 스바루 군이 머리를 숙인다.

"덕분에 살았어. 역시 사리~는 우리의 '마법사'라니까~☆"

"'마법사' 멀린이네! 그럼 우린 원탁의 기사……!"

"내부 분열로 붕괴한 집단에 우릴 비유하지 마."

스바루 군의 어딘가 이상한 비유에 마코토 군과 호쿠토 군이 타이밍 좋게 맞장구와 태클을 넣었다. 호흡이 잘 맞는 3인조 사이에 혼자 동화되지 못하는 것 같은 이사라 군은 쓴웃음을 짓는다.

머리를 벅벅 긁고서, 그는 한숨을 쉬었다.

"그보다 묘한 별명 붙이지 마. 그냥 조금 요령이 좋을 뿐이라고. 아아 정말! 부탁이니까. 날 끌어들이지 말라고 했잖아!"

이사라 군은 머리를 감싸 쥐고 탄식한다.

"귀찮은 일은 딱 질색인데! 너희가 끼면 항상 이래. 젠장! 완전 늪에 빠진 것 같아. 너희와 『유닛』을 맺는 게 아니었는데!"

"갑자기 왜 그래!? 사리~는 정서불안이네. 릴렉스 릴렉스! 그래, 노랠 부르자♪"

"내가 불안한 게 아니라 너희들이 천하태평인 거래도! 부탁이니까. 그 예쁜 머리를 좀 쓰란 말이야!"

거의 도발하는 것처럼 노래를 시작한 스바루 군의 멱살을 잡고 앞뒤로 격하게 흔드는 이사라 군이었다. 싸우거나 험악한 분위기도 아니고 사이좋은 친구들 간의 온화한 분위기였지만.

태평하게 웃던 스바루 군을 금세 놓아주고 이사라 군은 고개를 숙인 채 울상을 짓고 있다.

"좀 더 생각을 하고 행동하란 말이야~. 정말! 너희, 아무것도 못하고 일망타진 당할 뻔했잖아!"

모두를 일일이 가리키며 지적을 한다. 걱정이 많은 스타일인 것 같은 이사라 군이었다.

하지만 누구도 반성하기는커녕 오히려 스바루 군이 기쁜 듯 승리 포즈를 취했다.

"흐흥♪ 믿고 있었어! 우리가 궁지에 몰렸을 땐 분명 사리~가 구해주러 올 거라고☆"

"믿지 말라고~. 곤란하거든! 내 입장 알잖아. 너무 너흴 감싸다 보면 난 옴짝달싹 못한다고!"

빚에 시달리는 사람처럼 탄식하고서 이사라 군은 의외의 사실을 입에 담았다.

"이래봬도 난 학생회 임원이니까!"

학생회. 아까 【용왕전】에 개입하여 즐거워하고 있던 학생들을 제압해 숙청한 고압적인 사람들. 이사라 군은 그 일원인 것이다. 확실히 그 교복에는 학생회 사람임을 나타내는 것 같은 완장이 달려 있었다.

소란을 진압하러 온 학생회 사람=이사라 군이 인도해 주었기에 모두 간단히 현장에서 탈출할 수 있었던 거겠지. 혹은 처음부터 이사라 군이 그렇게 구해줄 것을 알고 있었기에—— 마지막까지 태평하게 있었던 걸까.

내가 기절했다는 예상 밖의 일이 있었기에 서둘러 대피하게 되었지만. 그건 정말 미안하게 생각한다. 불행한 사고였다.

덤으로 내 얼굴을 밟았던 코가 군은 야생 짐승과도 같은 움직임으로 빠르게 도망친 상태였다. 쿠로 씨가 이번 【용왕전】의 결판은 뒤로 미루겠다는 식으로 말했으니 땅바닥을 밟지 않는 것에 고집할 필요가 없어진 것이다.

그도 상당한 문제아인지 학생회를 피해 도망치는 것에도 익숙한 모습이었다.

이사라 군이 이번에는 나무에 몸을 기대고 있는 호쿠토 군을 타깃으로 삼고 멱살을 부여잡았다.

"호쿠토! 네가 같이 있었으면서 어떻게~!"

그리고 이번에는 그를 좌우로 흔들어댄다. 생각과 감정이 그대로 행동으로 드러나는 아이 같다. ——이사라 군은. 묘하게 인간미가 있고, 그게 애교로 나타나고 있었다.

"저 바보들에게 목줄을 제대로 채워 두라고! 풀어놓지 마. 너희를 보고 있으면 걱정돼 죽겠다고!"

"미안, 할 말이 없어. 나도 조금 성급했던 것 같아."

화내고 있다기보다는 이사라 군은 정말로 걱정이 되어서 그랬던 거겠지. 호쿠토 군도 그 마음을 눈치챈 듯 미안해하며 고개를 숙였다.

"자신을 위험에 노출시키며까지 우릴 도와준 건 감사히 생각해. 항상 고마워, 이사라."

"음~ 그렇게까지 말하니 몸 둘 바를 모르겠네. 뭐 어려울 땐 서로 돕는 거지. 뭐든지 함께하기로 했잖아."

진지한 감사 인사에 이사라 군은 조금 부끄러워했다. 수줍게 웃고는 어딘가 자랑스러운 듯 말했다.

"나도 『Trickstar』니까."

그 사실이 이 세상에서 제일 중요한 것이라 말하는 것처럼.

이사라 군은 조금 진정하고 자신의 뺨을 '팡팡!' 때리며 다시 기합을 넣는다.

느긋하게 대화하고 있을 만한 상황이 아니다.

조금 쉬어 숨을 고른 후에는 다시 움직여야 한다.

"이번엔 '혼잡한' 틈을 타 너희를 탈출시키는 것뿐이었으니까. 그렇게 힘들었던 것도 아니었지만⋯⋯?"

부끄러움을 숨기듯 작게 중얼거리고는 이사라 군은 고개를 갸웃거렸다.

"그나저나—— 너희는 왜 그런 데 있었어? 학생회에 반역할 준비가 끝날 때까지는 조용히 있으라고 했잖아?"

어째서인지 불온한 이야기를 하고 있는 기분이 든다. 호쿠토 군도 이사라 군의 질문을 받고 내가 아직 기절해 있음을 확인하고서—— 신중히 대답한다.

"음. 그렇지만 생각지 못한 수확이 있었어. 계획을 앞당겨도 괜찮을지 모르겠다고 생각했거든. 경솔한 생각이었다고 지금은 반성하고 있어."

역시 담담한 말투였지만 호쿠토 군의 목소리에는 평소와 다른 감정이 담겨있었다.

"역시 이사라와도 의논을 했어야 했어."

"괜찮아. 나랑 너무 자주 만나도 눈치가 보일 테니까. 중요한 것만 공유해주면 돼."

호쿠토 군의 감정의 흔들림을 눈치챘는지 이사라 군은 곤란하다는 듯 가벼이 웃는다. 서로의 속마음을 잘 아는 친구인 거겠지—— 왠지 조금 부러워졌다.

"그리고 너흰 그런 점은 '착실' 하니까. 그 부분만은 믿고 있어. 그러니 『유닛』에 든 거야. 너무 나를 실망시키지 말아 줘. 그리고 가능하면 귀찮은 일은 만들지 마! 알았지!"

"그건 보장할 수 없어."

"그것만은 약속해 줘~. 이 이상은 타협 못 해! 아니면 진짜 너희랑 절교할 거다. 맨날 맨날 민폐나 끼치고~!"

진지하게 얘기하고 있는 게 창피해졌는지 얼버무리듯 일부러 익살스러운 행동을 하는 것 같은 이사라 군이었다.

다시 호쿠토 군을 흔들고는 조금 신기하다는 듯 눈을 가늘게 뜨며 묻는다.

"그런데 호쿠토가 당황하다니 흔치 않은 일이네. ……무슨 일 있었어?"

"전학생이 왔어. 우리 반에."

"아, 들었어. '여자애'인 데다 『프로듀서』라면서? 혹시 스바루가 업고 있는 애야?"

아까부터 신경이 쓰이긴 했는지 슬쩍슬쩍 나를 보는 이사라 군. 유메노사키 학원 아이돌과는 남학교와 같기에 여자애는 흔치 않다.

호기심에 가득 찬 시선을 보내는 이사라 군에게 호쿠토 군이 곤란하다는 듯 어깨를 움츠렸다.

"음. 이사라에게도 소개해 두고 싶었지만 아무래도 기절한 것 같아. 전학 오자마자 갑자기 이런 소동에 휘말렸으니 말이야. 충분히 지쳤을 테고 거기다 날아오는 오오가미와 정면으로 부딪히고 말았어."

부딪혔다기보다 사실 밟힌 거다. 얼굴을.

그리고도 무사하다면 그건 그거대로 이상하다.

정말로 큰일에 휘말렸다……. 자신이 어떤 운명의 소용돌이 속에 있는지도 아직 확실치 않지만.

"기절하는 것도 어쩔 수 없지. 여자애란 걸 잊고 있었어. 이건 전부 신경 쓰지 못한 내 책임이야."

"너무 그렇게 혼자서 짊어지려 하지 마, 호쿠토. 조금 정도는 대신해 줄게. 언제든 뭐든 얘기하라고?"

귀찮은 일은 싫어~라 말한 것 치곤 이사라 군은 다정한 말을 건네주었다.

"너무 자리를 오래 비우면 의심할지도 몰라……. 난 학생회에 합류할 테니. 너희 빨리 도망쳐야 한다?"

"알겠어. 난 그럼 전학생을 양호실까지 데려갈게."

재빠르게 운동장으로 향하며 손을 흔드는 이사라 군에게 호쿠토 군도 손을 흔들어 대답한다. 스바루 군과 마코토 군도. 나만이 아직 그 사이에 낄 수 없다.

그 사실이 왠지 굉장히 쓸쓸하게 느껴졌다.

계속 나를 업고 있어 지쳤을 터인 스바루 군에게서 호쿠토 군이 나를 넘겨받는다. 든든하게 업어준다.

부서지기 쉬운 물건을 다루듯 신경 써 주었다.

"곧 점심시간도 끝나니 아케호시와 유우키는 먼저 교실로 가 있어."

"전학생을 독점하는 건 치사해~ 라고 말하고 싶지만."

스바루 군이 기다려! 명령을 받은 강아지 같은 표정을 지었지만 호쿠토 군의 말에 납득하고 옆구리가 시렸는지 마코토 군의 등을 민다.

"응, 네게 맡길게. 수업에 늦을 것 같으면 내가 선생님께 적당히 말해둘게. 그치만—— 사리~ 말처럼 너무 혼자만 짊어지지 말라고?"

둘이서 사이좋게 교실로 향한다. 딱 맞게 점심시간이 끝남을 알리는 종소리가 아직 소란의 기운이 남아있는 유메노사키 학원에 울려 퍼진다.

"맞아 맞아, 우리는 『유닛』이잖아. 운명공동체라고. 비록 우리가 동료로선 믿음직하지 못 할지도 모르겠지만 말이야."

스바루 군에게 등을 밀리면서도 마코토 군이 걱정하듯 눈썹을 찡그렸다.

"히다카 군은 너무 책임감이 강해서 전부 혼자서 끌어안으려고 해서 걱정인걸?"

기도하듯 가슴 앞에서 꼬옥 두 손을 모았다.

"서로 의지할 수 있는 사이로 있고 싶어. 적어도 『Trickstar』 안에서 만이라도. 전학생 쨩도 우리의 동료가 되어준다면 좋겠지만."

"호되게 당했으니 말이야. 이제 이런 일은 더 이상 겪고 싶지 않다고 생각할지도 몰라. 그녀가 일어나면 확인해보도록 하자. 일단은 안정을 취하게 해 주고 싶어."

호쿠토 군은 왠지 상태가 이상해진 기계처럼 어색하게 나를 옮겨준다. 흔들리지 않도록 내가 다치지 않도록……. 그래도 그렇게 하려니 한 발짝도 움직일 수가 없어서.

어떻게 해야 할지 곤란해 하고 있는 것 같았다.

"여자애란 건 어렵군. 어떻게 대해야 좋을지 모르겠어."

"천천히 알아 가면 돼. 뭐든지. 이번엔 정말 성급했지~?"

웬일로 스바루 군이 정리하듯 말했다. 사람을 안심시켜주는 편안하고 행복하게 만들어주는——— 아이돌다운, 빛나는 듯한 미소를 지으며.

"천천히 모두 함께 한 걸음씩 걸어 나가자."

앞으로 걸어 나간다.

"그리고 언젠가 밤하늘의 별에도 손이 닿을 만큼 크게 성장하면 되잖아. 가능하면 다 함께 그치?"

그 후.

"실례하겠습니다."

말했던 대로 호쿠토 군은 나를 가볍게 들어 건물 안——— 양호실에 도착했다. 출발지점인 건물 뒤와는 꽤 거리가 있는데다 유메노사키 학원은 넓다. 덤으로 신발을 갈아 신을 여유도 없어 호쿠토 군은 양말만 신은 발로 여기까지 이동했다.

역시 지쳤는지 발이 아파져 왔는지 혹은 다른 이유라도 있는지 호쿠토 군의 안색은 좋지 않다. 오히려 태평하게 푹 잠들어버린 나보다도 환자 같아 보였다.

잠겨있지 않은 양호실 문을 난폭하게 발로 열고 실내로 들어간다. 약품 냄새 나는 불 꺼진 양호실 안에는 어둠이 서려 있었다.

"사가미 선생님……은 안 계시는군. 어디서 뭘 하고 있는 거야. 이 게으름뱅이 선생."

우리 2학년 A반 담임인 사가미 선생님은 양호 선생님이기도 하다.

"전학생, 양호실에 도착했어. 정신이 들어?"

나는 아직까지 의식이 완전히 회복되지 않아 목소리도 나오지 않았다. 물리적 상처는 물론 줄줄이 일어나는 광란노도의 전개에 버티지 못하고 뇌가 멈춰버린 것 같았다. 대답도 하지 못하고 나는 꾸벅꾸벅 얕은 졸음과 각성을 반복하고 있다.

아기같이 무력한 나를 호쿠토 군은 업느라 조금 고생하던 자세에서 공주님 안기로 바꿔 든다. 그리고 그대로 나를 살포시 침대까지 옮겨주었다.

"천천히 내릴게. 무서우면 얘기해 줘."

부드러운 침상에 눕혀져 내 의식은 다시 끊어진다. 뒤척이는 것도 걱정해주는 호쿠토 군에게 대답하는 것도 할 수 없었다.

그대로 잠들어서 아무런 생각도 하지 않고 전부 나중으로 미뤄버리고 싶다.

"음. 당분간은 여기서 쉬고 있어. 내가 옆에 있을까?"

무사히 목적을 달성했다는 기쁨에 살짝 미소를 짓고는 호쿠토 군은 금방 얼굴을 숙였다.

"……반응이 없군."

누워있는 나에게 가까이 와 제대로 호흡하고 있는지 확인한 것이겠지. 키스도 할 수 있을 만큼 가까운 거리에서 잠시 나를 바라보고 있었다.

"또 의식을 잃은 건가. 정말 가냘프구나. 여자애는. 몸도 이렇게 가늘고 부드러워."

불은 들어오지 않았지만 커튼이 닫힌 창 너머로 햇빛이 새어 들어오고 있었다. 공중에 떠 있는 먼지가 햇빛을 반사해 반짝이고 있다.

어딘가 환상적인 풍경 속 호쿠토 군이 천장을 올려다보았다.

"난 이런 아이를 전장에 떠밀어 보내려 했던 건가."

잠시 호쿠토 군은 그대로 "…………." 하고 아무 말도 하지 않았다. 갑자기 긴장감이 풀렸는지 나를 안전한 침대까지 옮겼음에 안도했는지 비틀거리며 그 자리에 무릎을 꿇는다. 마치 여왕을 섬기는 기사 같기도 신에게 애원하는 신도 같기도 했다.

옆에서 접이식 의자를 발견하고, 호쿠토 군은 그 위에 앉는다. 그도 분명 지쳤을 것이다. 잠시 쉬고 가려는 것일 테지만——.

"전학생, 의식이 없다면 들리지 않겠지만. 그래도 상관없어. 용서를 빌게 해 줘."

미안했다고 호쿠토 군은 내게 떨리는 목소리로 사죄했다.

"아무것도 모르는 네게 맘대로 기대를 걸고 소동에 휘말리게 한 것도 있지만……. 난 네게 한 가지 거짓말을 했어."

내가 의식을 잃고 있다고 안심한 거겠지. 호쿠토 군은 혼자 이야기하기 시작한다.

"아니. 한 가지 사실을 말하지 않았어……. 이 학원에서 지내다 보면 너도 자연스레 이해할 거라 생각했어. 어쩌면 적어도 내가 다니는 학원을 나쁘게 말하고 싶지 않았던 것뿐이었던 걸 지도 몰라. 난 한심해. 허세만 부리고 있었어."

다른 사람들 앞에서는 항상 냉정하고 믿음직하게 행동하던 반장. 모두의 의견을 모아 적확히 대응하고 안심할 수 있게 해 주던 그의—— 마음속 깊은 곳에서 터져 나온 목소리였다.

"이 유메노사키 학원은 '아이돌의, 아이돌에 의한, 아이돌을 위한 학교' 라고 설명했었지. 그렇지만 그 표현은 정확하지 않아."

나만이 듣고 있었다. 나에게만 들려온 것이다. 의식은 몽롱했지만.

하지만 못 듣는 척 그의 목소리를 무시해서는 안 된다. 아무것도 할 수 없는 나였지만—— 적어도 마음속으로라도 그의 약한 부분을 받아들여야 한다.

"실제로는 '스타 아이돌의, 스타 아이돌에 의한, 스타 아이돌만을 위한 학교'. 평범한 아이돌은, 우리 같은 열등생에겐 희망이 없는 곳이야."

호쿠토 군은 참회하듯 말했다.

"아까 소동이 현재의 유메노사키 학원을 잘 보여주고 있어. 꿈과 야망을 품고 수많은 아이돌들이 유메노사키 학원에 들어오지. 넘치는 애정과 피땀 어린 노력을 쌓다보면 분명 꽃이 필 거란 꿈을 갖고서—— 그러나 그 꿈은 이루어지지 못해."

잔혹한 현실을 이야기한다.

꿈과 희망이 넘쳐흐르고 있을 터인 아이돌들의 학교에서.

"기대는 물거품이 되고, 노력은 무시당하고, 개성이나 소중히 해 오던 것들은 부정당하고, 학원이 규정하는 '이상적인 아이돌'의 잣대에 놓이게 돼. 확실히 이 학원은 우수한 아이돌을 지속적으로 배출하고 있어. 하지만 그들은 가축처럼 유전자 조작으로 키워진── 우리에 묶여 있는 인간미 없는 아이돌이야."

우수한 아이돌을 양산하기 위한 공장. 학교로서는 그 방침이 정당할지 모른다. 그러나 그들은 아이돌이 되기 위해 인간성을 말살당한다.

"단지 돈을 위해서라면 그래도 좋을지 몰라. 업계의 수요에 부응하고 순종하면 돈은 벌 수 있어. 하지만 우리의 꿈은, 마음은 뭐가 되는 거지? 가축의 먹이가 될 뿐이야. ──학원은 우릴 짓밟고, 돼지의 먹이로 쓰일 잡초라 생각해! 그리고 아무도 그에 대해 의문을 갖지 않아!"

고개 숙인 호쿠토 군의 손이 무릎을 세게 쥔다. 뼈가, 그의 인간성이 삐걱대는 소리가 들린다. 갈 곳 없는 분노와 절망은 자기 자신을 상처 입히고 있다.

"아니, 저항한다고 해도 아까 드림페스처럼 짓밟혀 버리겠지. 비공식 경기는 철저히 탄압되고 공식 드림페스는 거짓과 날조가 일상이 되어버렸어."

거짓과 날조. ──정말 연예계답다. 방송이니까 어쩔 수 없다고 하면 그만이겠지만.

"이기도록 정해진 사람이 이긴다. 개막 전에 이미 투표 결과는 정해져 있고 '이상적인 아이돌'의 승리를 위해 모든 것이 준비되어 있어. 지금 공식 드림페스에선 압도적인 권력을 지닌 학생회 개인이나 그들이 소속된 『유닛』만이 승리를 가질 수 있어."

모두, 열심히 노력하고 있는데.

꿈을 좇아 날아오르기 위해.

누군가를 웃음 짓게 하기 위해.

"누구도 학원 권력의 정점에 있는 학생회에는 거역할 수 없어. 그들에게 투표하는 충실한 하인으로서만 존재할 수 있지. 학생회에게 반항하는 사람은 여기서 살아갈 수 없어……. 그러면 우리의 마음은 어떻게 되는 거지? 정말 '좋았다'고 생각한 사람에게 투표하는 게 무슨 잘못이 있지?"

어린아이처럼 호쿠토 군은 '어째서'라고 되물었다.

내게 물어도 답은 알 수 없다. 아무것도 알 수 없다. 정답도 위로조차도 입에 담을 수 없다.

센스 있는 대답도 할 수 없다. 말주변이 없다. 하지만 그런 사실이 굉장히 분했다. 나는 그들을 위해 대체 무엇을 할 수 있을까. 어떤 말을 해 줄 수 있을까.

"감동하는 것조차 용서받지 못하는 건가? 교과서대로 따라야만 하는 건가? 한 번 '열등생'의 낙인이 찍혀버리면 영원히 싹을 틔우지도 못하는 건가?"

호쿠토 군의 한탄은, 의문을 담은 목소리는 허공으로 사라진다.

"이 학원에서는 정말 그래. 모두 '열을 맞추고' 서서 높은 사람에게 머리를 숙이고 순종할 수밖에 없어. 꿈은 우리의 마음은 그저 썩어갈 뿐이야."

유메노사키 학원에서는 그것이 당연한 일인 거다. 그는 줄곧 그것을 참으며 싸워왔겠지. 남자애니까. 소년만화처럼.

하지만 픽션과는 달리 그는 이기지 못하고 계속 짓밟히기만 해서……. 응어리가 되어 쌓인 절망이 그를 갉아먹고 있다는 것을 조금이지만 알 수 있었다.

"우리는 그런 유메노사키 학원의 현실을 타파하고 변화시키려고 해. 아직 무엇을 할 수 있을지는 모르겠지만."

호쿠토 군의 목소리에는 눈물이 어려 있다. 기계가 아니라 인간이기에 운다. 분해서 싫어서 분노와 슬픔으로 절망으로——눈물을 흘린다.

난 즐거운 게 좋아.

모두의 웃는 얼굴이 정말 좋아.

그러니 이런 건—— 싫어.

울지 말아줬으면 했다. 웃어줬으면 했다.

어리석은 나는 몰랐다. 이 순간까지. 모두에게 미소와 행복을 전해주는 아이돌들이 도대체 얼마나 많은 눈물을 흘려야 했는지를……. 눈물바다 속에 빠져 허덕이며 구해 줄 누군가를 찾아—— 나 같이 어디서 굴러왔는지도 모르는 전학생에게마저 매달릴 정도로 막다른 곳에 있다는 사실도.

그런데도 그들은 처음 만난 순간부터 줄곧 상냥했다. 자신들

도 괴로우면서 보답을 바라기만 하지 않고——내가 어떤 사람
일까 기대하며 따뜻하게 맞아주었다. 익숙하지 않은 여자애를
열심히 노력하고 배려하며 상대해 줬다.

여러 가지를 가르쳐 줬다, 많이 웃을 수 있게 해줬다. 친절하
고 다정해서——사랑에 빠져버리게 될 것만큼 고마웠다.

"강대한 학원의 권력구조 앞에서 우리는 무력할 뿐이야."

호쿠토 군도 언제까지고 울고 있지는 않았다. 강한 아이다.
——눈가를 비비고 주먹을 꾹 쥐며 앞을 바라본다.

얼어붙은 것 같은 무표정. 살짝 보는 것만으론 다가가기 어려
운 냉랭한 미모의 호쿠토 군의 마음속에 만지면 화상으로는 끝
날 것 같지 않은 열이 소용돌이치고 있다.

"금세 짓밟혀서 그렇게 끝——일지도 몰라. 하지만 우린 싸
우기로 했어. 이대로는 우리의 마음은 모두 죽어버리고 말 테니
까."

그것을 숨결로, 목소리로 바꾸어 그는 맹세하듯 말했다. 이는
대화가 아닌 호쿠토 군의 독백이다. 자기 자신을 타이르는 듯한
말투였다.

나에게 전부 짊어지게 하려는 그런 무리한 요구나 과한 기대
는 하지 않는다. 지푸라기라도 잡고 싶은 심정으로 내게 말을
걸었지만 처음부터 그런 생각이었던 거다. 나는 보이는 대로 아

무 도움도 되지 않는다. ——그러니 버리는 게 아니라 연약한 나를 이 상황에 끌어들이는 걸 꺼렸던 거다.

더 이상 상처 입는 일이 없도록. 절망적인 전장 속에서 승리할 가망이 없는 싸움에 몸을 던지면서도. 적어도 우연히 미아처럼 그곳에 들어오고 만 나를 걱정해 안전한 곳에 두고 가려 하고 있다.

"나 혼자만이었다면 괜찮아. 억압당하는 것엔 익숙해. 하지만 재능도 열의도 가진—— 노력하고 있는 다른 녀석들이 짓밟히는 건 참을 수 없어."

소중한 듯 호쿠토 군은 자신과 어깨를 나란히 하는 전우들의 이름을 부른다.

"아케호시는 아무 생각 없는 바보로 보이지만……. 이런 학원에서도 당당히 자신의 꿈을 좇으며 좋아하는 건 좋아한다고 당당히 말할 수 있는 시원시원한 바보야."

얼굴을 마주하고 있을 때는 혼내기만 했지만 정말로 좋아하고 있는 거겠지.

"하지만 누구도 그런 아케호시를 이해하지 못하고 얽히길 피하고……. 아케호시는 학원에서 투명인간 같은 존재가 되어버렸어. 예전의 녀석은—— 혼자서 웃고 노래하고 춤추는 익살맞은 피에로 같았어."

호쿠토 군은 이를 갈며 친구 대신 화를 냈다. 한탄하며 원통해했다. 아케호시 군은 낙천적이라 화내는 모습을 상상하기 어렵다. ——그렇기에 적어도 자신이 대신 몸을 떨며 분노를 표하고 있었다.

"녀석처럼 꿈을 좇는 것이……. 주변 사람을 즐겁게 하기 위해 웃음을 전파하는 것조차 인정받을 수 없다면—— 이 유메노사키 학원은 지옥이나 다름없어."

난 절대로 인정하지 않아, 라고 호쿠토 군은 잘라 말했다.

"유우키는 원치 않는 방면에서 재능을 인정받아 말 그대로 높은 사람이 시키는 지시를 계속 따르고 있었어. 마음을 죽이고 생각하는 걸 포기하고 마치 로봇처럼."

자신도 금방 부서질 것 같은 기계가 되어버린 것처럼 호쿠토 군은 띄엄띄엄 말한다.

그 싹싹하고 밝은 마코토 군이 가끔씩 보이던 허무적인 눈빛——표정. 그것에는 그런 속사정이, 슬픔이 있었던 건가.

마코토 군은 상냥했다. 바보 같은 농담을 던지고 웃으며 모두의 가장 뒤에서—— 언제나 즐거운 듯 걷고 있었다. 마음 가는 대로 자유로이 행동하는 다른 두 사람에게서 한 발 떨어져, 허둥대기만 하던 나를 누구보다도 친절하게 걱정해 주었다.

하지만 그건 자신이 치명적인 상처를 입고 있었기 때문에.

아픔을 알고 있기에 다른 사람의 아픔까지 이해하고—— 다정히 대해주었던 것이다.

"주변 사람들은 녀석을 칭찬했지만 녀석의 마음은 천천히 마모되어 갔어. 어느 날 결국…… 유우키는, 녀석의 마음은 단말마와 함께 산산이 부서지고 말았지."

모두가 상처 입고, 이 전장에서 피를 흘리고, 그래도 빼앗기지 않도록 소중히 지켜왔던 마지막 인간성을 높이 내걸었다. 호쿠토 군도, 스바루 군도, 마코토 군도——.

아니, 유메노사키 학원의 모두가 분명 그래왔을 것이다.

"지금 녀석은 남은 마음의 조각들을 조심스레 주워 담으려 하고 있어. 하지만 주변 사람들은 금세 등을 돌려 유우키를 '낙오한 열등생'이라며 비웃고 있어."

그것은 가혹한 이야기였다.

인간답게 사는 것이 무시당하고 부정당한다면, 그런 현실 속에서 살아가는 것은 불가능하다. 영혼을 갈아서, 가격표를 붙이고 팔아버려야만 살아갈 수 있다면—— 그건 정말로 지옥이었다.

현세의 지옥 속에서 그들은 서로를 지탱하며 살아왔다.

"인간성을 부정하고 로봇처럼 순종하며 움직이기만을 바란다면……. 우리에게 마음 따윈 필요 없겠지. 하지만 우리는 마음을 가진 인간이야."

자신의 심장을 움켜쥐듯 하며 호쿠토 군은 말했다.

"울고 웃고 화내고 사랑하고 존엄을 추구하는 인간이야. ——어릴 때부터 누구로부터도 인간 대접을 받지 못했던 유우키는 그걸 드디어 배우기 시작한 단계야. 그런 녀석의 필사적인 노력을 무의미한 것이라 단정하는 건……. 깔보는 건 잘못됐어."

호쿠토 군은 불안한 눈빛으로 동의를 구하듯 나를 바라본다.

"나는 녀석을 도와주며 손을 잡고 함께 걷고 싶어. 아니 우리 『Trickstar』는——그렇게 꿈과 사는 방식을 부정당한 녀석들이 모인 집단이야."

　장난치며 무사태평해 보이기만 하는 집단처럼 행동하고 있었지만. 스스로 피를 흘리며 말라버린 대지 위에 작고 약한 꽃을 꿈을 피우며 필사적으로 살아가는 남자애들이었던 것이다.

　『Trickstar』는——나를 맞아들여 주었던 그들은.

　"우린 같은 마음의 아픔과 비명과……. 이 학원에 대한 반발심과 의심을 갖고 모인 동료야. 풀 한 포기도 자랄 수 없는 사막과 같은 유메노사키 학원에서 작은 생기와 꿈을 나누며 함께한 동포들이야."

　호쿠토 군은 힘차게 일어섰다. 고개를 숙이고 약한 소릴 할 때가 아님을 다시 떠올린 것처럼 앞을 향해 높은 곳을 향해 계속 나아간다.

　그렇게 하지 않으면 이 불합리한 현실에 짓눌려버리고 만다.

　가슴을 펴고 적어도 인간답게 이 유메노사키 학원에서 살아간다.

　"언젠가 활짝 꽃필 걸 꿈꾸며 우리는 미래를 위해 씨앗을 뿌리려 하고 있어. 감정을 버리고 높은 녀석들의 비위를 맞추는 건——우리가 입학 전에 꿈꿨던 동경하던 아이돌이 아냐!"

　호쿠토 군은 영혼의 외침을 날렸다. 나는 전신을 얻어맞은 것처럼 떨었다. 뜨겁고 고귀하고도 눈부신 그 마음을——받아들일 준비는 아직 되지 않았다.

"우리는 이 썩어빠진 학원에 혁명을 일으킬 거야. 학생회를, 이 현실을 깨부수기 위해 목숨을 걸고 싸우겠어."

그렇게 선언하고 호쿠토 군은 접이식 의자를 조심히 정리한 후 양호실 문으로 향한다. 도중에 뒤돌아 눈을 감고 있는 나를 마치 부모님처럼 다정하게 바라보며.

딱 한 번 머리를 쓰다듬어 주었다.

소중한 듯. 망가트려서는 안 된다는 것처럼.

"하지만 아무것도 모르는 널 억지로 동료로 끌어들이려고 한 건 실수였어. 네 입장과 마음을 생각하지 않고……. 그래선 학생회와 똑같아. 나는 지푸라기라도 잡는 심정으로 성급하게 네게 손을 뻗고 말았어."

곧바로 떨어져서 어찌할 바를 모르겠다는 듯 서 있었다.

호쿠토 군은 그대로 조용히──더 이상 눈물이 담기지 않은 깨끗한 목소리로.

"특별한 입장에 있는 넌 우리의 구세주가 되어줄지도 몰라. 하지만 넌 '평범한 여자애'이기도 해. 그 사실을 잊어서는 안됐었는데."

그리고 진심으로 참회하듯── 괴로운 듯 내게 사과했다.

"미안해. 멋대로 끌고 다니고 상처 입혀서……. 정말 미안해."

사과해야 하는 건 나인데. 기대하게 만들고 성의를 받았는데도 아무것도 돌려줄 수 없는 나인데. 목소리가 나오지 않는다. 손 하나 까딱할 수 없다──나는 겁쟁이였다.

"이제 우리가 싫어졌다 말해도 돼. 못 본 척하고 멀어져도 돼. 우리가 멋대로 기대했던 것뿐이야. 배신당했다고 생각하진 않아. ──그렇지만 넌 '특별한 존재' 야. 우리에겐 네가 필요해."

내가 이야기를 듣고 있었단 것을 눈치챘는지는 알 수 없지만 호쿠토 군은 마지막까지 상냥하게 말해주었다. 강요도 하지 않고 어디까지나 내 마음과 생각을 존중해주었다.

고마움에 눈물조차 나오지 않는다.

"……나도 참 미련스럽군. 결정하는 건 너야. 네 마음이 우리의 마음에 공감할 수 있길 바랄게. 네가 우리의 적이 될지 같은 편이 될지. 아니면 전혀 모르는 사람이 되어버릴지── 그건 아직 모르겠지만."

그런데 말이야 호쿠토 군. 나도 천국에서 내려온 사람은 아냐.

그랬다면 전학 같은 건 하지 않았을 거야. 도망친 곳에 낙원이 있을 거라 기대했던 건 아니지만.

물론 호쿠토 군은 제안한 것뿐이다. 끌어안고 있던 마음 속 이야기를 숨김없이 털어놓으며……. 자신이 목숨 걸고 싸우고 있는 지옥의 모습을 아무것도 모르는 나에게 가르쳐준 것뿐이다. 분명 내가 상처입지 않도록 신경 쓰면서.

그 전장에 뛰어드는 것도 눈을 피하는 것도 내 자유다.

"하지만 기대하고 있어. 전학생. 네가 이 폐쇄된 학원에 바람구멍을 열어줄 것을── 희망을 꽃피게 해 줄 것을."

아아, 정말…….

"넌 우리가 고대하던 유일무이한 꿈 그 자체야."

나는 이상한 나라의 앨리스도 염증을 느껴 도망가 버릴 것 같은——엄청난 악몽 속에 빠진 것 같다.

정말로 기막힌 곳에 전학 오고 말았다.

✎ *Restart* 🎙✦

다음 날의 일이었다.

"아~⋯⋯엣취!"

유메노사키 학원 교무실에서 2학년 A반 담임인 사가미 진 선생님은 갑자기 성대하게 재채기를 했다. 침이 그대로 날아와서, 오늘도 엄청난 재난이 닥쳐올 하루가 될 것 같은 예감이 들었다.

나는 얼굴을 손수건으로 닦으며 유감을 표명하기 위해 사가미 선생님을 바라보았다. 그래도 내 시선에 털끝만큼도 반응해주지 않았지만.

사가미 선생님은 선생님치고는 아직 젊은 이십 대 후반 정도의 남성이다. 딱 봤을 때의 인상은 초라한 아저씨 같지만 원래는 연예계의 보물이라 불리던 정상급 아이돌이었던 모양이라—— 뭔가 무대의 연기자가 구제불능 인물을 연기하기 위해 열심히 분장한 느낌이다.

동안에다 아름다운 외모. 목소리도 매력적이다.

험하게 잔 듯 부스스한 머리. 다박수염에 의사 가운. 선생님이나 아이돌이 아닌 무언가 수상한 연구를 하고 있는 박사 같다.

나른한 태도에 어젯밤엔 과음이라도 했는지 눈이 흐리멍텅하다.

어수선하게 어질러진 책상 앞 의자에, 앉았다기보다 거의 누워있는 상태다. 선생님으로서, 아니 어른으로서 좀 그렇지 않나 생각될 태도다.

살아있는 시체 같은 분위기를 풍기며 사가미 선생님은 코 부분을 손등으로 훔쳤다.

"으으. 누가 내 이야기라도 하나? 나도 의사라는 놈이 제 몸 관리도 제대로 안 하고 말이지. 이제 자기 전에 술은 마시지 말자. 귀여운 우리 학생들 앞에 맹세할게."

전혀 성의가 느껴지지 않는 맹세를 하고 있는 그는 양호 선생님이기도 하다. 어제는 양호실에서 쉬고 있으니 간호하러 와 주시고 차로 집까지 데려다주셨다.

"응? 너도 콜록거리고 있네, 전학생. 뭐, 너라면 정말로 소문이 났겠지. 주목의 대상이기도 하고~. 그렇지?『프로듀서』?"

사실 나는 피로감이 전혀 빠지지 않아 컨디션이 나쁜 상태였다. 익숙하지 않은 환경이라 어쩔 수 없는 일이지만. 몇 번인가 기침을 하고 나는 신음했다.

사가미 선생님은 정말 양호 선생님인 걸까? ──진찰을 하거나 걱정하는 기색도 보이지 않고 왠지 재밌다는 듯 히죽히죽 웃고 있다.

"전학 첫날부터 대단하네~ 너. 꽤 큰 소동이었다고. 동료에게도 이래저래 혼났고……. 으으, 속도 쓰려. 컨디션이 너무 안 좋아. 집에 가서 자고 싶어."

오히려 자기가 진찰받고 싶다는 듯 칭얼거린다. 글러먹은 어른이다……. 그 모습에 어이없어하고 있으니 사가미 선생님은 한심한 몸짓으로 다리를 '파닥파닥' 움직였다.

"너 말이야~. 담임 선생님 입장도 생각해 달라고. 병약한 날 좀 걱정해 줘. 간호해 줘. 구질한 남자보단 네게 간호를 받는 게 나아."

조금 헤프게 웃고서 갑자기 정색한다.

"여자애니 말이야. 그렇게 쉽게 적응하긴 힘들겠지. 우리 반 바보들은 장난치고 다니지만 무리해서 같이 다닐 필요는 없다고~?"

진지한 태도를 취하면 놀랄 만큼 아름다워 보이는 외모를 일그러뜨리고── 톡 하고 내 어깨를 두드려주었다.

"아, 딱히 설교하려는 건 아냐. 그런 선생님다운 일은 귀찮은 걸……. 그냥 푸념 좀 한 거니 흘려들어 줘. 그나저나 내가 담임이라 다행이네~ 전학생. 쿠누기 선생님이었으면 설교만 듣다 하루가 다 갔을걸?"

쿠누기 선생님── 어제 들은 수업에서는 만나지 않았던 사람이다. 역시 아직 선생님이나 다른 학생의 이름과 얼굴은 미처 외우지 못했다.

"뭐. 다친 데는 없었던 모양이고 가벼운 뇌진탕 정도……. 정밀검사를 해 봐야 알겠지만 아마 문제는 없을 거야. 건강함 그 자체. 젊음이란 좋구나~?"

진찰 카드를 보며 사가미 선생님은 한숨을 쉬고 있다.

나는 어제 점심시간에 쓰러진 후 그대로 조퇴하고 말았다. 그래서 아직 유메노사키 학원에 대해── 거의 모른다. 그 사실을 자각한다.

덤으로 어제는 사가미 선생님이 집까지 데려다 주셨기 때문에 아무래도 선생님의 팬이었는지 엄마가 가볍게 흥분한 것 같은 반응을 보여 오히려 더 피곤해지기도 했었다.

"알고 있겠지만 나 양호 선생이기도 하니까. 오히려 그쪽이 본업이니까. 역시 힘들 것 같으면 무리하지 말고 양호실로 쉬러 와."

고개를 숙이고 있으니 걱정해주시는 건지 사가미 선생님이 그런 이야기를 했다.

"난 거의 양호실에 있으니까. 반에 대한 건 반장인 히다카에게 물어봐 줘. 걔한테 다 맡겨뒀으니까. ……히다카, 누군지 알지? 그 '성실함'이 옷을 입고 걸어 다니는 것 같은 녀석~ ♪"

히다카 호쿠토 군에 대해서는 물론 어제오늘 일이니 기억하고 있다.

모두 걱정하고 있겠지. 아무 말도 없이 조퇴해버렸으니까.

연락처는 받았지만 어제 들었던 무거운 이야기를 아직 소화하지 못해── 전화로는 어떤 식으로 말해야 할지 몰랐다.

얼굴을 마주하면 도망갈 곳도 없으니 잘 이야기할 수 있을 것 같은 기분이 든다. 그러니 이렇게 지친 몸을 이끌고 등교한 것이다.

아직 내 마음도 정리하지 못하고 이래저래 생각하기만 하고 있었지만.

그래도—— 나는 한 번 도망치듯 전학해 이 유메노사키 학원에 왔다. 이제 어디에도 도망칠 수 없다. 도망쳐선 안 된다……. 그렇지 않으면 평생 도망만 치는 인생으로 끝나버린다.

"……걔들에게 묘한 얘기를 들었을지도 모르겠지만. 어떻게 할지는 네 머리로 생각하고 마음으로 판단해서 정하도록 해."

사가미 선생님께는 어제 일을 개략적으로 설명했다. 무슨 일이 있었는지 물어왔기 때문이다.

처음엔 빈혈이라고 핑계를 대긴 했지만—— 얼굴에 코가 군의 신발 자국이 남아있기도 했기에 완전히 숨기지는 못했다.

"기본적으로 난 참견하지 않을 테니까. 좋을 대로 해. 나는 학생의 자주성을 존중해. 응, 그리고 귀찮아."

대놓고 귀찮다고 이야기하면서도 사가미 선생님은 어디까지가 진심인지—— 하품을 하고 있다.

"어느 정도까지는 못 본 척해줄게. 뒷수습도 해 줄 수 있어. 하지만 내가 선생님이라고는 해도 권력 같은 건 없으니까. 그렇게 도움이 되지 않을지도 모르지만~?"

눈가를 비비고서, 똑바로 마주 봐 준다. 어른—— 믿음직한 교사라기보다 친근한 동네 오빠 같은 느낌이다.

"이쪽에 민폐를 끼치지 않는 한 난 너희 편이야. 담임 선생님이니 말이야."

가벼운 말투였지만 왠지 나는 안심이 됐다.

아무것도 해결되지 않았지만—— 같은 편이 있다는 건 마음이 든든했다. 이전 학교의 선생님은 엄하기만 하고 무서웠다. 그래서 좋은 인상이 없지만.

"너희는 젊으니……. 벽에 부딪히고, 그걸 넘어서기 위해 노력하거나 주변 사람들과 힘을 합치거나 여러 일에 도전해 보는 게 좋을 거야. 그건 선생님이 가르쳐줄 수 없는 너희 인생의 큰 보물이 될 테니."

처음엔 설교가 아니라고 말했었지만 날 위해 조언해주고 있는 것 같다. 그 말 하나하나를 잊지 않도록 기억해 두자. 거기서부터 시작하자.

"나같이 낡아 빠진 아저씨가 되고 나서 후회해도 소용없으니……. 젊을 땐 좋아하는 것에 전력으로 뛰어들어 봐. 뒤돌아보는 건 움직일 수 없게 되고 난 후에 해도 돼."

진지하게 말하는 게 부끄러워졌는지 사가미 선생님은 머리를 벅벅 긁었다.

"뭐~ 그렇단 얘기야……. 으으, 진짜 컨디션이 나쁜데. 오한도 들고. 여기서 또 귀찮은 일이 생기면 나 죽어버릴지도 모르겠는데~?"

비틀거리면서도 사가미 선생님은 전직 아이돌다운 반짝이는 미소를 짓는다.

"청춘을 즐기라고 전학생. 앞만 보고서. 길을 헤매면서도 전력을 다해서."

나도 미소로 화답하려고 했지만—— 놀라 비명이 대신 흘러나왔다.

"넘어질 것 같을 땐, 이렇게 내가 엉덩이를 살짝 받쳐줄 게……, 아, 아얏, 농담이야 농담! 누가 너 같은 '꼬맹이' 한테 그런 마음을 품는다고 그래!"

대놓고 엉덩이를 만지기에 당연한 권리로서 팔꿈치 어택을 먹여주었다.

"으으, 아파……. 보기와 다르게 의외로 난폭한걸?"

그쪽은 보이는 대로 글러먹은 어른이시네요. 신뢰할 뻔했던 내가 바보였다. 정말—— 나는 얼굴을 붉히며 사가미 선생님으로부터 다소 거리를 두었다.

"흠. 기운이 넘치는 것 같으니 그 정도라면 바보 남자들이 넘쳐나는 유메노사키 학원에서도 어떻게든 헤쳐 나갈 수 있겠지. 아마도. 잘은 모르겠지만."

대충대충. 사가미 선생님은 '팔랑팔랑' 손을 흔들었다.

"앗, 슬슬 예비종이 울리겠네. 얼른 교실로 가 봐. 불러내서 미안했어. 일단 전학 초기에는 이래저래 연락사항이 많으니 말이야~?"

갑자기 생각났다는 듯 커다란 상자를 쥐여준다. 받아보니 묵직함이 전해져온다. 나는 일단 그것을 바닥에 놓고 내용물을 확인했다.

"교과서나 필요한 것들이야. 난 확실히 전했다. 교실까지 잘 들고 가. 아직 모자란 것도 있으니 그런 건 반 애들에게 빌리든지 해."

입학 전에 교복. 그리고 어제도 야광봉과 학생증 등을 받았지만. 아직 학교생활에 필요한 것들이 많이 있다.

하나하나 마련해 가야지.

유메노사키 학원에서의 내 생활은 이제 막 시작된 거니까.

"반 녀석들이랑 사이좋게 지내. 공부에도 너무 소홀하지 말도록. 피곤하거나 다쳤을 땐 양호실로 와. ……음~. 그리고 또 말해둬야 할 게 있었던가?"

뭐 어때 라며 사가미 선생님은 등을 돌리고 말았다.

"아무튼 뭐 적당히 다치지 않을 정도로 청춘을 즐겨 줘. 난 언제나 너희들을 멀리서 지켜보고 있으니까. 술이라도 마시면서 적당히."

그 등을 향해 가볍게 인사만 하고 나는 교실로 향하기로 한다.

나의 전장으로.

역시나 2학년 A반 교실—— 그 문을 여는 데에는 용기가 필요했다.

교실 앞을 몇 번이고 왔다갔다. 문에 손을 얹었다 뗐다. 몇 번인가 마음이 약해져 돌아갈까 생각도 하며—— 될 대로 돼라 하며 눈을 꼭 감고 있는 힘껏 발을 내디뎠다.

괴로운 일을 미루고 있어도 타임 오버로 모든 걸 잃을 뿐이다.

그렇다면 적어도 할 수 있는 일을 하자.

쓸데없이 힘을 줬는지 성대한 소리를 내며 교실 문이 열리는 바람에 교실 안 사람들이 무슨 일이냐는 시선을 보내왔다. 부끄러워.

"앗, 전학생! 다행이다. 무사히 등교했구나☆"

거동이 수상한 나에게 발랄하게 말을 걸어주는 사람이 있었다.

스바루 군이다. 오늘도 보는 것만으로 기운이 날 것 같은 반짝 반짝 미소. 스바루 군, 호쿠토 군, 마코토 군 세 사람은 교실 구석에서 어깨를 맞대고 어두운 표정을 짓고 있었지만―― 들어오는 내 모습을 보자 표정을 풀었다.

걱정해주고 있었겠지. 아마도.

말주변이 없는 나는 제대로 된 인사도 하지 못하고 얼굴도 똑바로 쳐다보지 못했다. 눈을 피하고 말았던 것이 좋지 않았는지 일직선으로 돌진해오는 스바루 군을 미처 피하지 못했다.

그대로 뒤로 넘어질 뻔해. 어떻게든 문을 잡고 버틴다.

"아하핫, 벌써 질려버린 건 아닐까 걱정했었어! 전학생~☆"

"전학생 쨩~♪"

마코토 군도 이어서 스바루 군의 흉내를 내듯 안겨왔다. 대환영이다―― 기쁘지만 조금 곤란하다.

"어이, 그만둬. 그렇게 기세등등하게 전학생에게 달려들지 마. 헹가래도 치지 마!"

출발이 늦었던 호쿠토 군이 말처럼 당황하고 있는 나를 말 그대로 '안절부절' 바라본다. 헹가래를 당하는 건 태어나서 처음일지도 모르겠다…….

천장 가까이까지 몇 번이고 띄워지는 나를 보고 호쿠토 군이 둘을 야단쳤다.

"너희의 정신 나간 신바람이 전학생을 괴롭게 만들고 있어!"

"다 아는 것처럼 말하네. 홋케~. 어제 전학생이랑 양호실에서 단둘이 무슨 일 있었어? 서로를 잘 이해하게 됐다든지 그런 거야~?"

내가 제대로 등교했음에 안심한 것도 있겠지. 농담이겠지만 스바루 군이 엄청난 소릴 하고 있다.

"치사해. 홋케~! 우리도 전학생이랑 사이좋게 지내고 싶다고! 그러려면 역시 스킨십이지. 으샤 으샤☆"

"으샤, 으샤☆"

"일단 헹가래를 그만둬. 또 전학생이 기절하겠어……!"

보기보다 완력이 있는 거겠지. "네네." 하며 스바루 군이 손쉽게 나를 공주님 안기로 들었다. 정말 눈이 핑핑 돌 뻔했던 나를 살포시 바닥으로 내려주었다.

"전학생이 교실에 와서 기쁜 것도 알겠지만, 너무 괴롭히지 마. 좀 더, 보석 다루듯 살살 대하라고."

호쿠토 군이 허리에 손을 올리고 잔소리를 쏟아낸다.

"몸 상태는 어때. 전학생? 굉장히 지쳐 보이는데……. 어제의 피로도 남았을 테고, 쓸데없이 헹가래를 당했으니. 땀이 많이 나는데 괜찮아?"

뭔가 오히려 나는 안심해버리고 말았지만. 교실에 들어오기까지 이래저래 고민했던 게 바보 같았다.

무심코 소리를 높여 웃어버려서 호쿠토 군이 이상한 생물을 보는 듯 바라보았다. 그리고 사이좋게 눈과 귀를 가리며 모른 체 하고 있는 다른 두 사람을 찌릿 째려본다.

"너희는 반성해. 바보 콤비. ……이 악물어, 너희에겐 훈계가 필요해."

"잠깐. 우릴 벌주기 전에 해야 할 일이 있는 거 아녔어~?"

"혹은 전학생 쨩에게 해야 할 말이라던가~?"

반성의 기미를 보이지 않는 두 사람에게 팔꿈치로 쿡쿡 찔려, 호쿠토 군은 성대하게 한숨을 쉰다.

"그래. 너희 바보 콤비는 자유롭게 내버려두는 게 특징이 살지. 그리고 너무 억압해서는 학생회와 같은 꼴이 돼. ──괘씸하지만 잔소리는 나중에다."

그리고 들뜬 분위기를 지우는 것처럼 냉랭한 무표정이 되었다.

바로 정면에서 나를 바라본다.

"전학생. 너의 솔직한 생각을 듣고 싶어."

중요한 이야기를 하려는 심산이다. 어제── 양호실에서 보인 약한 모습은 거짓말이었던 것처럼 위엄마저 감도는 태도다. 흔들림 없는 반장을 나도 똑바로 바라보았다.

내 마음을 정확히 전해야 해.

말하는 건 서툴지만 적어도 태도로 나타내야 해.

"너는 우리들에게 엮이기 싫고 평온하게 살고 싶다는 생각이라도 괜찮아. 우린 앞으로 네게 간섭하지 않을게. 되도록 민폐를 끼치지 않겠다고 맹세할게."

이쪽이 기가 죽을 정도로 호쿠토 군은 정면에서 선언한다.

"하지만 혹시. 조금이라도 우리를 도와줄 마음이 있다면——진심으로 환영할게. 네 의견을 존중하고 두 번 다시는 상처받지 않도록 지킬게. 몸을 내던지고 목숨을 걸고서라도. 넌 내가 지킬 거야."

"너무 딱딱한데. 프러포즈하는 것도 아니고 말이야?"

그런 친구를 어이없다는 듯 곁눈질로 보고 스바루 군이 태평하게 웃었다.

"학생회와 대적한다 해도 목숨까지 위협받는 건 아니니까. 편하게 '같이 놀자' 같은 느낌으로 괜찮지 않아?"

"어설픈 각오로 관여하게 되면 서로 불행해질 뿐이야. 학생회는 인정사정 봐주지 않아. 우리의 동료라고 알려지면 전학생도 위험해질 수 있어."

융통성 없는 묵직하지만 진지한 호쿠토 군과 어디까지나 촐랑대지만 자유로운 스바루 군은—— 왠지 굉장히 좋은 콤비로 느껴졌다. 혼자서만 대화에 끼지 않은 마코토 군이 쓸쓸한 듯 서 있는 것이 신경 쓰였지만.

그 점은 언급하지 않고 호쿠토 군은 살포시 미소 지었다.

"하지만……그렇네. 나는 언제나 여유가 부족한 것 같아."

"그게 홋케~의 장점이지만 말이야. 좀 더 유연해지자고. 웃어 웃어~ 난 어둡고 무거운 분위기에서는 숨이 답답해지는걸!"

무중력 상태에 있는 것처럼 가볍게 뛰고서 스바루 군이 내 얼굴 가까이 다가온다.

"처음엔 편하게 상황 관찰~ 하는 느낌으로도 괜찮으니까. 가능한 범위에서만 도와주면 좋겠어. 전학생. 그것만으로도 굉장히 도움이 되니까☆"

어째서 이 아이는 조심성 없이 거리를 좁혀오는 걸까……. 내 손목을 잡고는 무도회처럼 스텝을 밟게 하고 있다.

"우선은 즐기자. 웃으면서 말이야. 웃는 자에게 복이 오나니~. 아마도 ♪"

"맞아 맞아. 혹시 학생회에서 비난이 있더라도── 전학생 쨩은 관계없다고 시치미 떼도 돼."

겨우 뒤늦게 의견을 논하며 마코토 군이 내 마음을 조금 가볍게 해 주었다.

"즉 이사라 군처럼 말 그대로 '유격대' 포지션?"

"이사라처럼 가벼운 마음으로 관여하기 시작하다 점점 끝없는 심연으로……. 그렇게 될지도 모르겠지만. 뭐 괜찮아."

조금 무서운 소릴 하며 호쿠토 군도 마코토 군의 의견에 동의했다.

"전학생. 네가 있는 것만으로 우리에겐 희망이 생겨. 싸울 수 있어. 이 현실에 저항할 힘이 끓어올라."

나와 밀착해있는 스바루 군의 어깨를 잡아 뒤로 물러나게 하면서 호쿠토 군이 앞으로 나온다. 열심히 마음을 전해준다.

"그러니 일단 네가 잘 등교해준 것만으로도 기뻐. 정말로 기뻐. 고마워. 전학생. 지금은 그것만으로도 충분해."

나야말로 기뻤다. 눈물이 나올 정도로.

이렇게나 나를 소중히 해 주고 과대평가하고 기다려주었다. 어제부터 계속 싫어져서 내가 등교하지 않을까 두려워하며. 불안해하며 걱정해주었던 것이다.

"그것보다도 곧 예비종이 울릴 거야."

기분이 이것저것 복잡하게 섞여 아무것도 말을 하지 못하는 나에게 천천히 하면 된다고 말하는 듯 미소 지어주는 호쿠토 군이 반장다운 이야기를 했다.

"다들 수업 준비를 해, 너희. 학생회에게 반역한다는 우리의 사명에 대해서는……. 점심시간이나 방과 후에 다시 이야기하자."

"에~? 수업 귀찮아! 계속 놀고 싶은걸. 공부보다 테러리스트 놀이가 좋아~!"

위험한 소릴 하는 스바루 군의 뒤통수를 호쿠토 군이 둥글게 만 교과서로 가격했다.

"그게 본심이냐. 아케호시. 학생의 본분은 공부다. 전학생도 수업에는 익숙하지 않을 테지. 우리가 만전을 기해 도와주자."

먼저 자리에 앉고는 눈짓으로 내 자리를 가리켰다. 내 자리가 어디였는지 잊을 뻔했기에 세세한 배려에 미안하고도 고마운 마음이 들었다.

"전학생 교과서 같은 것은 다 있어? 부족한 게 있다면 말해. 빌려 줄게. 모르는 게 있으면 뭐든지 나에게 물어."

나는 끄덕이고 복도에 방치한—— 아까 교무실에서 사가미 선생님께 받은 상자를 가지러 간다. 쫄래쫄래 움직이며 스바루 군과 마코토 군이 옮기는 걸 도와주었다.

"그럼 너희 자리에 앉아. 선생님이 오실 거야. 수업 시작한다."

호쿠토 군이 손뼉을 치며 무슨 일인가 하고 바라보고 있던 다른 학생들에게도 이야기한다.

"유메노사키 학원에서의 새롭고도 '평범한' 하루를 시작하자."

동시에 예비종이 울려 복도에서 대기하고 있었던 것 같은 선생님이 빠른 발걸음으로 교실에 들어온다. 유메노사키 학원의 수업은 상당히 혹독한 생존경쟁이다, 모두 진지한 얼굴로 수업에 대비한다. 일 초도 허투루 할 수 없는 공부 시간이다.

나도 상자를 열어 내용물을 꺼내면서도 어제부터 머릿속에 맺혀있던 우울한 구름 낀 하늘 같았던 기분이── 깨끗하게 사라져 있었다는 것을 느꼈다.

오늘은 참 좋은 날씨다.

그렇게 내가 평화롭게 수업을 듣고 있던 때.

유메노사키 학원 한쪽 경음부 부실에서── 야수의 울음소리와 같은 것이 울려 퍼지고 있었다. 물론 나는 알 리 없는 이것도 나중에 들은 이야기다.

이른 아침인데도 창문에 암막을 쳐서 거의 칠흑 같은 어둠이다. 평온한 아침을 맞이한 이 세상에 정면으로 반기를 드는 것처럼. 그것만으로도 이상했지만 어째서인지 드럼이나 기타 등 여러 악기들 사이에—— 관이 놓여있다.

어딘가 배덕적이기도 하고 의미를 알 수 없는 풍경 속 오오가미 코가 군이 전력으로 아우성치고 있었다.

"으으으으! 크아아아아아!"

어제 【용왕전】에서 쿠로 씨에게 호되게 당했던 탓인지 학생회를 피해 도망칠 때 난투라도 했거나 구르기라도 했는지—— 붕대나 반창고가 눈에 띈다. 그것을 성가시다는 듯 손가락으로 긁으며 덧니를 빠득빠득 갈며 초조해하고 있다.

아무래도 수업을 땡땡이치고 있는 것 같은 그는 벽을 쾅쾅 차며 그저 기타를 치고 있었다. 상처가 쑤시는지 연주도 잘되지 않는 듯 더욱 짜증을 낸다.

그 갈 곳 없는 분노를 포효로 바꿔 주변에 있는 모든 것에 쏟아붓고 있었다.

"젠장, 젠장! 여긴 똥구덩이냐!? 숨을 쉴 수가 없어. 다들 썩어빠져서는! 아아아악! 답답해서 폭발해버릴 것 같아. 누가 이 몸의 짜증을 좀 날려줘! 부탁이니까!"

머리를 격하게 흔들며 충동에 몸을 맡긴 채 연주하고 있다.

"【용왕전】에서 스트레스 좀 풀 수 있을 거라 생각했는데! 결국 화풀이도 못 했다고! 으아아아! 생각만 해도 열 받아. 가라테 부 키류 자식! 학생회 놈들……!"

경음부 부실은 완전히 방음 구조인 듯 수업시간대에 시끄럽게 하고 있는데도 불구하고 아무도 주의를 주러 오지 않는다. 유메노사키 학원은 전문학교 같은 곳이기도 하고 수업은 엄하지만……. 그만큼 의욕이 없거나—— 따라오지 못하는 낙오자를 일일이 붙잡아 출석시키거나 하지는 않는 거겠지.

"이놈이나 저놈이나 갈기갈기 찢어버려도 모자라! 속이 부글거려!"

아우성치며 폭음을 쏟아내는 코가 군을 바라보고 있는 기묘한 그림자가 있었다.

"우와아. 날뛰고 있네~. 오오가미 선배."

"비나이다 비나이다, 괜히 불똥이라도 튀지 않게 해주세요. 이럴 땐 가만히 두는 게 최고야."

완전히 똑같은 목소리와 거의 똑같은 말투—— 누군가의 혼잣말 같았지만 아무래도 다르다. 그저 미친 듯이 날뛰고 있는 코가 군을 멀리서 지켜보며 암막이 내려진 창가에 사이좋게 나란히 서 있는 건 쌍둥이였다.

누가 누군지 구별되지 않을 만큼 서로 쏙 빼닮았다. 아까 했던 말도 누가 어떤 말을 했는지 알 수 없다. 그런 종류의 인형처럼 자세까지 똑같았다.

남자애치고는 긴 머리. 못 찾는 일이 없도록 헤드폰 색이나 미세한 표정에만 조금씩 차이를 두고 있다. 학년별로 색이 다른 교복 넥타이는 둘 다 붉은색이었다. 1학년이다. 그래서 코가 군을 '선배'라 부르는 거겠지.

"왜 저래? 오오가미 선배. 무슨 일 있었어~?"

누군가가 질문을 하고 누군가가 고개를 갸웃거린다. 기억까지 공유하고 있는 건 아닐까 의심스러울 정도로 똑 닮은 쌍둥이지만——당연히 그럴 리 없다.

한쪽의 질문을 다른 한쪽이 조금 생각한 후 대답한다.

"잘은 모르겠지만, 어제 비공식 경기에서 형편없이 졌다던데?"

"뭐? 안 졌거든! 무효야, 그런 건. 도중에 어중간하게 끝나 버려서 답답해 견딜 수 없는 거라고!"

쌍둥이가 작은 소리로 대화하고 있었음에도 주워듣고는 코가 군이 물어뜯듯 외쳤다.

"이 몸의 가슴이 찢어질 것 같아. 으아아아아! 키류에게 당한 상처가 아직 욱신거려. 녀석을 찢어발기지 않으면 이 상처는 아물지 않아!"

"벽은 차지 말아 줘~. 선배. 우리 학원은 아이돌에만 투자하고 부활동은 '뒷전' 이니까 예산도 그렇게 많이 내려오지 않는다고요."

격하게 화풀이하고 있는 코가 군에게 쌍둥이 한쪽이 주의를 주고 또 다른 한쪽이 보충하듯 "응응" 끄덕이며 말을 얹었다.

"부활동비도 얼마 없어서 벽이 부서져도 수리 못 해요."

"악기도 자비로 산 거 쓰고 있고 말이지. ……근데 오오가미 선배가 쓰고 있는 거 형 기타 아냐?"

"앗, 진짜네! 잠깐, 맘대로 남의 악기 쓰지 말라고 했잖아?"

형이라 불린 쪽이 몹시 놀라며 일어나 불평했다. 나중에 들은

이야기지만 이 쌍둥이의 형은 아오이 히나타 군. 동생은 아오이 유우타 군이라고 하는 모양이다. 일란성 쌍둥이겠지. ──그렇다 치더라도 굉장히 닮았다.

형인 히나타 군을 죽일듯한 눈빛으로 째려보고서 코가 군은 오히려 도발하듯 더욱 화려하게 기타를 켠다.

"시끄러. 너희 건 이 몸의 것! 이 몸 것도 이 몸의 것이다!"

어제──【용왕전】은 상당히 혼돈한 상황 속에서 중단되었다. 그 혼란 속에서 코가 군은 일렉 기타를 떨어트린 게 아닐까. 혹은 부서지고 말았던 걸까.

이에 어쩔 수 없이 히나타 군의 기타를 빼앗아 맘대로 사용하고 있다.

"그리고 누가 얘기하고 있는 건지 전혀 모르겠다고 쌍둥이들! 짜증 나! 헷갈리게 동시에 나오지 마! 누구든 둘 중 한쪽만 나와도 충분하잖아!"

상당한 폭언이었지만, 익숙한 거겠지. ──비교적 형보다 냉정해 보이는 동생 유우타 군이 태연하게 '맙소사'라고 말하는 것 같은 포즈를 취했다.

"그렇게 말씀하셔도……. 그보다 너무 시끄럽게 하면 사쿠마 선배 깨어날걸요?"

사쿠마라는 이름에 오히려 열이 받았는지 코가 군은 더욱더 기분이 나빠 보이는 표정을 짓는다. 아무래도 그 이름은 그에게 있어서 역린인 것 같다.

"내가 알 바냐! 왜 이 몸이 그딴 흡혈귀 놈을 신경 써 줘야 하는 건데. 앙? 불만 있으면 덤비라고 둘 다 한꺼번에 상대해 주지!"

"우리까지 물고 늘어지지 말아주세요~. 정말 다혈질이라니까. 오오가미 선배는."

"사쿠마 선배가 피를 좀 빼주는 게 좋지 않을까?"

쌍둥이가 동시에, 아까부터 부실 정중앙에서 존재감을 주장하고 있는 기묘한 물체── 관을 슬쩍 바라보았다. 두려워하면서 하지만 무언가를 기대하는 것처럼.

"부른 게냐. 경음부의 귀여운 아이들아~ ♪"

어딘가 기분 좋은 울림의 듣는 사람의 영혼을 휘감는 것 같은 나른한 목소리다.

동시에 관 뚜껑이 안쪽에서부터 천천히 천천히 밀어 올려진다.

옛날 호러 영화 같은 광경이었지만 그걸 바라보는 쌍둥이는 눈을 반짝이며 기뻐했다. 둘이서 손을 맞잡고 활기차게 인사한다.

"앗, 일어났다. 안녕히 주무셨어요~. 사쿠마 선배!"

"그런데. 이 소음 속에서도 지금까지 잘 주무시고 계셨네요……?"

어이없어하는 유우타 군의 부름에 관 속에서 답하는 목소리가 있었다.

"크크크. 아직 '쿨쿨' 잘 시간이니 그렇다네. 이대로 낮까지 숙면하고 싶었다만……. 이 몸은 흡혈귀이니 말일세 ♪"

알 수 없는 이야기를 하며 관 뚜껑을 옆으로 밀어놓고── 기묘한 인물이 모습을 드러낸다. 느릿느릿 상체를 일으키고는 커다랗게 하품. 그 입가에 뾰족한 송곳니가 엿보였다.

정말로 흡혈귀 그 자체다.

다소 건강하지 못해 보이면서도 길에서 열 명이 지나가면 열 명 모두 뒤돌아볼 듯한, 그중 몇 명은 비틀거리며 가까이 다가가고 말 것 같은—— 기묘한 흡인력이 있는 미모다.

피 같은 진홍색 눈동자. 자다가 헝클어진 건지 아니면 멋을 부린 건지 알 수 없는 부드럽게 파도치는 어둠빛 긴 머리.

유메노사키 학원 교복을 입고 있지만 학생임을 주장하고 있는 것은 그 정도뿐—— 명화 속에서 빠져나온 것 같은 어딘가 고풍스러운 미인이다.

이것도 나중에 들은 이야기지만 그의 이름은 사쿠마 레이.

우리의 운명을 크게 좌우하는 개성파 인물들의 집합소와도 같은 유메노사키 학원에서도 가장 진기하고 이름 높은—— '삼기인(三奇人)' 중 한 사람이다.

가만히 있으면 숨이 멎을 정도로 아름답지만, 행동은 왠지 박자가 엇나간 느낌이다.

그는 안경을 찾듯 허공에 손을 뻗어 두리번두리번 주변을 보기도 하며 확실히 잠이 덜 깬 모습이었다. 푹 잠들어 있었던 걸까. 관 속에서……. 몇 번이고 하품을 억누르며 옆에서 얌전히 있던 쌍둥이를 보고 천천히 눈을 깜빡였다.

어딘가 노인 같은 말투와 태도로 레이 씨는 이상한 소릴 하기 시작한다.

"으음? 아오이 군이 두 명이 된 것 같은 느낌이 드는구
먼……?"

"우린 원래 두 명이에요. 쌍둥이니까요. 잠꼬대는 그만하세
요. 사쿠마 선배."

"선배, 잠도 깰 겸 찬물 드실래요~? 자 여기 ♪"

"항상 고맙구나. 아오이 군. 아아, 차가운 물이 몸 깊숙이 스
며드는구나…… ♪"

재빠르게 냉수를 내밀어준 쌍둥이에게 제대로 감사를 전하고
서 레이 씨는 역시 느긋하게── 천천히 천천히, 물을 마셨다.

무서울 정도로 아름답다 할 수 있는 그 외모에 반해 어딘가 보
살핌이 필요한 어르신 같다.

"으아아아아! 왜 그렇게 죄다 느긋한 거야! 죽여 버린다!"

평화로운 공기를 가르듯 코가 군이 기타를 울려댔다. 관 안에
서 상체만 일으키고 있는 레이 씨를 지긋지긋하다는 듯 노려보
고 있다.

"뭐냐, 소란스럽구나. 본인은 아침에 약해서 가까이서 그렇
게 소란을 피우면 머리가 아프단 말이지……"

드디어 물을 다 마셔 만족스러운 듯 트림을 하고──.

레이 씨는 완전히 날뛰고 있는 코가 군을 향해 우아하게 손짓
했다.

"옳지 옳지. 오랫동안 혼자 있게 했으니 놀아주지 않아 서운했던 게지? 이리 오려무나. 멍멍아. 본인이 공을 던져 주겠다네…… ♪"

"멍멍이라 하지 마! 이 몸은 개가 아니라 긍지 높은 늑대라고!"

관에서 고무공을 꺼낸 레이 씨를 보고 자신이 도발당하고 있다고 생각했는지── 코가 군의 이성이 뚝 끊겼다. 기타를 바닥에 내팽개치고 관을 향해 성큼성큼 다가온다. 얼굴을 들이밀고 키스도 할 수 있을 것 같은 가까운 거리에서 위협했다.

"일어나자마자 중2병 짓거리하지 말라고. 뭐가 '본인'이란 거야. 성가시게! 흡혈귀면 흡혈귀답게 관 속에 영원히 처박혀 있으라고!"

"자네의 '이 몸은 늑대' 운운하는 것도 대동소이한 것이 아니더냐?"

미동도 하지 않고 코가 군을 바라보는 레이 씨는 태평한 모습이다.

"그래 그래. 불쌍한 멍멍이. 알고 있단다. 키류 군에게 괴롭힘을 당해서 꼬리를 내리고 도망쳐왔던 게지?"

계속 관 안에서 잠들어 있었던 것 같은데도 어째서인지 바깥 정보를 알고 있다. ──*안락의자 탐정처럼.

"그 아이는 불 속의 밤과도 같아서 생각 없이 만졌다간 크게 다치게 될 테야. 학생회 같은 녀석들보다도 더 위험하지. 물어

---

*안락의자 탐정: 범죄 현장에 직접 나가 관찰하거나 정보를 모으는 일 없이 자신의 추리만으로 해결하는 가공의 탐정 유형. 최초의 안락의자 탐정은 에드거 앨런 포의 작품에 등장하는 오귀스트 뒤팽이라 여겨진다.

뜰을 상대를 잘못 고른 게로구나. 멍멍아?"

다시 수면을 취하려는 듯 천천히 눕더니 양팔을 벌려 환영 포즈를 취한다.

"자, 울상 짓지 말고 이리 오려무나. 본인이 오냐오냐, 하고 달래줄 테니…… ♪"

"죽여 버린다, 이 자식~! 백 번 죽이고 백 번 더 죽여주겠어!"

코가 군이 발끈해 관을 쾅쾅 찼다.

그런 광경을 자주 보아왔겠지. 쌍둥이는 전혀 신경도 쓰지 않고 태평하게 대화를 나누고 있었다.

"그나저나 어째 다 알고 계신 것 같은데, 사쿠마 선배도 어제 드림페스 보셨어요?"

"여전히 정보가 빠르신데요~?"

"크크크. 이 몸은 무엇이든 알고 있다네. 이 학원에 대한 일이라면 뭐든지."

알 수 없는 이야기를 하고서 레이 씨는 역시 성가셨는지 관을 차고 있는 코가 군의 발을 잡았다. 건강하지 못해 보이는 외모에 반해 완력이 있는 듯 코가 군은 넘어질 뻔해 당황해하며 뒤로 물러섰다.

그 모습을 귀여운 것을 보듯 지켜보며—— 레이 씨는 관 테두리에 손을 얹고 옆으로 살짝 엎드려 한가로운 귀부인처럼 편안한 태도를 취한다.

"하지만……. 너무 멋대로 굴지 말거라. 멍멍아. 학생회의 눈 밖에 나는 건 그렇게 유쾌한 일은 아닐 테니."

"네놈이 약해 빠졌으니 이 몸이 대신 날뛰어주는 거잖아! 좀 움직이라고 조금은! 부탁이니까!"

코가 군이 반항하듯 다시 레이 씨에게 질리지도 않고 얼굴을 들이댄다. 불평하는 게 아니라 마치 떼쓰는 아이가 부모에게 애원하는 것 같다.

"너도 우리 학원이 '이대로'인 게 좋다고 생각하진 않잖아!?"

"마음은 알겠지만 진정하거라 멍멍아. 본인은 '삼기인' 중 한 명. 함부로 움직일 수는 없는 게야."

미스터리한 단어를 입에 담고서 레이 씨는 의욕 없는 듯 손을 '팔랑팔랑' 흔들었다.

"'삼기인'과 학생회가 전면전이라도 벌이면 짓밟히는 건 우리라네. 이전 '오기인'이라 칭송받으며 영화를 누렸던 우리도 두 명이 빠져나갔고 본인을 제외한 현역 두 사람도 지나치게 자유로워 고삐를 잡을 수가 없지."

어디까지나 내 일은 아니라는 것처럼 크게 하품까지 하고 있었다.

"본인이 홀로 맞선다 해도 큰 바위와 같이 견고한 학생회에는 흠집 하나 낼 수도 없으이. 평화가 제일이라네. ——숨이 막힐 듯 답답하더라도 평화는 평화이니. 우리가 감수해야겠지. 그렇지. 멍멍아?"

레이 씨는 옆에서 신음하고 있는 코가 군의 머리를 쓰다듬고 생글생글 웃으며 물었다.

"그건 그렇고, 오늘 식사는 아직인가……?"

"멍청한 소리 마, 영감탱이. 이대로 좋을 리가 없잖아!? 반체제야말로 로큰롤의 정신이지. 이 몸은 혼자서라도 학생회와 붙어 주겠어!"

고개를 흔들어 레이 씨의 손을 뿌리치고 코가 군은 격분했다. 그것을 "워워, 진정하라고 했거늘." 하고 달래면서 레이 씨가 야수처럼 웃음 지었다.

"지금은 때가 아니란다. 이 학원의 현실을 '지루하다'고 생각하는 건 본인도 같다네. 언제든지 움직일 수 있도록── 만반의 준비를 해 두어야 하지 않겠느냐?"

순간적으로 그가 뿜어낸 위압감에 소리 지르던 코가 군이 숨을 멈추고 침묵했다.

그런 그를 사랑스럽다는 듯 다시 쓰다듬으면서도 레이 씨는 침착한 목소리로 말했다.

"다행히 이 학원은 이미 반란의 씨앗을 품고 있다네. 폐허와 같이 꿈이 사라져버린 학원을 뒤덮을 정도의 큰 꽃이 피려고 하고 있는 게야. 그 싹이 트는 순간이 본인이 기다리던 그 시기인 게지. 밤이 올 때까지 기다리거라. 멍멍아."

어둑어둑한 경음부 부실 정중앙. 흡혈귀라고 불린 청년은 관 바닥에서 기회를 노리고 있다. 사악한 기운이 끈적이는 피 같은 악한 파동이── 빈약해 보이는 레이 씨의 전신으로부터 흘러나오는 것 같았다.

그 머릿속에 얼마나 불길한 생각들이 담겨 있는지는 신조차 모른다.

"항상 해는 지고 밤은 반드시 찾아온다네. 영원히 꼭대기에서 빛나는 태양은 없지. 우리 어둠의 권속들이 움직이기 적합한 혼돈의 밤을 기다리세나. 크크크♪"

"앙? 무슨 소리야. 알아들을 수 있게 말하라고!"

조금 안정을 되찾은 코가 군의 질문에 레이 씨는 역시 태평하다 할 수 있는 태도로 소리 내어 크게 웃는다.

"크크크. 자네도 곧 알게 될 게야. 지금이 '폭풍전야'라는 걸 말일세. 그보다도——— 소문의 전학생이라는 자에게 조금 흥미가 있어서 말이지. 얼굴을 보고 싶다만 어떻게 한 번 회합을 가질 수 없겠느냐?"

"전학생……, 그 여자 말이야? 그 바보 아케호시와 같이 있던 녀석?"

"음. 두 아오이 군. 미안하네만 전학생을 데려와 주지 않겠나. 그 아이가 어떤 인물인지 직접 확인하고 싶다네."

멀리서 지켜보던 쌍둥이를 부르고 기인은 멍하니 또다시 잠들 준비를 한다.

"멍멍이가 무례를 범한 데에 대한 사과도 해야 하니——— 정중히 모시거라. 전학생은 이 학원에서 가장 가치 있는 보물이 될 수도 있으니 실례가 있어선 안 된다네. 조심조심 하게나♪"

그것만 말하고서 관 바닥에 있는 베개에 푹 엎드려 눈을 감는다.

천천히 관 뚜껑이 닫힌다.

수업이 일단락된 것을 알리는 종소리가 어딘가 허무하게 울려 퍼지고 있다.

웅웅 머릿속에서 반사되며 울리는 그 소리를 멍하니 들으며 나는 책상 위에 온몸을 내던진 것처럼 엎드려 있다. 지쳤어……. 입에서 영혼이 빠져나올 것 같다.

물론 나는 경음부에서 이뤄진 불온한 대화에 대해서는 알 리가 없다.

그저 수업에 따라간다. ──따라가지는 못하고 있지만 일단 참가하는 것만으로도 체력을 모조리 써버렸다. 이대로 가다간 정말 다시 양호실 직행이다.

역시 너무나도 가혹하고 전학생에게 친절하지 않은 커리큘럼이다.

내가 너무나 망연자실한 것 같은 표정으로 넋을 놓고 있기에 소문의 쿠누기 선생님── 안경을 쓴 신경질적일 것 같은 사람이었다. ──그가 걱정해서 호쿠토 군을 내 옆에 쭉 붙어있도록 해 주셨다. 모르는 건 무엇이든 그에게 질문하라며.

덕분에 자연스럽게 대화를 하게 되어 몇 가지 수업을 함께하는 걸 통해 어색한── 마음속 벽이 없어졌다.

호쿠토 군은 우등생인지 나라는 짐을 지고서도 수업을 척척 따라가고 있었다. 그런 그이기에 쿠누기 선생님은 수행원(?)으로 골랐던 거겠지만.

호쿠토 군은 나를 말조차 하지 못하는 아기라고 판단한 듯 하나부터 열까지 친절하고 자상하게 설명해주었다.

덕분에 어떻게든 조금은—— 배운 적 없던 '성악'이나 이런저런 과목에서 대체로 무엇을 배우는지 정도의 방향성은 잡았다고 믿고 싶다. 아직 교과서 속엔 이세계 언어가 가득하고 수업 마지막에 항상 있는 쪽지시험에서는 참패했지만.

적응해야 한다. 빨리. 이전 학교에서도 그렇게 공부를 잘하는 편이 아니었지만, 장르가 다르다. ——손쓸 엄두도 못 내고 있다.

나는 특수한 입장이기에 낙오되더라도 그렇게 쉽게 퇴학당하거나 하진 않겠지. 하지만 가치 없는 아이, 아무것도 못하는 아이 취급을 계속 받으면 아무래도 마음이 무너질 것 같다.

"점심시간이야. 전학생."

이젠 완전히 내 보호자 같아진 호쿠토 군이 말을 걸어준다.

"같이 밥 먹으면서 앞으로의 방침을 이야기하도록 하자."

"수업 엄청 피곤했어~. 홋케~☆"

전혀 '피곤한' 것처럼 보이지 않는 스바루 군이 나를 흔들어 깨울까 어떻게 할까 고민하며 손을 뻗었다 거뒀다 하고 있던 호쿠토 군에게 대포알처럼 달려들었다.

쓰러질 뻔했다가 호쿠토 군은 아슬아슬하게 버티고는 얼굴을 찌푸린다.

"의미 없이 껴안지 마. 성가셔. 스킨십이 너무 과하다고. 개라도 되는 거야, 너는?"

"딱히 상관없잖아, 닿는 것도 아닌데~?"

믿을 수 없는 움직임으로 호쿠토 군의 목에 손을 두른 채로 '빙그르' 1회전 후 화려하게 착지한 스바루 군이 스스럼없이 내 머리를 톡톡 두드렸다.

"그것보다 전학생. 어땠어~? 유메노사키 학원에서의 첫 수업♪"

정확하게 말하자면 어제도 점심까지는 수업을 받았었으니 '처음'은 아니지만── 정정할 기운도 없어 나는 으~ 아~하며 좀비 같은 소리를 내고 말았다.

"아아, 전학생 쨩도 녹초가 됐어. 쓰러지고 얼마 안 된 데다 일반적인 학교와는 수업이 '완전히' 다르니 말이야~?"

안경을 벗고 안약을 넣고 있던 마코토 군이, 온몸으로 기지개를 켜며 수업이 끝났다는 해방감에 취해있다. 환기를 위해 열린 교실 창문을 통해 바람이 불어와, 그의 부드러운 황갈색 머리카락이 둥실둥실 흔들렸다.

"나도 그래, 따라가는 것만으로도 고작이야. 전학생 쨩에게는 친근감을 느끼는걸~ 후후후♪ 나도 드디어 시험에서 '꼴찌 탈출'이 가능할지도 몰라!"

"유우키도 좀 더 열심히 해. 모르는 게 있으면 가르쳐 줄 테니까."

호쿠토 군이 어처구니없다는 듯 대답하기에 마코토 군은 안경을 쓰며 쓴웃음을 지었다.

"히다카 군── 공부를 못하는 사람은 자기가 뭘 모르는지도 모른다고. 그치~ 전학생 쨩?"

그 말에 동감합니다, 마코토 군.

"전학생은 아직 적응이 안 됐으니 어쩔 수 없지만. 넌 좀 더 열심히 공부하는 게 좋겠어."

"아하하☆ 안경까지 쓰고 있는데 바보라니 3배는 더 바보로 보이는데~?"

호쿠토 군과 스바루 군에게 결국 한 소리 듣고 만 마코토 군은 입술을 삐죽였다.

"으으, 아케호시 군 이 배신자! 우린 '바보 콤비' 잖아? 그런데 왜 수업 시간이나 시험에선 우등생인 거고, 이 천재~!"

"음~. 성적 같은 건 아이돌 활동과는 관계없잖아. 편한 마음으로 해 보면 되지 않아?"

스바루 군은 아주 잠깐 시선을 피했다가 내 머리를 옳지옳지 하고 쓰다듬어 주었다.

"그런데 전학생은 『프로듀스과』 인데 『아이돌과』 와 같은 수업을 받고 있네~?"

"어제 설명했잖아. 다른 사람이 하는 말은 좀 잘 들으라니까."

부산스럽게 돌아다니는 스바루 군의 목덜미를 호쿠토 군이 잡았다.

"『프로듀스과』 는 갑자기 신설된 학과야. 아직 선생님도 없고, 교과서고 수업내용이고 아무것도 준비되어 있지 않아. 조만간 준비가 되겠지."

"그렇구나. 전학생이 얼른 실력 있는 『프로듀서』 가 되어준다면, 우리도 큰 도움이 될 텐데~☆"

"반대로 말하면 전학생은 『프로듀서』로서는 초보야. 전문 기술을 익힐 기회도 아직 없어. 지나치게 기대하는 건 전학생에게는 가혹한 일이겠지."

"우리도 아직 어설픈 데다 하려는 일은 유메노사키 학원 설립이래 가장 어려운 일이니 말이야~. 뭘 어떻게 하면 될지 모르겠단 말이야. 공략집이 필요해."

"음. 지침이나 이정표—— 멘토가 필요해. '하나부터 열까지 전수' 해 준다는 허황된 걸 바라진 않지만."

두 사람의 대화를 멍하니 듣고 있던 나에게 호쿠토 군이 보충 설명하듯 말했다.

"이러면 된다는 확증이 필요해. 그것 없이는 첫발도 떼기 어려울 테니까."

"음~. 누군가 '대단한 사람'이 우리 멘토가 되어준다면 좋겠는데 말이야?"

이해가 빠른 스바루 군은 금세 말의 의도를 이해하고 동의한다.

"전부 우리끼리 생각해서 행동하는 것도 불가능한 건 아니지만 그러면 시간이 너무 많이 걸리는걸?"

"선생님께 부탁할 수도 없고 말이야. 학생회는 유메노사키 학원이 공식적으로 임명한 학생대표인걸. 학원이나 선생님은 기본적으로 학생회 편을 들 거야."

마코토 군이 나보다 빨리 회복해 교과서 등을 정리하고 일어서서 다가와 대화의 장에 들어왔다. 내 머리 위에서 상당히 위험한 논의가 펼쳐지고 있다.

"학생회 고문인 쿠누기 선생님은 논외로 치더라도 사가미 선생님께도 도움을 받진 못할 거야. 이미 여러모로 편의를 봐 주고 계신데 이 이상 민폐를 끼칠 순 없어."

쿠누기 선생님은 학생회 고문이신 듯하다. 지금까지는 친절한 선생님이라는 인상이지만. 『Trickstar』는 학생회와 대결해서 학원에 혁명을 일으키려 하고 있으니까.

학생회와 학원 측에는―― 선생님 등에게는 의지할 수 없다.

우리끼리 어떻게든 할 수밖에 없다. 어제 호쿠토 군이 이야기해 주었던 것이 사실이라면 다른 학생들도 비협조적일 것이다. 강대한 권력자인 학생회에 뼛속까지 가축처럼 굴복하고 있다. 그런 현재에 불만을 가진 사람들도 있겠지만.

『Trickstar』처럼.

나는 그들이 적어도 슬픈 눈물을 흘리지 않게 하기 위해……. 어떻게든 도와주고 싶지만 수업조차 따라가지 못하는 내가 뭘할 수 있을까.

지금은 그저 모두의 곁에 있으며―― 이야기를 듣고 있을 수밖에 없다.

무력감이 솟아오르지만. 그것만으로도 모두 왠지 기뻐 보이는 모습이었다. 지금까지 누구에게도 의지하지 않고 계속 고독하게 싸워 왔던 거겠지.

"상급생 중에 능력 있고 우리를 이끌어서 키워줄 수 있는 사람이 제일 이상적이지만. 그렇게 마음처럼 되진 않을 거야. 먼저 우리 스스로라도 해 나가야 해."

호쿠토 군도 내 우려를 눈치챘는지 걱정 말라 말하는 듯 미소 지었다.

"전학생도 천천히 『프로듀서』의 기술을 배워나갈지 모르니……. 기다려도 좋겠지만 시간을 너무 오래 끌 순 없어. 천천히 나아가고 싶지만 우리에게 있어서 절호의 기회가 이미 코앞에 와 있으니까."

쿠데타라도 모의하는 것처럼 교실 구석에서 우리는 소곤소곤 이야기를 나눈다.

왠지 굉장히 나쁜 짓을 하고 있는 것 같아 두근두근하다. 실제로 이 유메노사키 학원을 통째로 뒤집어 놓을 수도 있을 일을 꾀하고 있는 것이다. 우리는 나쁜 아이들이다.

그래도 왠지 조금 즐거웠다.

무심코 웃음이 흘러나와버린 나를 보고 호쿠토 군은 용기를 받은 것처럼 강한 어조로 말한다.

"드림페스 중에서도 두 번째로 높은 랭크의 화려한 무대 『S1』이 2주 후에 개최될 예정이야."

나는 어제 이것저것 적어두었던 메모장을 꺼내 그때 얻었던 지식을 다시 확인한다.

드림페스는 엄밀히 랭크가 정해져 있다. 『S1』은 공식에서는

『SS』에 이어 두 번째로 규모가 큰―― 격식 높고 중요한 드림 페스다.

정말로 대형 이벤트다.

"『S1』은 분기마다 한 번씩 개최돼. 이번을 놓치면 다음은 몇 개월 후야⋯⋯. 다음을 기다려도 좋지만 시간이 갈수록 학생회의 권력도 커져가겠지."

호쿠토 군이 군사 전략을 짜는 참모처럼 냉엄한 표정으로 현재 상황을 확인해 나간다.

"시간은 우릴 도와주지 않아. 점점 불리해질 거라 생각해. 장기입원으로 부재중인 학생회장도 돌아올지 모르니까."

학생회장―― 즉 학생회의 톱일까. 보통은 생각할 필요도 없이 그렇겠지만 유메노사키 학원에서는 내가 알고 있는 '보통'이 통하지 않는다.

학생회장은 입원중인 듯하다. 그러고 보니 어제 학생회를 이끌고 있던 하스미 케이토 씨는 '부회장'인 것 같았다.

"지금도 학생회는 충분히 강력한데 유메노사키 학원의 '황제'라 불리는 학생회장마저 돌아오면⋯⋯. 우리에게 승산은 없어."

'황제'⋯⋯. 어마어마한 이명이지만 유메노사키 학원이니까. 정말로 왕후 귀족 같은 엄청난 권력자일지도 모른다.

견고한 절대왕정으로 백성들을 괴롭게 하는 '황제'를 쓰러트리고 혁명을 일으킨다. 『Trickstar』는 그것을 위해 모여 손을 잡고 필사적으로 싸우고 있는 용사들. 이세계 판타지 같다. ――신비한 이야기 속으로 우연히 들어오게 된 것 같은 어질어질한 기분.

하지만 이건 농담 따위가 아니다.

"가능하다면 2주 후에 열릴 『S1』에서 학생회에 한 방 먹여주고 싶은 마음이야. 음—— 전학생에겐 자세한 이야기를 전하지 못했군."

지금 설명할게, 라고 호쿠토 군은 또다시 과외 선생님의 얼굴이 되어 보충해 준다.

"『S1』은 교내뿐만 아니라 근처 다른 학교의 학생, 지역주민 등 '일반 관객'도 초대해 이뤄지는 대규모 드림페스야."

흠흠.

"『S2』이하의 드림페스는 어디까지나 교내 한정 행사야. 학생회가 압도적인 권력을 갖고 있고 누구도 거역할 수 없는 현재 상황에서는 무조건 학생회가 승리하게 되어 있어."

그러고 보니 어제 【용왕전】은 『B1』이었던 것 같다. 관객은 유메노사키 학원 학생들뿐이었다.

이 학교는 경비가 삼엄해 관계자 이외에는 거의 들어올 수 없다.

그런데도 그 소란이었으니……. 외부 손님들을 부른다면 규모는, 일어날 소란은 비교가 안 될 정도로 클 것이다.

"하지만 『S1』이라면 '일반 관객'이라는 변수가 대량으로 들어오게 돼. 학생회에 순순히 따르는 유메노사키 학원 학생과 달리 '일반 관객'은 자신이 정말 좋았다고 생각하는 쪽에 투표할 거야."

호쿠토 군은 냉철하게 승리하기 위한 작전을 짜고 있다.

"즉 부동표가 생기는 거지. 그 부동표를 끌어모을 수 있다면 이론적으로는 학생회를 이기는 것도 가능해. 그리고 한 번 패배하게 만들면 학생회의 권세는 무너질 거야."

차포차기로 임하고 있는 것이 아니라 생각보다 진지하게 고민하고 있었다.

그들도 진심이다. 아니── 그렇게 필사적으로 지혜를 짜내 전력으로 도전하지 않으면 제대로 싸워 보지도 못할 것이다. 그정도로 절망적인 상황인 거다.

"학생회라도 패배할 수 있다. 쓰러뜨릴 수 있다는 사실을 드러내면 학생회의 근간은 흔들리겠지. 절대왕정을 붕괴시켰던 시민혁명처럼 상대도 사람이고 무너뜨릴 수 있다──고 알게 된다면 모두 싸울 수 있어. 학생회에 복종할 수밖에 없는 유메노사키 학원 모두에게 희망을 줄 수 있어."

왠지 갑자기 무서워져 파랗게 질려버린 나를 안심시키듯 호쿠토 군은 미소 지었다.

"『S1』은 그 절호의 기회야."

그래도 금방 마음을 다잡았는지 진지한 표정이 된다.

"물론 '이길 가능성이 있다'는 것뿐이지 '반드시 승리한다'는 이야기는 아니야. 학생회는 개인도 『유닛』도 강력해. 대등한 조건에서 싸운다고 해도 이길 수 있다는 보장은 전혀 없어."

처음부터 무모한 이야기인 것이다. ──준비에 만전을 기하고 노력해도 닿지 않을지도 모른다. 우리는 거의 승산도 없는 싸움에 몸을 던지려 하고 있다.

"평범하게 도전했다간 궤멸되어 끝나겠지. 지금 우리 실력으로 는──그렇기에 전략과 될 수 있다면 우수한 지휘관이 필요해."

화제가 되돌아온다. 그들로서는 『프로듀서』인 내가 지휘관 역할을 해 준다면 좋겠다는 희미한 기대를 품고 있었겠지만.

나는 초보였다. 그래서 곤란해 하고 있는 거겠지.

내 성장을 기다리고 있을 수만은 없다. ──누군가 현시점에 서라도 강력한 지휘관이 확실히 필요하다.

"반드시 승리할 수 있다는 확신이 필요해. 반기를 들 사람이 있을 거라 생각지도 못하는 학생회에게 우리의 '최초의 일격' 은 틀림없이 기습이 될 거야."

소수 인원으로 대군을 뚫기 위해서는 기습, 야습, 계략── 다양한 방법에 도전할 필요가 있을 것이다. 정면 돌파는 현명하 다고 할 수 없다. 전력의 차이는 결코 뒤집을 수 없다. 거대한 강 의 흐름에 잔물결조차 일으키지 못하고 산산이 부서질 뿐이다.

전쟁은 기본적으로 숫자가 중요하다.

그리고 견고한 왕조를 구축한 학생회에 비해 우리는 너무나도 전력이 부족하다.

"불시에 허를 찔러 승기를 이어간다. 한 번밖에 쓸 수 없는 작 전이야. 최적의 시기를 파악하고 싶어. 얼마 남지 않은 『S1』에 서 할 수 없다면 다음 기회를 기다려야 해."

고개를 끄덕이는 나를 보고 호쿠토 군은 득의양양한 표정을 지었다. 실제로 그의 말은 틀림없었다. ——이치에 맞았다.

근성이나 기적 같은 우정의 힘만으로 승리하는 건 불가능하다. 소년만화가 아니니까.

계획을 세워 노력을 거듭해 최적의 타이밍에 치명타를 먹여야 강대한 적을 쓰러트릴 수 있다. 그렇지 못하면 간단히 물려 죽게 될 뿐이다.

"우리가 이길 수 있다는 확신—— 그걸 찾지 못한다면 이번 『S1』은 깨끗이 포기하고 숨어서 다음 기회를 기다려야겠지. 나는 그런 방향으로 생각하고 있는데 너희 의견도 듣고 싶어. 어때 다들?"

"어려운 건 잘 몰라!"

"홋케~에게 맡길게☆"

마코토 군과 스바루 군이 힘차게 생각하는 걸 포기했기에 호쿠토 군은 그만 무릎을 꿇고 무너질 뻔했다. 불쌍하게도.

"그런 거냐……. 지금까지 진지하게 생각한 게 바보 같아지니까, 적어도 '생각하는 척' 만이라도 해 줘."

고개 숙인 호쿠토 군의 머리를, 나는 '힘내.' 하고 쓰다듬었다.

🎤 *Rebellion* ♪✦

그 후.

어제는 결국 가지 못했던 가든 테라스=식당에서 차와 식사를 마친 후 조금 시간이 남았기에 세 사람이 학원 안을 안내해주었다.

가든 테라스의 식사는 호화로운 데다 맛있었지만 꽤 가격이 비쌌기에 나는 내일부터는 도시락을 싸오자——라고 생각하고 있었다. 남학생들만 다니는 탓인지 전체적으로 양도 많고 스태미나에 좋은 메뉴들이 많았으니.

아이돌은 체력이 필요한 일이라는 이유도 있겠지만. 더부룩해 조금 안색이 좋지 않은 나를 걱정하면서 호쿠토 군이 가든 테라스에서도 보이던 훌륭한 건물을 가리키며 버스 가이드처럼 설명해준다.

"여기가 '강당' 이야."

장엄한 건축물이다. 크기도 상당히 커서 마치 종교시설이나 박물관 같다. 유메노사키 학원 건물이 대체로 그런 느낌이긴 하지만. 가든 테라스처럼 바깥에 독립되어 있어 지금 시간에는 사용하는 사람이 없는지 주변은 한산했다.

열려 있는 출입구로 들어가 나는 바보처럼 주변을 두리번거리며 돌아본다.

뭘까. 이 건물은—— '강당'? 무엇을 위한 시설일까?

"어두우니 발밑을 조심해. 전학생."

바깥 날씨가 좋기에 건물 안의 어두움에 눈이 적응되지 않는다. 가까이에 있는 호쿠토 군의 등을 지표 삼아 어미를 따르는 아기 오리처럼 따라간다.

"어제의 『B1』은 학원이 인정하지 않는 비공식전이었기 때문에 학생들이 맘대로 만든 간이 무대에서 열렸어. 그렇지만 공식전은 주로 이 '강당'에서 진행돼."

확실히 라이브를 위해 사용되는 홀 같은 구조다. 늘어선 무수한 관객석. 안쪽에 훌륭한 무대가 있고 조명설비 등이 배치되어 있다. 역사가 살아있는 대극장 같지만 지금은 우리 말고 아무도 없어 어쩐지 쓸쓸한 느낌이었다.

"2주 후의 『S1』에 참가할지는 아직 미정이지만. 먼저 둘러봐도 나쁠 건 없겠지. 분위기 정도는 파악할 수 있을 거야. 점심시간이 끝나려면 아직 시간도 좀 남았으니까."

"이야, 아무도 없으니 정말 썰렁하네 '강당'은. 그래도 드림페스가 열리면 여기가 관객들로 가득 차서 장관이라고~."

어두운 장소를 좋아하지는 않는 거겠지. 왜인지 담력시험을 하고 있는 것 같은 모습의 스바루 군이 호쿠토 군 팔에 안겨들었다. 말투는 역시 평소처럼 밝았지만.

"아하하! 여기서 노래하고 춤추면 정말 즐겁겠지. 벌써부터 기대가 된다니까~☆"

"그래. 학생회에 반역하는 일은 잠시 내려두고 즐기기 위해 참가하는 것도 좋을지 몰라. 경험은 될 거야. 물론 참가한다면 학생회를 이기고 싶지만."

"지금 상태론 그건 어려우니까. 으~음, 한 방에 역전할 나이스 아이디어가 떠오르면 좋겠는데! 진짜 테러리스트처럼 라이브 도중에 학생회 녀석들을 폭파해버릴까~?"

"넌 가끔 정말 섬뜩한 소릴 하는구나?"

당당하게 무서운 이야기를 하는 스바루 군을 호쿠토 군이 귀찮다는 듯 떼어냈다.

"정정당당하게 대결해서 이기지 않으면 의미가 없잖아. 게다가 지금의 우리로선 참가신청을 해도 승인이 날지도 알 수 없어."

"여러모로 부족하니 말이지~. 의상도 연습도 곡도 말이야. 그래도 목표가 있는 게 불타잖아?"

"그래. 『S1』에 참가한다는 전제로 준비를 해 둬도 가치가 있을 거야."

어두운 곳인데도 비틀거리거나 하는 모습도 없이 스바루 군이 좌석 팔걸이 위로 가볍게 뛰어오른다. 뿅뿅 뛰어오르며 이동하고 있다. 너무나도 자연스럽게 하고 있지만 엄청난 곡예다.

그 모습을 말없이 바라보며 호쿠토 군은 최소한의 움직임으로 통로를 이동하며 생각에 잠겨있다. 정말 정반대인 두 사람이다. ——하지만 호흡이 잘 맞긴 하다.

문득 생각이 나 뒤돌아보니 평소처럼 조금 떨어져서 따라오고 있는 마코토 군이 나처럼 두 사람이 대화하는 모습을 바라보고 있었다.

눈이 마주쳐 서로 싱긋 웃는다.

그런 나와 마코토 군을 이상한 듯 바라보면서도 호쿠토 군이 전략을 짜고 있다.

"실제로 참가할지는 만반의 준비를 마치고 나서 정해도 돼. 2주라고 하면 짧지만 아직 시간도 있고."

"먼저 의상을 어떻게든 해야겠지~. 우리『Trickstar』는 막 결성한 참이니 말이야.『유닛』전용 의상도 없는 걸. 누가 만들어주지 않으려나……음?"

적당히 대답하고 있던 스바루 군이 발판으로 삼고 있던 좌석 등받이 위에서 빙글 한 바퀴 돌아 야생동물처럼 날렵하게 다른 방향을 돌아보았다.

그 시선 끝에는, 한 남자애가 있다.

"～♪"

처음부터 이곳에 있었던 거겠지만. '강당'은 넓고 지금은 조명도 꺼져서 어둡다. ──바로는 알아채지 못했다. 뭘 하고 있는 걸까. 그는 벽 쪽에 앉아있다. 순간 '강당'에 사는 귀신인 줄 알았다.

그다지 생기가 없는 가냘픈 분위기다.

"시노농!"

스바루 군이 기쁜 듯 부르자 그 남자애는 움찔하고 반응했다. 그리고 조심스레── 천천히 천천히 이쪽을 돌아보았다.

"와앗……? 아, 안녕하세요 아케호시 선배!"

몇 번이고 연달아 고개를 숙인다. 그 얼굴을 보고 놀랐다.

여자애인가 싶었기 때문이다. 주변이 어두운 탓에 정말 남자애로 보이지 않는다. 유메노사키 학원 교복을 입고 있기에 간신히 남학생임을 알 수 있지만── 연약하고 가련한 미모다. 어깨까지 기른 머리카락에 행동거지도 어딘가 사랑스럽다.

주변이 어두워 넥타이 색은 확인하지 못했지만 스바루 군을 선배라고 부르고 있으니── 1학년일 것이다. 아직 변성기가 오지 않은 듯 아름다운 천사의 목소리였다.^{보이 소프라노}

시노농이라 불린 어딘가 박복해 보이는 남자애는 아무래도 통로에 들러붙은 껌을 떼려고 열심인 모양이었다. 청소를 하고 있다. 왜 점심시간에 혼자서?

"얏호☆ 여기서 뭐 해~. 시노농?"

통로나 좌석 사이를 요리조리 뛰며 스바루 군은 최단거리로 '시노농' 군이 있는 곳에 내려앉는다. 평범하게 통로를 통해 갈 수밖에 없는 호쿠토 군은 조금 늦게 뒤따르며 그 등을 향해 물었다.

"아는 사이야. 아케호시?"

"응. 나는 있지, 용돈 벌려고 '교내 아르바이트'를 하거든~?"

모르는 단어가 나왔다. '교내 아르바이트'라니……?

"거기서 자주 만나! 1학년 홍차부 시노 하지메 군. 별명은 시노농!"

"절 '시노농' 이라 부르는 사람은 아케호시 선배뿐인데……. 항상 신세지고 있습니다 ♪"

시노 하지메, 라는 이름의 남자애? 는 수줍게 미소 지었다.

하지메 군은 느긋하게 일어났다가 마구 안겨드는 스바루 군에게 "꺅."하고 역시 여자애 같은 소리를 내고서── 눈을 깜빡였다.

"그런데, 다들 '강당' 엔 어쩐 일이세요?"

저항할 완력이 없는 거겠지. 곤란한 듯 옴짝달싹 못하며 하지메 군은 수줍어했다.

"지금 '강당' 은 방과 후에 드림페스가 열리기 때문에 청소 중이에요. 너무 어지르지는 말아 주시면 좋겠어요."

"청소하고 있구나. 기특해 기특해!"

하지메 군을 한층 더 세게 끌어안아 머리칼을 헝클어트리면서도 마음대로 움직이던 스바루 군은 하지메 군을 끌어안고 그대로 '빙글빙글' 돌았다. 사이가 좋은 건지. 아무튼 스바루 군은 하지메 군을 정말로 좋아하는 듯 보였다.

"근데 또 '교내 아르바이트' 하는 거야~? 성실하네. 시노농!"

"에헤헤. 저는 가난하니까요."

그런 두 사람을 신기한 듯 바라보면서도 호쿠토 군이 착실히 설명을 덧붙여준다.

"생소한 단어일 테니 전학생에게 설명해두도록 할게."

나는 서둘러 메모장을 꺼내들었다.

"'교내 아르바이트'라는 건 학원 내에서만 유통되는 화폐를 벌기 위한 하나의 방법이야. 자금은 드림페스에서의 승리 등을 통해서도 획득할 수 있어. 연습실을 빌리거나 의상을 제작하는 등 교내 한정이지만 여러모로 유용하게 사용할 수 있지."

게임 센터의 메달 같은 거겠지, 라고 나는 이해했다.

교내에서만 유통되는 통화. 그러고 보니 식당 메뉴표에도 일본 엔 말고도 처음 보는 단위가 기재되어 있었던 것 같기도 하다.

교내 활동으로 얻은 자금을 운용하는 것을 통해 아이돌 활동 체험을 한다. 정말로 게임 같다.

평범하게 일본 엔으로 거래를 하다 보면 트러블이 생길 것 같고. 혹은 법에 저촉될지도 모른다. ──독자적 통화까지 있다니 정말로 이세계 왕국에 온 기분이다.

호쿠토 군이 샘플로 자신의 지갑에서 교내자금 통화를 꺼내 보여주었다. 단위는 'D'라고 되어 있었는데 어떻게 읽는 걸까? 달러──는 아니겠지. 본격적으로 만든 동전이라서 위조하기는 어려워 보였다.

"실제 현금과 교환할 수도 있어. 환율은 낮은 것 같지만. 식당의 요리나 매점 상품 등도 이 교내자금으로 살 수 있어. 학생 중에는 이걸로 뒷거래를 하고 있는 녀석도 있는 모양이야."

"아하하. 교칙을 위반했을 때 벌금으로 낼 수도 있으니까요."

스바루 군에게 뒤에서 안겨있는 하지메 군이 조심스레 이야기해 준다.

"저희 『유닛』. 저번에 신청이 통과돼서 드디어 활동 자금을 받는데 『A1』에서의 성적이 그다지 좋지 않아서 벌써 거의 바닥나고 말았어요."

"참고로 『A1』은―― 새로 결성된 『유닛』이나 신입생만 참가할 수 있는 드림페스야."

다른 사람이 설명하고 있으면 항상 질 수 없다는 듯이 끼어드는 호쿠토 군이다. 어째서일까. 걱정하지 않아도 내 과외선생님은 호쿠토 군이야……라는 마음을 담아 웃어 보이니 호쿠토 군은 만족스러운 듯 팔짱을 낀다.

"즉 신인전이야. 결성하고 얼마 안 된 『유닛』이나 신입생의 데뷔 무대이기도 하지."

"네. 그때 엄청 긴장했었어요. 다시 생각만 해도 몸이 떨려요."

하지메 군이 부드럽게 미소 지었다.

"하지만 『A1』은 학생회 사람이 없어서 편하게 노래할 수 있었다고 생각해요~ ♪"

유메노사키 학원의 공식 드림페스는 짜고 치는 승부가 만연해 학생회가 반드시 이기도록 되어 있다고 들었다. 그렇지만 『A1』은 예외인 것 같다. 일일이 신인을―― 아이돌의 새싹들을 짓밟아서야 미래는 없다.

반대로 말하면 신인에서 벗어난 하지메 군에게는 앞으로 가혹한 미래가 기다리고 있을지도 모르겠지만.

즐거웠던 라이브를 떠올렸는지 하지메 군은 행복한 듯 웃고 있다.

"저희는 이제 막 활동을 시작한 참이라 아직 시행착오를 거듭하고 있지만 조금이라도 더 벌어서 활동자금에 보태고 싶어서 요즘은 특히 '교내 아르바이트'를 열심히 하고 있어요. 현대 사회에서는 돈이 없으면 살 수 없으니까요. 저도 열심히 하고 있어요…… ♪"

"시노농 『유닛』결성했구나~. 나도 나도! 지금 여기 있는 사람들이 우리 멤버야☆"

스바루 군이 우리를 손짓발짓으로 가리키며 하지메 군에게 소개해준다!

"시노농은 누구랑 유닛을 짠 거야~?"

"네. 같은 학년에서 친한 친구들과……. 그리고 신입생들만 있으면 걱정된다고 아는 선배가 한 분. 보호자 느낌으로 참가해주고 계세요."

하지메 군은 열심히, 제멋대로 물어오는 스바루 군에게 전부 성실하게 대답하고 있다.

"멤버 한 명이 의욕적으로 의상 제작을 해 버려서요. 그래서 자금이 바닥나서 조금 곤란하지만―― 그러니 더 열심히 해야겠다고 생각했어요. 전 재주가 없으니까 다른 사람의 두세 배는 더 열심히 해야 해요."

조금 골똘히 생각하는 모습으로 말하고는 느릿느릿 고개를 숙인다.

"오늘도 방과 후에 드림페스가 있어서 거기에 참가할 예정이에요. 선배님들 괜찮으시면 보러 와주세요 ♪"

"갈게 갈게! 나, 시노농 노래의 팬이니까☆"

"고맙습니다. 기뻐요~ ♪"

다시 스바루 군에게 세게 안겨 하지메 군은 행복한 듯 웃고 있었다.

"전 목소리가 작아서 열심히 목소리를 내지 않으면 반주에 묻혀버려요……. 항상 기운 넘치는 아케호시 선배가 부러워요."

따뜻해서 졸음이 밀려오는지 흐릿한 눈으로 그는 속삭였다.

"전 아케호시 선배 같은 사람이 되고 싶다고 항상 생각하고 있어요…… ♪"

"이 녀석 흉내는 내지 않는 게 좋아. 여러 가지 의미로."

찬물을 끼었듯 호쿠토 군이 차갑게 말했다.

"아무튼 청소 중이라면 방해하는 것도 좋지 않겠군. 일단 철수를…… 음?"

"왜 그래, 홋케~?"

나로서는──드디어 알아줬구나 하는 느낌이지만.

"아니. 갑자기 전학생이 사라졌어. 어디에 간 거지 그 녀석?"

"앗, 정말이네. 화장실인가?"

그렇다. ──그때 나는 이 장소에서 급속히 멀어져가고 있었다. 내 의지와는 관계없이 불합리한 운명과도 같은 기세에 밀려.

간단히 설명하자면, 모두가 대화에 집중하고 있는 것을 방해하면 안 되겠다고 조금 뒤로 물러나 있었더니 갑자기 어둠 속에서 손이 뻗어 나와……. 입을 틀어막힌 채 '강당' 밖까지 끌려 나와 버린 것이다.

순식간에 이뤄진 능수능란한 유괴였다.

"으음. 전학생이 없으면 의미가 없어. 전화로 연락을 해 볼까. ……어째서지, 굉장히 불길한 예감이 들어."

호쿠토 군이 스마트폰을 꺼내 들면서 다소 태평하게 그런 말을 하고 있었다.

✦✦✦✦✦✦

유메노사키 학원의 깨끗한 복도에, 거친 발소리가 울렸다.

먼지 하나 없이 반짝반짝 빛나는 통로── 꺼림칙한 권력구조에 침식당했다고는 전혀 생각할 수 없을 만큼 천국과도 같은 경관이다.

그런 기만에 찬 무대에 이의를 제기하듯 『Trickstar』의 세 사람── 호쿠토 군, 스바루 군, 마코토 군은 전장으로 향하는 용감한 병사처럼 힘차게 전진한다.

큰 발걸음으로 일정한 리듬으로 걷는 호쿠토 군. 꽤 멀리 앞장서 나가 모두를 기다리고 그러다 다시 돌아오기도 하고 침착하지 못한 스바루 군. 혼자 늦게 둘을 필사적으로 따라가는 마코토 군.

그들이 도착한 곳은 유메노사키 학원의 한구석. 커튼에 단단히 가려져 어둠이 깔린 구역이다. 청소 담당자도 꺼림칙하게 생각하는 곳인지 조금 꾀죄죄해 보이는 구석이 있었다.

"흠. 여기가 경음부 부실인가."

개조된 듯 지옥의 문과도 닮아있는 화려한 문 앞에서 호쿠토 군이 묻는다.

"아케호시. 정말로 전학생은 여기로 끌려온 거야?"

"나한테 물어도 나야 모르지~."

못 미더운 소릴 평소와 같은 말투로 가볍게 말하며, 스바루 군은 어깨를 움츠렸다.

"시노농이…… 경음부 쌍둥이가 전학생을 유괴하는 걸 본 모양이야. 시노농은 거짓말할 아이가 아니니까. 전학생이 경음부 사람들에게 납치당한 건 사실이라 생각해."

"그 시노 군이라는 아이도, 처음 봤을 때 바로 말해 줬다면 좋았을 텐데."

"시노농. 멍~한 구석이 있는 애니까."

내가 그 자리에 있었다면 두 사람의 대화에 동의하고 싶기는 했다.

보고 있었다면 구해주든지—— 적어도 소리를 내어 주의를 줬어도 좋았을 텐데, 하지메 군. 쌍둥이는 꽤 능수능란하게 나를 납치했기에 목소리를 낼 새도 없었는지도 모르겠지만.

"대화에 정신이 팔려 전학생을 잊어버렸으니 우리도 할 말은 없지 않아?"

스바루 군이 바보처럼 웃으며 말하고 드디어 따라잡은 마코토 군이 그에 동의한다.

"전학생 쨩은 말을 잘 안 하니까 무심코 존재를 잊어버리지~?"

"아하하. 엄청 수다스러운데도 존재감이 없는 웃키~보다야 '낫지만' 말이야!"

"아케호시 군. 사실은 나 싫어하는 거 아냐? 가끔 그런 말로 날 아프게 만든다니까!"

"농담이야 농담. 좋아해 웃키~. ……그것보다 대체 어떻게 된 걸까?"

마코토 군을 대충대충 대하며 적당히 의문을 제기하는 스바루 군 옆에서 호쿠토 군이 경음부 부실 문을 조사하듯 관찰하고 있다.

"흠. 지금은 되도록 소란을 일으키고 싶지 않아. 조용히 해결하고 싶은 마음이다만."

"전학생 쨩도 참, 기절하기도 하고 납치되기도 하고 내버려둘 수 없는 느낌이지~?"

그건 정말 변명할 여지가 없다.

마코토 군은 불안한 듯 움직이지 못했다.

"이렇게 믿음직스럽지 못한데 정말로 우리의 '구세주'가 되어줄까?"

"뭐 기대해서 손해 볼 건 없을 거야. 적어도 형세는 바뀌었어. 그 녀석을 중심으로 상황이 움직이고 있고 정체된 현상을 타파해주고 있어. 전학생은 분명 돌파구일 거야. 난 그렇게 긍정적으로 평가하고 싶어."

마코토 군의 등을 때리며 격려하면서도—— 호쿠토 군은 자책감이 들었는지 고개를 숙이며 이를 갈았다.

"하지만……. 전학생에게 '반드시 지켜주겠다'고 호언장담해놓고 입에 침도 마르기 전에 이런 일이 생겼어. 나 자신이 정말 한심해."

팔을 걷어붙이고 분함을 표출하고 있다.

"그래도 아직 늦지 않았을 거야. 경음부와 싸움을 벌이는 한이 있더라도 전학생을 구출하자."

"평소와 다르게 혈기가 넘치는걸 홋케~. 마음이 너무 급한 거 아냐?"

가끔 무서울 정도로 냉정한 표정을 짓는 스바루 군이 순간 차갑게 식은 것 같은 눈빛으로 동료들을 바라보았지만──금방 만면에 미소로 돌아온다.

"하지만 뭐 나도 그런 건 싫지 않아! 가슴속 불꽃을 활활 태우자. 반짝반짝 빛내자☆"

호쿠토 군 흉내를 내며 팔을 걷어붙이고 간단히 부실 문을 열어버리고 말았다. 잠겨있지 않았다. ──실내에서 악기 소리와 누군가가 말하는 소리가 흘러나온다.

"좋았어. 싸움이다, 싸움! 축제와 싸움은 유메노사키 학원의 꽃이지~☆"

"어이 아케호시. 기다려. 대책 없이 돌진하지 마. 위험해. 게다가 아직 전학생이 이 부실에 있다고 확정된 것도 아니라고……?"

무턱대고 돌진하는 동료에게 호쿠토 군이 바싹 따라붙었다. 마코토 군도 뒤를 따른다. 앞으로 그들이 몇 번이고 발을 들이게 될 경음부 부실로의 첫 진입이었다.

그 첫발을 내디딘다.

"이리 오너라~☆"

친구 집에 놀러 온 듯 스바루 군이 천진난만하게 실내로 들어와 떠들었다.

"어디야 전학생~? 아케호시 스바루와 유쾌한 동료들이 구하러 왔어. *이 가문의 문장이 보이지 않느냐! 모두 물럿거라~!"

"진정해 아케호시. 너무 나서지 마. ……흠? 주변이 깜깜한데?"

경계하면서도 스바루 군을 내버려 둘 수 없어 서둘러 따라온 호쿠토 군이 눈썹을 찌푸린다. 암막이 쳐진 부실 안은 실제로 깜깜한 암흑 속이다.

눈이 적응되지 않는지 당혹해 하는 그들에게 어둠 그 자체가 입을 연 듯——.

"어서 오게나."

온화한 목소리가 말을 걸었다.

"소란 피우지 말게나. 본인은 이제 막 깨어났으니 말이네?"

바닥등이 은은하게 켜져 실내를 어렴풋이 비춰준다. 방 한 가운데. 굉장한 존재감을 주장하고 있는 관에 걸터앉아——가느

---

* 일본의 시대극 「미토코몬」의 극중 대사. 한국에서의 "암행어사 출두요!"와 같은 의미.

다랗고 큰 그림자가 하품을 하고 있다.

"젊은이들은 역시 혈기가 왕성해 좋구먼, 흐아아암 ♪"

"음……!?"

호쿠토 군이 뒤늦게 반응하며 뒷걸음쳤다. 멍하니 서 있는 스바루 군과 마코토 군을 물러서게 하고 눈앞에 있는 수상한 인물에 대해 마음속으로 떠올린다.

(이 녀석은……. 분명 경음부 부장. 사쿠마 레이. 유메노사키 학원에서 가장 과격하고 배덕하다 추앙받는 『유닛』『UNDEAD』의 우두머리이자 '삼기인' 중 한 명.)

내가 아직 모르는 용어 등도 호쿠토 군은 당연히―― 파악하고 있다.

그렇기에 눈앞에서 졸린 듯 눈가를 비비고 있는 건강하지 못해 보이는 청년이 얼마나 위험한 존재인지 이해하고 있다. 언제나 냉정한 호쿠토 군의 뺨에 한 줄기 땀이 흘러내렸다.

(압도적 권세를 자랑하는 학생회가 유일하게 통제하지 못한다는 특이한 존재가 바로 '삼기인'. 아이돌로서도 초일류이자 절대적 명성을 자랑하던 유메노사키 학원의 태풍의 눈―― 유메노사키 학원에서 학생회에 맞설 수 있는 세 명의 강자! 그것이 바로 '삼기인'!)

아무 말도 하지 못하고 호쿠토 군은 계속 상황을 이해하려 노력하고 있다. 분위기에 압도되어 있다고도 할 수 있다. 평소에는 밝은 스바루 군도 마코토 군도 농담조차 던지지 못한다.

레이 씨는 그런 셋을 보지도 않고 졸린 듯 멍하니 있었지만.

(학생회에 맞서 싸우기 위해서는 꼭 우리 편으로 만들어 두고 싶은 존재지만……. '삼기인'은 누구랄 것 없이 무슨 생각을 하고 있는 지 알 수 없는 괴짜들이라는 이야기도 있고.)

호쿠토 군의 뇌리에 어느 인물의 모습이 화려하게 떠오른다.

(우리 연극부 부장도 그러고 보니 '삼기인'이었지……. 그 변태와 같은 종류의 인간이라 한다면 정상적인 대화가 가능할지도 의심스러워.)

그 인물을 굉장히 싫어하는 것 인지 호쿠토 군은 씁쓸한 표정을 짓는다.

(이건 난처하게 됐군. 어떻게 하지?)

"아무튼 그런 데서 멀뚱히 서 있지 말고 들어오게나. 주변에 쿠션이라도 있으니 앉아서 쉬는 게 어떻겠나."

볼을 긁적이고는 레이 씨는 나른하게 부실의 한구석을 가리켰다. 확실히 그의 말대로 해골을 형상화한 것 같은 악취미의 쿠션이 인원 수 만큼── 늘어서 있다.

레이 씨는 세 사람이 찾아올 것을 미리 알고 있었던 것 같았다.

"차 정도는 내어줌세 손님들. 걱정하지 않아도 자네들 같은 꼬마들을 괴롭히며 노는 취미는 없으니 말일세."

(음? 뭐지. 독특한 말투군.)

호쿠토 군은 몹시 놀랐는지 말을 잃고 말았다.

(노인 같은── 우리 할머니와 비슷해. 안 돼. 경계를 늦출 순 없어! 설마 내 경계를 풀게 하려고 일부러 그러고 있는 거라면 무서운 녀석이야 사쿠마 레이!)

"왜 그래. 홋케~? 괜히 긴장하고……. 에 저기 경음부 사람이신가요? 이 근처에 여자애가 오지 않았나요?"

생각에 잠겨 오히려 움직이지 못하고 있는 호쿠토 군을 옆으로 옮기고 보고 있을 수만 없겠다 생각했는지 스바루 군이 앞으로 나온다.

벌써 부실과 레이 씨의 독특한 분위기에 익숙해진 걸까——아무 생각도 하고 있지 않는 것뿐일까. 태연한 표정으로 말을 이어간다.

"그 아이는 우리 동료예요! 그래서 찾고 있어요. 돌려보내 주세요! 당신들이 전학생을 유괴했단 건 다 알고 있다고~!"

"크크크. 갑자기 흙 묻은 발로 본인의 성에 들어와선 정말이지 예의라곤 찾아볼 수가 없구나. 허나 그런 태도도 젊은이의 특권인 게지 ♪"

목 깊은 곳에서 웃음소리를 흘리며 레이 씨는 긴 팔과 손가락을 '쫙' 펼쳐 부실 한구석을 가리킨다. 행동 하나하나가 음침하면서도 매혹적이다. ——신비한 힘이 있다.

"전학생 아가씨라면 그래 저기 있다네. 우리 아이들이 억지로 데려온 모양이니 그 점에 대해선 사과함세. 경음부의 귀여운 아이들은 참으로 개구쟁이들이라 말일세."

아직 실내는 어두워 시야가 불분명하다. 하지만 실제로 그때 나는 부실 구석에 있었다. ——주변에서 쌍둥이가 소란스럽게 하고 있었기에 그들이 온 것을 알아채는 게 늦었지만.

이쪽을 본 세 사람과 시선이 마주쳐 나는 안도했다. 그들도 같은 생각을 했는지 가슴을 쓸어내리고 있다. 내가 구속되어 있지도 않고 무사한 데다 평화로운 분위기였기에—— 그 때문일까.

아주 잠시 떨어져 있었을 뿐인데.

왠지 다시 만난 것이 몹시도 기뻤다.

"그렇긴 해도 쌍둥이가 본인을 위해 헌상해 준 공물이니라. 호락호락 '공짜로' 돌려주기엔 아깝구먼?"

그런 우리들을 바라보며 레이 씨가 즐거운 듯 입가를 일그러뜨린다.

"유메노사키 학원의 '특이점'이 될 수 있을 그녀를. 전학생을 다루기에 진정 자네들이 어울리는 사람인지……. 이 사쿠마 레이가 조금 시험해보도록 하겠네 ♪"

그리고 드디어 일어섰다.

바닥등이 비추는 실내에 매력적으로 웃는 흡혈귀의 그림자가 펼쳐져 있다.

✦❖✦❖✦

"자, 여기서 턴 ♪"

"우리 동작을 따라 해, 멋진 댄스를 출 수 있을 거야!"

마치 이상한 나라의 앨리스에 나오는 트위들디와 트위들덤처럼 즐거운 듯, 그러나 의미는 없는 것 같은 이야기들을 재잘거리며 뛰어오르는 쌍둥이. 내 귓가에 속삭여 오기도 하고 손을 잡아 끌기도 하고 움직이게 하는 통에—— 나는 한계에 다다라 있었다.

경음부 부실로 끌려와(쌍둥이는 몸집은 작지만 꽤 완력이 있는 듯 놀랍게도 나를 둘이서 번쩍 들어서 가마처럼 짊어지고 왔다.)대체 무슨 일을 당할까 두려움에 떨고 있던 나였지만.

의외로 그런 험한 일은 당하지 않았고 차를 내주는 등 대접을 받았다. 오히려 대환영이라는 분위기라 우선 안심이 됐지만.

어째서인지 떠밀리듯 나는 진기한 의상을 입고 있었다.

아이돌 의상이다. 일상생활에서는 입어볼 일이 없는 팔랑팔랑 프릴이 가득한── 왜 남성 아이돌 육성을 전문으로 하는 유메노사키 학원에 이런 물건이 있는지 진실은 영원히 미궁 속이다. 거부하면 무슨 일을 당할지 알 수 없었기에 어쩔 수 없이 갈아입었지만.

귀여운 리본이나 액세서리. 공주님 같은 스타일이지만 엄청나게 짧은 미니스커트라 신경이 쓰인다. 초커나 수갑 등의 포로를 나타내는 것 같은 장식도 있어 임모럴한 느낌이고.

어쨌든 그런 부끄러운 모습으로 나는 쌍둥이가 지시하는 대로 어째서인지 춤을 추고 있었다. 난 아이돌이 되려고 유메노사키 학원에 전학 온 것이 아니기에── 이런 건 처음이라 익숙하지 않아 춤추고 있다기보다는 넘어질 뻔하고 있지만.

옆에서 신명을 돋우는 쌍둥이── 히나타 군과 유우타 군이 손장단을 치는 속에서 지시대로 몸을 움직인다. 아까부터 수십 분 정도 계속 이런 느낌이다. 지쳐서 나는 줄이 끊기기 직전의 꼭두각시처럼 삐걱거리고 있다.

"자, 오른손 들고 ♪ 오른발 들고 ♪"

"왼손 위로 ♪ 왼발도 위로 ♪"

서둘러 지시에 따르고는 있지만 양발을 올려버리면 안 되는 거 아닐까—— 생각한 순간에는 이미 늦어 쌍둥이가 '공중부양!' 이라고 인류에게는 불가능한 지시를 내려왔다.

당연히 발라당 넘어진다.

앞으로 크게 넘어진 나를 쌍둥이가 히죽히죽 웃으며 바라보고 있다.

"아하하. 넘어졌다. 단순하네요~ 누나."

"근데 댄스도 노래도 문외한 같은데~. 정말 이 사람이 사쿠마 선배가 신경 쓸 만큼 '대단한 사람' 일까?"

아무래도 쌍둥이는 내 역량을 재고 있었던 모양이다. 악의는 없어 보이고 어린아이와 함께 놀고 있는 것 같아—— 불쾌하지는 않았지만. 의미를 알 수 없는 걸 끊임없이 시켜 나는 심신 모두 지쳐있었다.

천천히 얼굴을 들어 위를 보니 쌍둥이가 사이좋게 함께 손을 내밀어주고 있다.

"사쿠마 선배가 언행은 좀 그래도 거짓말은 안 할 거라 생각해. 아마도 말이야. 그마저 의심하면 사쿠마 선배는 그저 '민폐 끼치는 사람' 일 뿐인걸?"

부축해 일으켜주면서도 쌍둥이 중 어느 쪽이 그런 이야기를 했다. 거의 첫 대면이기에 나는 아직 누가 누구인지 판별할 수 없다.

일어설 기력도 없어 현기증에 지배당한 채 나는 어찌할 바를 모르고 말았다. 도움을 구하기 위해 내 우습다고도 할 수 있는 상황에 반응하지 못하고 있는 클래스메이트들에게 시선을 보냈다.

"……전학생은 대체 뭘 하고 있지?"

"귀여운 옷 입었네~. 뭐야 저거? 반짝반짝거려~ ♪"

"저런 옷도 역시 잘 어울리는구나~."

각자 감상을 얘기해주고 있지만 좀 구해줬으면 좋겠다──목숨이 걸린 긴급사태에 휘말린 건 아니지만.

오히려 즐거운 듯 보였기에 줄곧 긴장하던 그들은 맥이 빠진 것 같았다. 어떻게 반응해야 좋을지 모르겠다는 듯 그저 놀라워하고 있다.

"나도 어릴 때 저런 옷 입혀진 적 있어. 으으, 마음의 상처가 되살아나!"

어째서인지 머리를 감싸 쥐고 만 마코토 군은 가만히 두고 호쿠토 군은 세상물정에 밝은 표정으로 이쪽을 바라보고 있는 '삼기인'── 레이 씨에게 날카롭게 쏘아붙였다.

"사쿠마 선배. 우리 전학생에게 무슨 짓을 하는 거지. 경우에 따라선 용서하지 않겠어."

"말씨를 주의하게나. 꼬맹아."

생긋 웃으며 답하면서도 레이 씨는 전혀 흔들림 없이 호쿠토 군을 바라보았다.

"적을 만드는 것 같은 말투는 좋지 않으이. ……학생회와 싸우기 위해 지금은 한 명이라도 많이 동료를 확보해야 할 시기이지 않은가?"

"……어떻게 우리가 학생회에 반역할 뜻을 갖고 있다는 걸 알았지?"

"이 몸은 무엇이든 알고 있다네. 이 학원에 대한 일이라면 뭐든지."

무심코 뒷걸음치는 호쿠토 군을 레이 씨는 조용히 관찰하고 있다. 평가하고 있다. 어둠 속에서 다가와 피를 빠는 괴물처럼 —— 자신의 영역에 발을 들인 무력한 아이들을 분석하고 있다.

"자네들, 너무 방심하고 있구먼. 바보라도 눈치챌 수 있으이. 좀 더 신중히 행동하게나."

잔소리를 늘어놓으면서도 레이 씨는 장난기 가득한 표정을 짓고 있다.

"여하튼 학원에서 왕처럼 행세하는 학생회에 맞서려는 그 기개는 좋구나. 본인은 자네들을 높이 평가하고 있다네."

이야기하며 창가까지 걸어가 어중간하게 열려있던 암막을 살며시 닫는다. 새어 들어오던 빛을 싫어하며 멀리했다. 그대로 벽에 등을 기대 고양이처럼 하품한다.

"허나 어설픈 각오로 학원의 질서를 어지럽히고 다니는 건 곤란하네. 낮의 일에는 그다지 관여하고 싶지 않네만 주변에서 소란을 피우면 수면에 방해가 되지 않겠는가?"

어둠 속에서 그의 핏빛 눈동자가 바닥의 빛을 반사해 고혹적으로 빛났다.

"따라서 검증을 하고자 이렇게 자네들을 본인의 영역인 경음부 부실까지 초대한 거라네. 한 가지 더 이유가 있긴 하네만."

행동 하나하나가 보는 사람을 매료시킨다. 셋도 레이 씨의 움직임을 일일이 눈으로 좇느라 마치 내 존재는 잊어버린 것만 같았다.

"우리 아이가 폐를 끼쳤던 모양이니 말일세. 사과를 해야겠다 생각했다네. 어제 드림페스에서 우리 똥개가 큰 결례를 범했다지……?"

알 수 없는 이야기를 하고서 레이 씨는 다시 가느다란 팔을 '쫙' 폈다. 그 손가락 끝이 가리키는 쪽으로 시선을 유도한다.

그렇게 처음으로 세 사람은 실내에 있는 이상한 것의 존재를 알아챈 것 같았다.

"멍멍이. 자네도 어서 사과해야지?"

"으읍!? 으그으으~!"

신음하고 있는 건 오오가미 코가 군이다. 빛이 들어오지 않는 부실 구석에 있었기에 아직 어둠에 눈이 적응하지 못한 그들은 알아채는 게 늦었던 거겠지. 레이 씨가 그를 가리킴으로써 마치 마술처럼 코가 군이 허공에서 나타난 것 같았다.

덤으로 코가 군은 어째서인지 묶여 있는 데다 재갈까지 물려 있었다.

코가 군은 힘도 있을 법하고 거하게 날뛰고 있긴 하지만 꽁꽁 잘 묶여 있는지 줄이 풀릴 기색은 전혀 없다. 몸부림치며 분한 듯 부끄러운 듯 얼굴을 새빨갛게 붉히며 화내고 있다.

호쿠토 군이 웬일로 '떡' 하니 입을 벌리고 다소 얼빠진 목소리로 물었다.

"아, 오오가미. 저 녀석 왜 부실 구석에서 저러고 있는 거야?"

"크크크. 우리 멍멍이는 예의를 잘 몰라 금방 사람을 물려고 한다네. 사과하라고 했거늘 '절대 사과 안 해.' 라며 떼를 쓰지 뭔가?"

진심으로 유쾌하다는 듯 레이 씨는 어깨를 떨며 웃고 있었다.

"사과도 하지 못할 입이라면 필요 없겠다 싶어. 저렇게 재갈을 물려놓은 거라네…… ♪ 개가 잘못한 일은 주인인 본인의 책임이기도 하지. 솔직하지 못한 멍멍이를 대신해 본인이 사과함세."

귀족 같은 몸짓으로 깊게 머리를 숙이고서 레이 씨는 멋지게 윙크 해 보인다.

"미안했다네. 하나 빚을 지고 말았구면?"

"어제 날아온 오오가미가 전학생에게 충돌해서 기절시켰던 일을 사과하는 건가? 그 일이라면 우리가 아니라 전학생에게 해 줘."

코가 군이 묶여있거나 내가 아이돌 의상을 입고 있거나 한 이해 불능의 이공간 속——냉정하게 호쿠토 군이 담담하게 말했다.

"나도 전학생을 지키지 못해 다치게 하고 말았어. 나도 가해 자야. 사과받을 만한 처지는 못 돼."

"흠, 흠. 그런가. 성실하구먼. 그러나 아직 풋내가 나는 다 익지 못한 열매 같구나. 수확하기에는 아직 이른 겐가?"

호쿠토 군의 태도를 보고 무언가를 떠올렸는지 레이 씨는 오한이 들 것 같은 차가운 무표정이 되었다.

"게다가 시야도 좁아. 전학생 아가씨도 의지가 없는 인형이 아닐세. 아무것도 하지 못하는 종이인형이 아니지 않은가?"

나를 조용히 바라보고서 레이 씨는 누구에게도 말하지 않았던 내 마음을 훤히 들여다보듯 대변해준다.

"그녀는 자기 나름대로 생각해서 의지를 갖고 자네들 곁에 있는 거라네. 그것을 알아채지 못하거나 못 본 척하는 건 우둔한 것이야. 자네들은 연약한 전학생 아가씨에게 의지하는 걸 망설이는 듯 보이네만."

연장자답게 혹은 마물처럼.

그것은 마음 깊은 곳까지 침투하는 흉악한 독과 같은 그렇지만 상냥한 대사였다.

"허나 의지가 되지 못하면 그건 그것대로 쓸쓸한 일이라네. 상처 입히는 걸 두려워하고 멀리하며 동료다 동지다 해봤자 뻔히 다 부질없는 게야. 자네들이 원하는 바가 허울뿐인 공허한 잔말은 아닐 것이잖나?"

"…………"

셋은 아무 말도 하지 못했다. 나는 몸부림쳤다. 분명 그건 내 본심이긴 하지만 될 수 있다면 말하지 말아줬으면 했다. 상처 입고 지쳐서 나 같은 불확정요소에게 매달릴 수밖에 없었던——그들을 더욱더 궁지에 몰아넣고 만다.

상처를 주고 만다.

싫었다. 레이 씨의 말을 멈추게 하고 싶었다. 그렇지만 쌍둥이가 교묘히 움직이며 내 앞을 가로막았다. 무대를 방해 하지 말라 말하는 듯이.

흡혈귀의 독무대가 날카로운 칼이 되어 세 사람을 난도질한다.

"그것을 이해하기 전까진 전학생이라는 극물(劇物)을 다루게 할 수는 없겠구먼♪"

영혼을 움켜쥐고 공격하며 괴롭히는 지옥의 마물처럼 레이 씨는 즐거운 듯 이야기한다.

"그렇지. 본인의 『UNDEAD』나 쌍둥이 『2wink』에 맞아들여 활용해볼까—— 문제는 없겠지? 전학생 아가씨는 아직 어느 『유닛』에도 소속되어 있지 않을 테니. 정식으로 자네들의 동료가 된 것은 아니란 말일세."

설교를 듣는 어린아이처럼 셋은 아랫입술을 깨물며 고개를 숙였다.

"신청하면 그녀를 본인의 『유닛』에 맞아들일 수 있다네. 자네들보다 본인이 더 전학생 아가씨를 유용하게 다룰 수 있네만?"

그만두라고 나는 나도 알 수 있을 정도로 굳어진 목소리로 외쳤다. 레이 씨는 여전히 여유롭게 그저 미소 짓고 있다. 호쿠토 군이——끄덕이며 걸어 나왔다.

앞으로.

당당히 『Trickstar』의 모두를 대표하듯 흡혈귀와 마주 보았다.

"가만히 듣고만 있지 않겠다. 단호히 항의하겠어."

그 모습이 자랑스럽고 기뻤다. 그는 공포와 정론을 정면에서 부수기 위해 얼굴을 들어 무서운 마물과 대치한 것이다. 나를 위해 아직 아무것도 되지 못한 그가.

목숨을 건 것 같은 기백과 함께 있는 힘껏 생각해 목소리를 내어 주었다.

"확실히 우리들은 부족해. 기술도 다른 모든 것도 서툴러. 하지만 전학생은 우리의 희망이야. 절대로 빼앗길 수 없어. 설령 '삼기인'인 당신일지라도."

레이 씨의 앞까지 걸어와 키 큰 그를 똑바로 올려다본다.

그런 호쿠토 군을 돕듯 마코토 군과 스바루 군도 따라간다. 두 사람을 보고 용기를 얻었겠지. 호쿠토 군의 표정에서는 망설임도 약함도 모두 날아갔다.

"윗사람이 시키는 대로 순순히 따르는 건 이제 그만뒀어."

호쿠토 군은 장렬히 선언했다.

"크크크. 불만이 있다면 덤벼보게나. 물불 가리지 말고 본인의 손에서 전학생 아가씨를 되찾으면 될 것이야. 남자라면 꿈은 자신의 손으로 직접 잡아야 하는 것일세."

레이 씨는 기쁜 듯 표정을 풀었다.

"본인조차 뛰어넘지 못한다면 학생회와 싸운다는 건 백일몽에 불과할 터. 아이들아──── 우리 경음부에 납치된 전학생을 멋지게 구해내 보이거라. 그녀가 소중하다면, 진정 동고동락할 수 있는 동료라고 생각한다면 말이네만?"

뜨겁고 고결한 남자애들의 의지를 기쁨과 함께 받아들이고서 ──── 어째서인지 지나치게 악역 행세를 하는 것처럼 '삼기인' 사쿠마 레이 씨는 낭랑한 목소리로 말한다.

연기자처럼.

대기실 구석. 먼지에 덮여 있던 사랑스러운 대본을 읊어 내려가듯이.

고대하던 무대의 막이 열려 환희와 함께 등단하는 것처럼. 어디까지나 연출과다하게──── 입술 틈에서 뾰족한 송곳니를 내보여 반짝이게 하며.

"마물을 퇴치한 용사에게는 가호와 무기가 주어지리라. 고난을 이겨내고 미래로 나아가기 위한 힘을 얻을 수 있지. 그것을 원한다면 힘차게 발을 내디디고 용감하게 도전하라."

양 팔을 벌려, 끝까지 여유로운 모습으로.

"첫발을 떼지 못한다면 꼬맹이들은 영원히 꼬맹이로 남을 뿐이네. 용사가 될 수 없어. 아무것도 얻지 못하고 객사할 뿐이야."

연극의 한 장면 같은 그 아름다운 광경을 조금 떨어진 곳에서 그저 바라보고 있을 수밖에 없는 내가──── 몹시도 쓸쓸했다. 분했다.

적어도 가까이 다가가고 싶어서 나도 앞으로 향한다. 이번에는 쌍둥이도 방해하지 않았다.

비틀거리면서 달려가 모두의 곁으로.

아직 힘이 되어줄 수도 없지만 적어도 나란히 서서——가까이 있고 싶다고 생각했다.

우리의 모습을 보고 레이 씨는 한층 더 기쁘게 미소 짓는 것이었다.

"자네들에게는 기대하고 있다네. 미래가 있는 젊은이들이여. 본인이 아직 모르는 찬란한 미래를 부디 보여주게나…… ♪"

그렇게 우리들은 흡혈귀의 유혹으로—— 운명의 소용돌이 속에 몸을 던진다.

무대의 막은 오른 것이다.

"으아아아아아!"

신비적인 분위기마저 감돌기 시작하던 경음부 부실에 모든 것을 휘저어버리는 것 같은 소음이 울려 퍼졌다. 꿈에서 깬 것처럼 나는 놀라 소리가 난 곳을 돌아보았다.

부실 구석—— 실내를 은은히 밝히던 바닥등이 발에 차여 기묘한 빛이 종횡무진 달렸다. 그것은 그의, 코가 군의 분노를 표현하고 있는 것 같았다.

타오르는 불꽃 같은 빛의 소용돌이를 전신에 뒤집어써서 역광에 비친 코가 군의 표정은 알 수 없었다. 그의 전신을 옥죄던 밧줄은 벽에라도 문질러 끊었는지 뿔뿔이 흩어져 있고 자유로워진 양손으로 재갈을 잡아뗀다.

　몸을 풀기 위해 몇 번인가 뛰어오른 후 그르르르 하고 으르렁거리며 코가 군은 몸을 낮췄다. 늑대 같았다―― 분노가 극에 달해서인지 눈동자에서 이성이 사라졌다.

　사나운 기척을 내뿜는 코가 군을 레이 씨는 오히려 기쁜 듯 바라보았다.

　"이런, 멍멍이. 자력으로 빠져나오다니 많이 성장했구나……♪"

　"이 자식 감히 이 몸에게 이런 짓을 하다니! 대체 무슨 생각이냐. 더는 못 참아! 죽여 버린다!"

　소리치며 달려든 코가 군을 레이 씨는 끌어안듯 멈춰 세웠다. 그대로 몇 번이고 물릴 뻔했지만 재빠르게 전부 '휙휙' 피한다. 이빨이 맞부딪히는 소름 끼치는 소리가 울렸다.

　"진정하거라. 멍멍아. 적은 제대로 분간하라 했거늘. 그렇게 닥치는 대로 물어대면 보건소로 보내버릴 게야."

　기세 좋게 돌진해 온 코가 군을 의외의 완력으로 던져버리고 레이 씨는 아무렇지도 않은 듯 먼지를 터는 시늉을 한다. 공중을 날아 빙글빙글 회전하여 착지한 코가 군은 또다시 달려든다.

　그 이후는 같은 것의 반복. 폭주하는 코가 군을 레이 씨가 어르고 있다.

　다루는 솜씨가 익숙하다. 귀여운 인형을 손안에서 굴리고 있는 것 같았다.

　"심호흡을 하는 게 좋겠네. 자, 여기 맛있는 과자를 주마……♪"

완전히 어린애를 대하듯 취급하며 레이 씨가 품속에서 눈깔사탕을 꺼내들었다. 물론 코가 군은 폭발해 "크아아! 바보 취급하다니!"라고 소리치며 벽을 찼다.

그리고 화풀이를 하듯 상황을 멍하니 지켜보고 있던 우리를 노려본다. 이쪽까지 피해를 입어선 곤란하다 생각하며 우리는 뒤로 물러났다. ——덤으로 쌍둥이는 누구보다도 빠르게 제일 먼저 부실 밖으로 대피해 태평하게 환성을 보내고 있었다.

얼빠진 코미디 같은 상황 속. 코가 군이 심호흡을 하고서——조금 진정이 된 듯 우리를 가리킨다.

"그런데 왜 그 여자와……A반 바보들이 경음부 부실에 있는 건데! 이 자식들! 이 몸의 성역에 함부로 들어오지 마!"

"으음, 처음부터 다시 설명하자니 귀찮구먼……. 자네가 전학생 아가씨에게 폐를 끼쳤다 하여 '죄송합니다' 하고 사과할 기회를 만들어 준 것이네만?"

"그딴 거 부탁한 적 없거든! 이 몸은 잘못한 거 없어. 멍 때리고 서 있던 그 여자 잘못이잖아! 이 몸은 절대로 사과 안 해!"

"크크크. 신경 쓰여서 끙끙 앓고 있었으면서 그런 점은 역시 섬세하구나. 멍멍이는 사실 아주 착한 아이란 걸 본인은 잘 알고 있다네…… ♪"

"죽여 버릴 거야~!"

레이 씨와 코가 군이 사이좋게 덤비기도 하고 피하기도 하고——부실 안을 달리기도 해서 나는 눈이 핑글핑글 돌 것만 같았다.

혼돈한 상황에 넘어질 뻔한 나를 살짝 받쳐준 손이 있었다. 뒤돌아보니 어느새 쌍둥이가 부실 안으로 돌아와 있다.

나에게 샌드위치처럼 좌우로 엉겨 붙으며—— 만행을 벌이는 코가 군을 어떻게든 달래보려 한다.

"자자, 선배."

"진정해요, 진정해요."

"으아아! 쌍둥이. 너희는 방해하지 마!"

나를 똑바로 세운 후. 둘은 거의 똑같은 움직임으로 코가 군에게 접근해 좌우에서 팔을 붙잡았다. 둘이서 붙었는데도 분노에 이성을 잃은 코가 군의 기세를 누르지 못하고 날려갈 것 같은 형세가 되었다.

마치 코가 군은 인간 형태를 한 회오리 바람 같았다.

"아무튼 흡혈귀 녀석 장난에 동참하지 마! 어차피 좋은 일도 없을 테니까!"

후배에게 그렇게 난폭한 짓을 하고 싶지는 않은 거겠지, 코가 군이 이를 갈며 다소 얌전해졌다.

"너희한테도 하는 소리야. 『Trickstar』! 전학생이라고 했나. 그 여자 잘 지키고 있으라고! 흡혈귀 녀석 따위한테 약점이나 잡히고 말이야!"

"흠. 할 말은 없지만 이것도 인연이라 생각하고 싶어."

불평을 늘어놓는 코가 군에게 호쿠토 군이 대표로 답하듯 말했다. 코가 군의 말투는 무언가 우릴 걱정하고 있는 듯하다.

오히려 안심하고 있는 나를 '?' 하고 이상하다는 듯 보고 나서 호쿠토 군이 천장을 올려다본다. 코가 군이라는 이름의 폭력으로부터 도망치기 위해 레이 씨는 천장 구석에 거미처럼 붙어 있었다.

움직임이 하나하나 인간과는 동떨어져 있다.

"사쿠마 선배, 부끄러움을 무릅쓰고 부탁하고 싶어. 우리에게 힘을 빌려주지 않겠어?"

조금 한심한 자세의 레이 씨를 호쿠토 군은 똑바로 올려다보며 부탁한다.

"학생회와 대항할 수 있는 실력자 '삼기인'인 당신의 조력을 얻을 수 있다면 마음이 든든해. 마침 우리는 지휘관을 찾고 있었어."

아까까지의 일촉즉발의 긴장감은 어느새 사라져 있고—— 호쿠토 군도 차분하지만 단호하게 말을 잇는다.

"될 수 있다면 싸우고 싶지 않아. 우리의 적은 학생회야. 가진 힘을 결집해 협력자를 늘려 모든 걸 걸어 저항하고 싶어."

모든 마음을 담아 호쿠토 군은 호소한다.

"물론 이기적인 말이라는 건 알고 있지만."

레이 씨는 흥미가 생긴 듯 재밌어하고 있기만 하는—— 것 같던 분위기를 지우고 바닥에 내려앉는다. 소리도 없이 착지해 가까이서 호쿠토 군을 유심히 바라보았다.

먹이인지 판단하는 야수나 앞으로 먹을 요리의 냄새를 확인하는 미식가 같다. 흡혈귀는 무엇을 생각하고 있는지 알 수 없는 의미심장한 미소로 신중히 살피듯 문장을 자아낸다.

"확실히 이기적이군. 자네들에게만 좋은 이야기지 않은가. 본인에겐 득이 되는 게 없지. 애초에 '삼기인'이라면 자네도 면식이 있을 터인——히비키 군에게 도움을 구하면 되는 게 아닌가?"

"그 변태는 안 돼. 말이 통하지 않아."

내가 모르는 이름을 듣고 호쿠토 군은 벌레라도 씹은 것 같은 표정을 지었다.

"게다가 히비키 선배는 지금 학생회 편을 들고 있어. 소속『유닛』도 학생회의 최대 전력인『fine^{피 네}』야."

"흠, 그래서 본인이라는 건가……. 도리에 맞는군. 빈틈없다고도 할 수 있겠어."

『fine』라는 이름도 나는 아직 모른다. 정말 아무것도 모르는 것이다. 그들의 이야기에 늦게 섞여든 아직 조역도 되지 못한 무대장치 중 하나였다.

그 사실이 역시 굉장히 슬프다.

적어도 허수아비처럼 서 있는 게 싫어서 하나하나 중요해 보이는 단어와 정보를——기억해 둔다. 메모를 한다. 조사하고, 찾으면서, 관계를 맺어가고 싶다.

"허나 정답일세. 나머지 한 명의 '삼기인' 신카이 군은 히비키 군보다 더 말이 통하지 않으니 말일세. 그자는 거의 우주인이나 다름없지."

사쿠마 씨와 '히비키', '신카이'라는 이름의 인물이—— '삼기인'인 것 같다.

'삼기인'이 무엇인지 구체적인 건 아직 실감하지 못했지만. 유메노사키 학원에 있어서 중요인물인 거겠지.

그 '삼기인' 중 한 사람── 레이 씨는 호쿠토 군의 성의에 답하듯 장난스러운 표정을 지우고 진지하게 이야기해준다.

"본인도 학생회의 폭거에는 참을 수가 없다네. 허나…… 그렇다고 해도 지금의 유메노사키 학원에서는 학생회 자체가 곧 질서라네."

그래도 섣불리 힘을 빌려주지 않는다. 중요인물이기에 간단하게 움직일 수는 없는 것이다. 역사를, 운명을 바꾸고 움직이게 하는 입장이기에.

아마 '삼기인'은 조심해서 다뤄야 하는 위험물인 거겠지.

하지만 그것은 제대로 사용하기만 한다면 강력한 무기가 된다. 절박한 호쿠토 군에게 평정심을 되찾아주기 위해서겠지. 레이 씨는 한 번 시선을 돌려 시간을 두었다.

"쓸데없이 손을 대고 싶지는 않으니 말일세. 평화가 '제일'인게야. 말은 그리 하였다만── 본인을 움직일 '무언가'가 자네들에게 있다면 흔쾌히 협력할지도 모르겠구먼."

그리고 다시 똑바로 바라본다.

기대하듯 핏빛 눈동자가 열을 띠며 빛나고 있다.

"본인을 나서게 만들기에 충분한 반짝임을 자네들은 가지고 있을까?"

"돈인가! 돈을 원하는 건가! 이 욕심쟁이. '반짝임'이라면 '돈'을 말하는 거니까 말이야!"

"아케호시. 조용히 해."

호쿠토 군이 어이없는 소릴 하기 시작한 스바루 군의 머리를 때렸지만 평소의 분위기가 돌아와—— 오히려 안심한 듯 미소 지었다.

시행착오를 겪으며 우리는 천천히 앞으로 나아가고 있단 느낌이 들었다.

운명처럼 만난 흡혈귀에게 우리는 자기 자신의 가치를 보여줄 수 있을까.

아니. 오기로라도 레이 씨의 마음을 움직여—— 힘을 빌릴 필요가 있다. 폭약을 손에 들고서 지금 이 상황을 뒤집기 위해. 혁명을 위해.

지옥과도 같은 유메노사키 학원에 모두의 미소를 되찾기 위해.

"그런데 아까부터 신경 쓰였지만——."

새삼스럽긴 하지만 호쿠토 군이 나를 곁눈질로 보며 고개를 갸웃거렸다. 나는 또다시 쌍둥이에게 붙잡혀 그들이 연주하는 음악에 맞춰 춤추고 있다.

히나타 군이 기타. 유우타 군이 베이스를 연주하고 있다. 아까는 히나타 군이 드럼. 유우타 군이 신디사이저였지만—— 여러 악기를 기분에 따라 바꿔 쓰고 있는 것 같았다. 어느 악기라도 능숙하게 연주하고 있어 감탄하고 만다.

그러나 연주를 칭찬할 여유도 없었다. 나는 연주에 맞춰 스텝을 밟으며 춤추는 것을 강요받고 있다. 평소 잘 입지 않는 옷이기도 하고 춤추는 것도 처음이었지만 싫어하거나 거절하면 쌍둥이가 너무나도 아쉬워하는 표정을 짓기에―― 할 수 있는 만큼 노력한다.

적당히 휴식도 취할 수 있었고 점점 익숙해지기 시작했다. 쌍둥이도 적확하게 지시를 날려준다. 그렇기는 해도 아이돌이 본업인 모두에 비하면 꼴사나운 춤이다.

물론 춤추며 노래한다는 건 무리다. 숨이 이어지지 않는다. 아이돌은 어떻게 당연한 것처럼 할 수 있는 걸까?――연습과 노력을 하고 있기 때문이겠지만. 새삼스레 그들의 대단함을 실감한다.

아아, 아이돌이란 건 정말――.

모두를 웃을 수 있게 행복하게 한다는 건 이렇게도 힘든 것이다. 춤을 출 때마다 몸이 부서질 것만 같다. 노랫소리는 목 안쪽에서 전혀 나오지 않는다. 영혼을 갉고 생명을 부숴도 너무도 부족하다. 아이돌은 건전지를 넣으면 움직이는 장난감이 아니다.

살아있는 인간. 나와 동년배의 아이가―― 이렇게 가혹한 일을 하고 있다. 매일 평범하게 담담히 살고 있던 나와 같은 세상과 이 현실에서 사력을 쥐어짜며 싸우고 있다.

그 사실을 다시금 깨달았다.

나는 그런 당연한 사실조차 실감하지 못했다. 자기 자신이 부끄러웠다. 이 유메노사키 학원에 있는 사람들은 모두 보통은 생각할 수 없는 일들을 해내고 있는 초인들이다. ——소년만화의 등장인물처럼 선택받거나 그러한 입장을 손에 넣은 영웅들인 것이다.

연애나 그런 다른 즐거운 일이나 기쁜 것들을 동년배의 모두가 당연한 것처럼 누리고 있는 것을 잘라 버리고——뿌리치고서 팔아버리고 청춘의 모든 것을 바쳐 노력하고 있다. 피와 땀과 눈물을 흘리며, 죄다 뽑아내고, 보석같이 반짝이는 결정이 된 것이다.

세 사람이 보고 있다는 것을 그다지 의식하고 싶지 않아서, 무언가 굉장히 미안해져서, 나는 그들에게 등을 돌렸다.

내가 생각해도 뭘 하고 있는지 모르겠지만—— 즐겁기는 했다. 이 댄스는 레이 씨가 권해서 시작한 것이다. 쌍둥이도 그의 지시로 나와 함께해 주고 있다. 어떤 의미가 있을 것이다, 그렇다면 도망쳐서는 안 된다.

그저 못된 장난 놀이가 아니라고 믿고 싶다. 어려운 이야기는 그들에게 맡기고 나는 주어진 역할에 끝까지 임한다. 나 나름대로 어떻게든 어떻게든——.

조역이라도 배경이라도 지금 모두의 옆에 있다. 우연이라도 나쁜 농담이라도 심술궂은 신의 장난이라고 해도 나는 여기에 있다. 관여하게 된 이상 적어도 모두의 방해가 되지 않도록 조금이라도 도움이 될 수 있도록 나도 필사적으로 임해야 한다.

할 수 있는 일을 있는 힘껏 노력할 수밖에 없다.

"뭘 하고 있는 거지. 전학생. 쌍둥이와 놀고 있는 건가?"

"평가하고 있는 거라네. 간단히 말하자면."

의아해하는 호쿠토 군에게 레이 씨가 손장단을 맞추며 설명한다.

"학원의 걸어 다니는 백과사전이라 불리는 본인도 전학생인 저 아가씨에 대해서는 전혀 아는 바가 없지. 어떤 아이인지 실력을 보고 있는 거라네."

그런 의도였던 모양이다. 그렇다고는 해도 부끄럽게도── 나는 전혀 잘 추지 못한다. 당연한 일이다. 이쪽 방면에서는 초보니까.

내 체력은 아마 또래 여자애들과 비교해도 평균 혹은 그 이하일 거고.

그렇기에 남자애들 사이에 던져지니 너무나도 빈약하다.

"헌데 음, 정말로 평범한 아이로구먼. 가창력, 댄스 실력, 모든 것이 부족해. '아이돌'이 아니라 『프로듀서』인 것 같으니 말일세. 어쩔 수 없는 겐가?"

레이 씨가 입에 담은 평가에 호쿠토 군이 '욱' 해서 반론한다.

"전학생에게 지적하려고 당신은 그녀를 납치한 건가?"

"그것도 있네. 우리 아이의 무례를 사과하는 '겸'이네만. 먼저 실력을 보고 싶다고 본인이 이야기했기에 그녀는 순순히 그에 응해준 것이라네."

그런 경위이다. 좀 더 빨리 사정을 설명해줬으면 했다. 내 입으로 직접 말했으면 됐을 일이지만.

설명하는 것이, 말하는 것이 서툴다. 아이돌은커녕 『프로듀서』에도 맞지 않겠지. 하지만 어디에도 도망칠 곳은 없고 적어도 주어진 일을 전력으로 해내야 한다. 그렇지 못하면 나는 정말로 살아있는 가치가 없다.

춤에 열중하는 나를 레이 씨는 흐뭇한 눈길로 바라보고 있다.

"착한 아이지. 솔직하고 진지하고……. 모든 일에 열심이지. 아무것도 할 줄 모르고 아는 게 없지만 자신이 할 수 있는 일을 필사적으로 찾고 있다네."

나 자신보다 적확하게 나를 파악하고——.

무심코 '움찔' 놀랄 것 같은 말을 레이 씨는 입에 담았다.

"그녀는 말이지. 어제……. 양호실에서 자네의 혼잣말을 듣고 있었다네. 히다카 군이라 했던가. 자네의. 영혼의 외침을 듣고 있었다는 것 같네."

어째서 알고 있는 걸까. 나는 레이 씨에게 어제 일에 대해 아무것도 설명하지 않았다. 계속 춤을 추기만 했다. 그랬는데.

정말 유메노사키 학원에 대해서라면 뭐든 알고 있는 걸까. 무서운 '삼기인'에게서 시선을 떼고 호쿠토 군이 눈을 동그랗게 뜨며 나를 보았다.

"……그때 깨어있었어. 전학생?"

"음. 자네의 두꺼운 얼음 같은 겉모습 뒤에 숨겨진 격정을 그녀는 모두 알게 되었어. 그리고 그것을 무시할 수 없었던 모양일세."

레이 씨는 쉽게 내가 말하지 못했던 것들을 폭로하고 활짝 웃어 보인다.

"따뜻한 아이야. 지금은 '따뜻함만이 유일한 장점'인 것 같네만. 자네들은 그런 착한 아이를 부끄럽게 만들 셈인가. 그녀에게만 혼자 노력하게 하려는 겐가. 같이 싸우려는 게 아니었나. 동료가 되고 싶었던 것 아니었나?"

타이르듯 레이 씨는 『Trickstar』 멤버들을 차례로 바라보며 말한다. 그 시선이 가시넝쿨처럼 엉겨 붙는다. 이곳은 흡혈귀의 근거지다. 모든 것이 그의 지배하에 있는 것이다.

"본인을 설득하기 전에 해야 할 일이 있지 않나. 무력하고도 어리석고 무모하고── 하지만 희망을 손에 넣었을 터인 아이들이여."

레이 씨의 목소리에는 마력이 담겨있는 것 같았다.

"본인에게도 그 희망을 보여주게나."

그 말에 재촉받으면 누구도 거역할 수 없다.

"전학생 아가씨 혼자서는 무력하네. 반짝일 수 없지. 허나 자네들은 혼자가 아니라네. 『유닛』이지 않은가. 별의 이름을 가진 아이들이여."

레이 씨는 지휘자처럼 손을 흔든다.

어디까지 내 마음을 알고 있는 건지── 그래. 나는 모두의 옆에 있고 싶었다. 내가 직접 다가가는 것도 이쪽으로 와달라고 부탁하는 것도 할 수 없었지만.

그런 것조차 말로 표현할 수 없을 만큼 말주변이 없고 겁쟁이인 나지만.

그런 한심한 나라도 모두의 옆에 있어도 괜찮다면—— 허락된다면 무엇이든 할 거다. 어제 모두의 영혼을 접했으니까. 마음 속 깊은 곳을 보여주었으니까.

그곳에 떠오른 상처 자국을 치료해주고 싶었다.

적어도 아픔을 잊을 수 있을 만큼 즐거운 시간을 보내주었으면 했다. 그를 위해 춤춘다. 피에로라도 되겠다. 나는 그동안 아무것도 지키지 못하고 모두 버리고 어리석게도 도망쳐왔다. 이유메노사키 학원으로. 이제 어디에도 갈 수 없다. 가지 않을 거다. 모두의 옆에 있을 거야.

딱 하나 소원이 있다면—— 적어도 안심할 수 있는 곳에서 웃고 싶다. 그걸 위해서라면 뭐든지 할 거다. 모두와 함께 싸울 거다. 우연이든 나쁜 농담이든 뭐라 해도 나는 『프로듀서』니까. 모두를 위해 일할 입장을, 자격을 갖고 있으니까.

그런 내가 가지고 있는 유일한 것을 적어도 쓰지 않고 도망치는 것만은 하지 않겠다. 그것이 내 '각오' 다.

한 번 도망쳐버린 나의 속죄다.

"『Trickstar』여. 자네들의 반짝임을 보여다오. 그녀는 분명 그 빛을 몇 배, 몇 십배는 더 반짝이게 할 수 있는 촉매이자 희망의 빛인 게야. 절대 그 아이를 잃어서는 안 되느니라."

"……그렇군. 미안해. 전학생."

레이 씨의 말에 호쿠토 군이 끄덕인다.

"나는 성급해하다 또 잘못된 판단을 할 뻔했어. 지금은 너만을 보고 있을게——네 마음에 답할게. 그 마음을 소중히 할게. 그걸 반사해 증폭시켜서 언젠가. 모든 것을 비출 빛을 뿌리자."

호쿠토 군이, 스바루 군이, 마코토 군이——.

한심스럽게 춤추는 나를 바라본다. 그 시선이 무섭다——부끄럽다. 하지만 그들은 비웃지도 업신여기지도 않았다. 그저 무언가의 감정에 의해 움직이고 있다.

그리고 모두 앞으로 나온다. 내 옆으로 걸어온다.

"노래와 춤을 원한다면 보여주겠어. 평가해 줘. 사쿠마 선배."

그렇게 말하며 호쿠토 군이 내 어깨를 살짝 두드렸다. 남자애다운 커뮤니케이션——아직 익숙하지 않지만 기분이 좋았다. 놀랍게도 그는 그대로 나를 짐짝처럼 옆구리에 끼고 근처에 내려놓았다.

나를 편히 앉혀두고서 호쿠토 군은 레이 씨를 향해 돌아보며 선언한다.

"내 퍼포먼스는 전학생의 퍼포먼스야. 그녀는 『프로듀서』고 나는 '아이돌'이니까. 내가 빛났다면 그건 그녀가 빛나게 해 준 거야."

호쿠토 군 옆에 스바루 군과 마코토 군이 나란히 선다. 무언가가 시작되려 하고 있었다. 우리의 이야기와 라이브가 어두운 경음부 부실 안에서.

첫 울음소리를 내며 날아오르기 시작하려 하고 있었다.

"그녀의 실력을 평가하고 싶다면 먼저 우리의 모든 걸 보고 나서 하도록 해. 그 후라도 늦지 않을 거야. 최선을 다하지. 우리들의 실력을 보여주겠어——— '삼기인' 사쿠마 레이."

도전장을 던지듯 선언하고서 호쿠토 군은 나를 진지하게 바라본다.

"……오래 기다리게 했지, 전학생. 미안해. 늦어져서."

쌍둥이의 연주는 계속되고 있다. 그에 맞춰 호쿠토 군은 스텝을 밟기 시작한다. 노래한다. 춤을 춘다. ——아이돌다운 정공법으로.

그들은 자신의 모든 것을 레이 씨와 나와 온 세상에 드러내려하고 있다.

"함께 앞으로 나아가자. 넌 우리의 희망의 별이야. 어깨를 나란히 하고 함께 걷자. 너와 함께 나아가고 싶어. 그것이 허락된다면."

"나도, 나도! 몇 번이나 말하지만 전학생을 독점하지 마!"

마주 보는 나와 호쿠토 군 사이에 끼어들듯 스바루 군이 호쿠토 군과 어깨동무를 하고 만면에 미소. 손을 뻗으면 닿을 거리에서 이야기해준다.

"혼자 전부 짊어지려고 하지 말라고. 이것도 몇 번이나 말했지? 다른 사람 얘기는 잘 들으라고 홋케~!"

모두가 동경하는 아이돌과 그 청춘을——— 이렇게 가까이서 함께할 수 있다.

가장 앞줄에서 그들의 늠름한 모습을 볼 수 있다.

나는 굉장히 행운아였다.

"우린 혼자서는 작은 빛이야! 하지만 다 함께 모이면 태양 못 지않게 빛날 수 있을 거야! 그게 바로 『Trickstar』야……☆"

"앗, 나도! 부족하겠지만 함께할게!"

항상 스타트가 늦은 마코토 군이 그래도 필사적으로 따라붙는 다. 다소 겸손하게 호쿠토 군과 스바루 군 뒤에서 얼굴을 내밀 고 나도 나도 하며 손을 들어 자기 주장했다.

인형처럼 예쁜 얼굴로── 하지만 누구보다도 인간다운 친근 감 가는 표정이다. 동년배의 남자애로서 나를 똑바로 봐준다. 최고의 미소와 함께.

"나도 전학생 쨩처럼 아무것도 모르니까. 함께 소중한 걸 찾 아갔으면 좋겠다고 생각해!"

마코토 군의 말이 신호가 된 것처럼 세 사람이 같은 간격으로 나란히 선다. 교복 차림 그대로 리허설도 하지 않은 즉흥── 라이브가 시작되려 하고 있다.

내가 처음 보는 『Trickstar』의 라이브가.

나는 분명 영원히 잊지 못할 것이다. 만에 하나 먼 미래에 내가 아무리 위대한 『프로듀서』가 되더라도. 이때의 아무런 무대장 치도 없는, 관객도 나를 포함해 정말 적었던 조촐한 라이브를.

기적과도 같은 이 순간의 행복을.

"크크크. 좋아, 좋구나. 모두 혈기왕성하니 참으로 좋아. 오 히려 '기다리고 있었다' 고 말하고 싶은 참이네."

『Trickstar』 멤버들을 사랑스러운 듯 바라보며 레이 씨가 내 옆에 앉았다.

두 다리를 편하게 뻗고서 완전히 릴렉스 상태에 들어가 있다. 먹이를 노리는 야수도 다른 사람을 해치는 마물도 아닌—— 든 든하고도 상냥한 유메노사키 학원의 선배로서.

이야기의 시작을 나와 함께 축하해주었다.

"아아, 본인도 젊어진 것 같으이. 그립구나. 이게 바로 청춘이 야. 오랫동안 이 학원에서 잊혔던 반짝임인 게야. 마음껏 자네들 의 빛을 내뿜어 보거라. 재가 되더라도 바라는 바일세. 본인은 그걸 보기 위해 노쇠한 몰골을 드러내며 살아온 것이라네."

동의를 구하는 듯 옆에 앉은 나를 보고 윙크하며——.

"크크크. 오래 살고 볼 일이구먼 ♪"

노인 같은 말투와는 달리 웃는 모습은 청춘을 노래하는 젊은 이다웠다.

✒ *Legend* ♪✦

　"흠."

　레이 씨가 어느새 손에 들고 있던 토마토 주스 팩을 찌그러질 때까지 빨아올리고서 잠시 숨을 내쉬었다. 정신이 드니 시간이 많이 지나 점심시간은 벌써 끝나 있었다——고 하기는커녕 수업도 다 끝나버렸을 시각이었다.

　시간이 멈춰버린 것 같은 어둠. 경음부 부실 안에 계속 있었기에 지금이 몇 시 몇 분인지도 애매했지만.

　나는 시간을 신경 쓸 겨를도 없이 여러 가지를 잊고 몰두하고 있었다.

　눈앞의 기적에.

　『Trickstar』의 라이브에.

　그들이 무언가 특별한 일을 한 건 아니다. 노래하고 춤추며 퍼포먼스를 보여준 것뿐이다. 누구나 잘 알 것 같은 쌍둥이가 연주하는 곡에 맞춰 즉흥으로 춤을 추고 목소리를 맞춰 노래한 것뿐이다.

　그것뿐이었는데.

　레이 씨가 나를 곁눈질로 보고 나서 생각났다는 듯 박수를 친다.

"과연, 과연. 자네들의 퍼포먼스를 보고나니 이제 좀 알겠구먼. 끝내도 좋다네."

"으하~! 다행이다. 드디어 끝이야? 강행군으로 몇 시간을 시키는 거야 이 사람은……!?"

가장 체력이 없는 것 같은 마코토 군이 그 자리에 풀썩 주저앉았다. 같은 학교 사람이라곤 해도 본래 관객 앞에서 보여야 할 태도는 아니겠지만── 그런 마코토 군에게 잔소리를 할 기운도 없는 듯 호쿠토 군도 어깨로 숨을 쉬며 중얼거렸다.

"아마 우리의 체력도 평가한 거겠지. 라이브는 체력 싸움이니까."

땀을 훔치며 그는 차고 있던 손목시계를 확인한다. 그러고 보니 교복 차림이었다── 운동할 때의 복장이 아니다. 그런데도 그들은 훌륭하게 해냈다.

흐트러진 머리를 정리하면서 호쿠토 군은 반성하듯 벽에 손을 짚고 고개를 숙였다.

"오후 수업을 죄다 빼먹고 말았어. 전학생은 이틀 연속으로. 우리 때문에 학원에서 문제아라고 여겨지는 건 아니겠지……? 걱정되는걸."

"히, 히다카 군은 그렇게 힘들지 않아 보이네? 역시 대단해!"

더는 손 하나 까딱할 힘도 없는 듯 주저앉아 있는 마코토 군이 칭찬했지만 호쿠토 군은 우쭐해하지 않고 힘없이 고개를 저었다. 실제로 계속 보고 있는 것만으로도 내가 다 지쳐버릴 정도의 강행군 라이브였다.

계속해서 전력 질주한 것과도 같겠지.

평범한 사람이라면 쓰러질 거다. 마지막까지 무사히 마친 것만으로도 모두 일반인을 훨씬 뛰어넘는 무시무시한 기력과 근성을 지녔다고 할 수 있다.

그러나 호쿠토 군은 불만이라는 듯 이를 갈며 원통스러운 모습까지 보였다.

"아니. 솔직히 서 있는 것만으로도 빠듯해. 다리가 후들후들거려. 난 얼굴에 피곤함이 잘 드러나지 않는 타입인 것 같아."

"어땠어. 우리 퍼포먼스는? 학생회를 이길 수 있을 것 같아? 알려줘♪"

스바루 군이 있는 힘껏 레이 씨에게 달려들어 빙글빙글 회전하고 있다.

마코토 군은 "우헤에" 라는 이상한 목소리를 내며 급기야 그대로 바닥에 누웠다.

"아케호시 군은 어떻게 저렇게 쌩쌩하게 뛰어다닐 수 있는 거지……. 초, 초인인가!?"

"저 녀석은 '재능' 이 다르니까 따라가는 것만도 힘들어."

호쿠토 군이 감탄하듯 시간이 흐를수록 오히려 더 기운이 넘치는 스바루 군을—— 부러운 듯 바라보며 혼잣말한다.

"아케호시는 원래대로라면 더 높은 평가를 받았어야 해. 우릴 따라 바닥에 있지 않아도 더 높은 목표를 노릴 수 있는 인재인데 말이지."

"돈 주세요. 돈☆ 퍼포먼스 보여줬으니까. 그만큼 보수를 주세요~ ♪"

"……성격은 확실히 문제가 있지. 그 점이 평가받지 못하는 이유인 걸까?"

친척에게 세뱃돈을 조르듯 레이 씨에게 달라붙어 있는 스바루 군을 바라보며—— 솔직하게 칭찬하는 것도 바보 같다고 느꼈는지 호쿠토 군이 입술을 삐죽인다.

흐르는 땀을 부끄러워하는 듯 손등으로 강하게 훔치며.

"이젠 됐어. 사쿠마 선배. 어땠어?"

금방 호흡을 가다듬고서 호쿠토 군은 앉아있는 레이 씨를 향해 몸을 돌린다.

"우리는 당신 마음에 들었을까?"

"크크크. 그렇게 초조해하지 말게. 서두르다간 일을 그르치지."

레이 씨도 "웃차."하고 느긋하게 일어선다. 뭘 하려나 했더니 관이 있는 곳으로 걸어가 그 안에 수납되어 있는 새 토마토 주스 팩을 꺼내고 있다. 혹시 관 안에 냉장고라도 있는 걸까.

기행이라고도 할 수 있는 움직임을 보이고 나서 레이 씨는 그대로 관 위에 걸터앉았다.

"젊구나. 미숙하구나. 풋내가 나 참을 수 없구나…… ♪"

"미숙이라. 확실히 그 말대로야. 실력이 부족한 건 알아."

호쿠토 군에게는 불만이 남는 퍼포먼스였던 거겠지. 반성할 점 같은 것들을 입속에서 중얼거리고 있다. 좀 더 출 수 있었어. 서로의 자리가 어쩌고 장점을 살리지 못했다는 둥——현재에 만족하지 않고 더 높은 곳을 목표로 하고 있다.

그들은 이제 막 걷기 시작했다.

여기서 만족해버려서는 미래는 없다. 노력해서 한 발자국씩이라도 앞으로 나아가야 한다. ──그들은 가혹한 수라도에 서 있다.

지친 모습으로 관에 양손을 짚고 천장을 올려다보고 있는 레이 씨에게 호쿠토 군은 불안한 듯 재차 물었다.

"사쿠마 선배. 아무래도 안색이 좋지 않아 보이는데. 우린 불합격인가? 당신을 즐겁게 하는 것조차 할 수 없었단 말인가……?"

"크크크. 초조해하지 말라 했거늘."

레이 씨는 주스 팩에 빨대를 꽂고 예사로운 태도로 말했다.

"불합격이라니 당치도 않지. 훌륭한지고, 아주 훌륭한지고♪ 합격인지 불합격인지 따지자면 당연히 합격이라네."

그 말에 오히려 세 사람이 의외라는 듯 눈을 동그랗게 떴다.

그 모습을 사랑스러운 것이라도 보는 듯 보고 레이 씨가 아낌없는 칭찬을 보낸다.

"자네들의 퍼포먼스에는 꿈이 담겨 있었고 미래를 열 가능성이 가득 차 있었다네. 이는 본인이 제어할 수 없을 만큼 거대한 반짝임일세."

귀부인처럼 앉은 채 흡혈귀는 진지하게 이야기한다.

"자네들은 지도자를 원하고 있는 것 같네만 본인과 자네들은 결국 타인. 드림페스에서는 적대할 일도 있겠지. 따라서 자네들의 '동료'는 될 수 없으이."

그리고 크게 웃었다.

"다만…… 늙은이의 지식을 빌려주는 것 정도는 해 줄 수 있다네. 오히려 전하고 싶은 것이 너무 많아 터져버릴 것 같단 말이지!"

매우 기쁜 마음으로 레이 씨는 『Trickstar』를 바라보고 있다. 생각지 못한 수확을 얻은 것처럼, 그리고 생각했던 것 이상의 가치를 갖고 있다는 것을 알게 된 것처럼. 자신이 이 세상에서 제일가는 행운아인 것처럼.

어디까지나 즐거운 듯 레이 씨는 노래하는 것 같은 말투로 말했다.

"자네들을 어떻게 프로듀스할지 생각하고 있었더니 의식이 흐려지는구면. 오랜 시간 활동하고 있었더니 지쳤기도 하고 본인은 몸이 약하다네. 허나 꿈이 싹트는지고♪"

그렇지만 못을 박는 것도 잊지 않는다.

"자네들의 기술은 아직 서툴러. 협조성도 없지. 『유닛』을 결성한 의미가 없어. 개개인의 매력도 살리지 못하고 있네. 그래도 반짝임을 가진 부분이 있어. 갈고닦으면 빛나는 보석이 될게지."

단점을 딱 지적하고서 레이 씨는 나에게 시선을 돌렸다.

"전학생 아가씨는 어떻게 보는가?"

다리가 마비된 듯 주저앉은 채 움직이지 못하는 그저 한심한 나에게——냉철하지만 기대를 담아 이야기한다.

"모두 자네를 위해 필사적으로 노력한 걸세. 느끼는 바가 있었겠지. 조금 전 그들의 퍼포먼스는 모두 아가씨에게 바친 것이었을 테니."

그렇다.

호쿠토 군이 말해주었다.

그들은 아이돌이고 나는 『프로듀서』니까—— 그들이 최고의 퍼포먼스를 보이면 그것은 나의 성과이기도 하다고. 그들의 반짝임은 나의 반짝임이기도 하다고.

자신들과 나의 가치를 보여주기 위해 그들은 몇 시간이고 노래하고 춤춰준 것이다. 미래를 위해 '삼기인' 사쿠마 레이 씨를 같은 편으로 만들기 위해.

감옥과도 같은 이 유메노사키 학원에서 계속 억누르고 숨길 수밖에 없었던 자기 자신을 모두 드러낸 것이다. 그것은 뭉개져 버릴 정도로 무겁고도 기쁜 사실이었다.

아직 나는 내가 『프로듀서』라고 생각하진 않는다. 그들을 위해 아무것도 해주지 못했다. 옆에 있었을 뿐이고, 보고 있었을 뿐이다. ——그런데도.

그들은 나를 『프로듀서』라 부르고 모든 것을 다해 아이돌로서 움직여 주었다. 그 마음에 보답해야 한다. 적어도 박수를 보내야 한다.

기뻐. 고마워. 그것만이라도 전해야 한다.

"자네가 느낀 것이 전부라네. 그것을 들려주게나. 본인의 의견은 지금 아무 의미가 없으이. 자네의 보석상자이니 그 가치는 자네가 매기게."

아무런 강제도 하지 않고 레이 씨는 내가 입을 여는 것을 기다려 주었다.

"본인은 지내온 세월이 긴 고로……. 지식과 경험이 방해를 한다네."

어딘가 쓸쓸한 듯──눈빛을 흐리며 그는 심장이 있는 곳에 손을 얹었다. 잘 움직이고 있는지 확인하는 듯이.

"지금까지 유메노사키 학원에서 빛을 발했던 아이돌들에 비하면 자네들은 지극히 미숙하다네. 삐약삐약 울어대는 귀여운 병아리들이지 ♪"

곧바로 그 슬퍼 보이는 행동을 그만두고 레이 씨는 가면을 쓰듯 온화한 미소를 짓는다. 들뜬 기색으로 손가락을 춤추듯 흔들며──.

"전학생 아가씨에게는 쓸데없는 지식이 없다네. 완전한 초보지. 퍼포먼스에는 도움이 되지 않겠지만 그건 장점도 될 수 있다네."

실제로 아이돌과 비슷하게── 실제 체험을 하고 나는 그 어려움을 뼈저리게 느꼈다. 나는 아이돌이 될 수 있을 것 같지는 않다. 그래도 『프로듀서』로서 유메노사키 학원에서 살아갈 수밖에 없다.

기묘한 운명 속에서 발버둥 칠 수밖에 없는 것이다.

"자네들이 아이돌로서 노래를 전하는 대상은 그녀처럼 무지하고 잔혹하고도 공평한 일반인이네. 따라서 그녀의 의견과 생생한 목소리에는 무엇과도 바꿀 수 없는 가치가 있지."

거기까지 얘기하고서 문득 레이 씨는 의외라는 것 같은 표정을 지었다. 이윽고 그 아름다운 얼굴에 아까와는 명확하게 다른 ——극히 자연스러운 미소가 떠올랐다.

"……이런, 아가씨도 넋을 잃었나 보구먼."

그 말대로였다.

나는 말 그대로 넋을 잃고 있었다. 마음을 던져버리고 아무것도 생각하지 못하고—— 그저 취해있었다. 흥분과 기쁨이 함께 녹아든 어지러움 속에 정신을 놓고 있다.

이런 건 태어나서 처음이었다.

처음 느끼는 감정 속에서 나는 평소 이상으로 말이 없어져—— 주저앉아 고개를 숙였다.

납작하게 눌려 마음은 인간다운 윤곽을 유지하지 못하고 여러 감정이 터져 흘러넘치려 하고 있었다.

"크크크. 젊고 귀여운 남자들에게, 그것도 세 명에게 열렬한 구애를 받은 것과 같을 테니 말일세. 순진한 아가씨에게는 자극이 강했던 건가. 부러운지고 ♪"

충격적인 이야기를 하면서도 레이 씨는 관 위에서 다리를 꼬았다. 그렇게 하고 있으니 마치 마왕 같다. 십자가를 휘감고 성자를 타락시키기 위해 유혹의 말을 내뱉는 악마 그 자체다.

그렇지만 그런 그에게 도움을 청한 건 우리다.

위험한 영역에 우린 제 발로 들어온 것이다.

"아무튼 『Trickstar』여. 우선 즐거운 여흥을 보여줘서 고맙구나. 감사하네. 졸린 눈을 비비며 일어난 보람이 있다고 해야겠지. 자네들은 모자라고 부족하지만 그것을 채워나가면 더 눈부시게 빛날 수 있을 게야."

노인이나 마음이 없는 마물처럼 행동하던 레이 씨는——영혼의 반짝임을 내뿜듯 극상의 상냥한 미소와 목소리로 기쁨을 표현해준다.

"전학생 아가씨는 감수성이 풍부한 모양일세. 자네들의 마음을 솔직하게 받아들일 수 있어. 보게나. 감동한 나머지 울고 있지 않은가?"

그렇다. ——나는 울고 있었다. 나도 신기할 정도로 뜨거운 것이 멈추지 않고 계속 넘쳐흘러 볼을 타고 턱을 타 방울져 떨어진다. 이렇게 우는 건 어린아이 같아 부끄러운데, 그래도 멈추지 않아서 얼굴도 들지 못하고 오열하고 있다.

물론 슬픔의 눈물은 아니다. 감동과 기쁨의 눈물이다.

아직 익숙하지 않은 유메노사키 학원 교복에 눈물 젖은 자국들이 생긴다.

온몸이 떨렸다.

"이 아가씨라면 자네들의 '부족한 부분'을 채워줄 수 있을지도 모르겠구먼."

어딘가 멀리서 들리는 것 같은 레이 씨의 목소리가 마음속에서 어렴풋이 울린다. 나는 그런 대단한 사람은 아니지만——
기대와 희망에 답하고 싶었다.

『Trickstar』라는 이름의 운석이 내 마음에 충돌해 커다란 파
문을 일으키고 있다. 말주변도 없고 자기표현이 서툰 내 안에
무수한 말과 감정이 생겨난다.

그것들은 지금은 아직 눈물의 형태로 흘러갈 뿐——.

그렇지만. 그때 받은 뜨거운 것을 조금씩이라도 가치가 있는
것으로 만들어 돌려주고 싶었다. 왠지 태어나서 무척 다행이라
는 생각이 들었다.

"흠, 어떻게 된 게지. ——전학생 아가씨가 넋을 잃고 전혀 움
직이질 않는구나."

레이 씨가 다가와 내 머리를 마구 '찰싹찰싹' 쳤다. 그래도 반
응도 하지 못한다. 나는 정말로 영혼이 빠져나간 것 같은 상태
가 되어 있었다.

"이 아이가 정신을 차릴 때까지 본인이 자네들 품평이라도 해
볼까♪"

우선은 안정을 취하게 해 주려는 거겠지. 레이 씨는 금방 나에
게서 떨어져—— 숨을 고르며 쉬고 있는 『Trickstar』멤버들을
바라본다.

한 사람 한 사람을 경험 있는 연장자로서—— 평가한다.

"아케호시 스바루."

"앗, 네! 왜 그러세요. 돈인가요! 주시는 거예요?"

"아무도 그런 말은 하지 않았네. 됐으니 얌전히 듣게나."

정말 믿을 수 없을 만큼 기운 넘치는 스바루 군이 그에게 달려 든다. 레이 씨는 마치 괴물이라도 보는 듯이—— 빛나는 연하 의 남자애를 바라본다.

억지로 떼어내려 하지도 않고 그대로 받아주면서.

손자를 달래는 할아버지처럼, 레이 씨는 스바루 군의 머리를 쓰다듬는다.

소중한 보물을 닦듯, 소중하게.

"사실 자네에게 특별히 말할 건 없다네. 자네는 이미 자기 몫 을 하고 있으이. 아이돌로서 필요한 자질은 모두 합격점 이상의 수준일세. 노래, 춤, 매력. 기타 다른 것들도 말이지."

백점만점 같은 평가다. 스바루 군은 그다지 실감이 가지 않는 지 고개를 갸웃거리고 있지만—— 정말로 그는 뛰어났다. 말 그대로 천재란 거겠지.

신이 특별한 재능을 내린 시대의 총아. 역사를 새로 쓸 수 있을 거물이 될지도 모른다. ——하지만 결점이 없는 것은 아니다.

레이 씨는 냉정하게, 진심으로, 빈틈없이 모두를 평가한 것 같았다.

"허나, 고독한 시기가 길었구나. 『유닛』의 일원으로서는 조 화를 이루지 못하고 있지. 이는 재능을 낭비하는 것이야."

그저 평가를 내리는 것만이 아니라 앞으로의 과제에 대해서도 생각해주고 있다. 방금 전 입에 담았던 말은 농담도 거짓말도 아니었으며 '삼기인' 사쿠마 레이 씨는 『Trickstar』에게 힘을 빌려주겠다는 마음을 갖게 된 모양이다.

오히려 즐거운 듯 신이 나 이야기하고 있다.

"자네는 우선 모두와 친해지는 게 가장 중요하겠어. 당분간은 아무것도 모르는 전학생 아가씨와 함께 행동하며 이것저것 가르쳐주는 역할을 맡는 것이 좋겠네."

레이 씨는 스바루 군의 머리카락이 마구 헝클어질 정도로 쓰다듬고 나서 내던지듯 내 쪽으로 밀쳐 보냈다.

스바루 군은 완벽한 균형 감각으로 넘어지는 일 없이 내 옆에 안착.

강아지처럼 앉아 나를 옆에서 바라본다. 신기한 듯 내 볼을 타고 흐르는 눈물을 물끄러미 관찰하고 있는 것 같았다. ──조금 인간이 아닌 것 같은 표정이었다.

"자네는 천재이니라. 따라서 보통 사람이 실패하는 부분도 가벼이 넘어서 올 수 있었던 걸 게야. 허나 그 때문에 일반적인 감각을 모르는 게지."

레이 씨는 그런 스바루 군의 성질을 파악하고 적확히 지적했다.

"문외한과 접하고 그를 이끌어주는 입장이 되어보면 필시 얻는 바가 있을 걸세. 자네는 남들보다 일찍 높은 곳에 다다르고 말았어. 따라서 도중에 놓친 것들이 많을 터. 우선 그걸 주워 모으는 데 주력하게나."

"그런가~? 난 잘 모르겠지만 그걸로 더 반짝반짝할 수 있다면 나 열심히 할게!"

독특한 스바루 군다운 말투로 답하고서——만면에 미소.

"잘 부탁해. 전학생 ♪"

놀랍게도 스바루 군은 그대로 내 볼을 '할짝 ♪' 핥았다. 마음을 놓고 있던 나도 그 행위에는 크게 놀라 비명을 지르며 옆으로 쓰러질 뻔했다.

새빨개진 얼굴로 뒤로 물러나는 나를 스바루 군은 '?' 라고 역시 신기하다는 듯, 흥미롭다는 듯 바라보고 있다.

그런 나와 스바루 군을 어딘가 부러운 듯 바라보며 호쿠토 군이 "전학생의 교육은 내 담당인데……?"하며 불만조로 중얼거렸다.

"뭐, 됐어. 나는 어떻게 하면 되지?"

"음, 히다카 호쿠토. 자네는 아케호시 군과는 정반대야. 주변을 지나치게 신경 쓰고 있어."

이번에는 호쿠토 군을 향해 몸을 돌려 레이 씨는 그의 성질을 차근차근 해설한다.

"자신을 틀에 맞추고 주변을 배려하느라 자기의 특징을 살려내지 못하고 있구먼. '뻣뻣' 한 게야. 주위 사람들을 좀 더 믿어보게나."

"난 믿고 있다고 생각하지만. 그렇군. 그렇게 보였던 건가."

호쿠토 군은 짚이는 부분이 있는 듯 생각에 잠기고 만다.

오히려 그런 점을 걱정하고 있는 듯── 레이 씨가 호쿠토 군의 머리를 콕 찔러 자신에게 주의를 향하게 한다. 어린아이를 혼내듯 시선 높이를 맞추어.

"자네도 우수해. 허나 스스로를 과소평가하고 있는 것 같으이. 무대 위에서는 아이돌이 왕이자 신이라네. 좀 더 오만해져도 괜찮다는 것이지. 나를 봐. 노래를 들어. 그렇게 목청껏 외쳐서 주장해보게나. 겸손할 필요가 없지 않은가?"

레이 씨가 덤벼들듯이 호쿠토 군의 머리를 좌우에서 손으로 잡았다.

생각의 바닥으로 가라앉는 그를 현실로 떠올라오게 하듯. 믿음직한 아버지가 중요한 이야기를 할 때 사랑스러운 아들에게 항상 그렇게 하듯.

가까이서 마주 보며 말을, 마음을 전한다.

"기회를 주변에 양보하고 동료가 어려움에 부닥치면 몸을 던져서라도 지키지. 자네의 그런 생존 방식은 미덕이기도 하지만 좀 더 느슨해져도 좋을 게야."

걱정스러운 듯 레이 씨는 금속처럼 차가운 무표정의 호쿠토 군에게── 열을 전한다. 이마를 맞대고 두개골의 진동, 목소리를 전한다.

"무대 위에서는 자신을 속이지 않아도 된다네. 그건 오히려 관객에게 실례되는 일이야. 자유롭게 자신의 모든 것을 보여주게나. 마음과 영혼을 모두 담지 않으면 관객에게는 결코 감동을 줄 수 없네."

"…………"

호쿠토 군은 머리를 세게 맞은 것처럼 눈을 동그랗게 뜬다. 태어나서 처음으로 다른 사람과 맞닿은 것처럼.

레이 씨는 가엾다는 듯 눈썹을 찌푸리고서 지침을 내린다.

"바로 고치는 건 어렵겠지. 자네의 그 단점은—— 아니, 개성은 지금까지의 생활습관, 가정환경과 같은 인생과 영혼 속 깊은 곳에 뿌리를 내리고 있을 테니 말일세."

그 지적에 호쿠토 군은 고개를 숙인다. 건드리지 말아 줬으면 하는 화제인 거겠지.

그러고 보면 어제도—— 호쿠토 군은 스바루 군이나 마코토 군이 끌어안은 무거운 것에 대한 건 나에게 전해주었지만. 정작 자기 자신에 대해서는 말을 흐렸다.

그도 무언가 굉장히 무겁고 피를 흘릴 것 같은 고민, 아픔을 아직 숨기고 있다.

"허나 적어도 무대 위에서는 그 '제한'을 풀 수 있도록 의식해야겠지. 히다카 군, 자네는 당분간 쌍둥이와 함께 연습하게나."

레이 씨는 아직까지도 즐거운 듯 연주하고 있던 쌍둥이를 턱 짓으로 가리켰다. 눈치채지 못한 그들은 연주하면서 춤을 추거나 믿을 수 없을 만큼 아크로바틱한 움직임을 보이고 있다.

공중에서 1회전하며 히나타 군이 기타를 친다.

다섯 개의 스틱을 공중에 던져 전부 동시에 다루며 유우타 군이 드럼으로 다종다양한 음색을 만들어낸다.

어린아이가 장난감을 가지고 노는 듯한 풍경이었지만 실제 하고 있는 것들은 상식을 벗어나 있다. 이 쌍둥이는 반 장난으로 초현실적인 힘을 사용하는 요정이나 작은 악마 같았다.

"그들은 자유분방이란 표현 그 자체와도 같은 아이들이니 배울 점은 많을 게야. 아오이 군, 너희도 괜찮겠지?"

"물론이지. 우린 이런 진지한 척하는 녀석을 괴롭히며 노는 게 제일 좋아~☆"

"'우리'라고 묶지 말아 줘. 형. 그래도 뭐 연습하고 싶은 맘은 가득했으니 좋은 자극이 될지도. 잘 부탁해요~♪"

레이 씨의 부름에 답하는 히나타 군과 유우타 군.

"으, 음. 잘 부탁한다. 나도 되도록 유연하게 행동할 수 있도록 노력하지."

마코토 군이나 스바루 군을 상대하는 데는 익숙한 호쿠토 군이지만 그들보다 더욱 성가실 것 같은 선생님에게—— 얼굴을 굳히며 위축되고 있다.

그런 호쿠토 군을 놀리며 노는 것도 재밌겠다 생각했는지 쌍둥이가 악기를 던지듯 내려놓고 달려온다. 좌우에서 호쿠토 군을 끌어안고 만면에 미소.

새로운 장난감을 찾은 어린아이의 표정이었다.

"그 태도부터 이미 엄청 뻣뻣한걸. 눈싸움하자. 앗뿌뿌☆"

"웃어라, 웃어라~♪"

두 사람에게 붙잡혀 호쿠토 군의 얼굴이 더욱 굳어졌다.

앞길이 험난해 보이지만——그렇기에 쌍둥이가 호쿠토 군과 교류하는 것엔 효과가, 의미가 있는 거겠지. 레이 씨는 만족스러운 듯 떠들썩하게 노는 쌍둥이를 봤다.

✦✶✧·✦·✧✦✦

이쯤에서 드디어 나는 정신을 차렸다. 눈가를 쓱쓱 비벼 눈물을 닦은 후 혼자서 우두커니 서 있던 마코토 군을 발견했다.

혼자만 잊혀진 건 아니라 생각되지만. 걱정되어 바라보고 있으니 마코토 군이 손을 흔들며 웃고는 웬일인지 제 발로 먼저 앞으로 나왔다.

불안한 듯 레이 씨에게 묻는다.

"저, 저는 어땠나요……?"

그 태도를 보고 레이 씨는 지친 듯 한숨을 쉬었다.

"음, 유우키 마코토. 자넨 전혀 못 쓰겠어."

"전혀 못 쓰겠다고요!? 그, 그거야 아케호시 군이나 히다카 군에 비하면 노래도 춤도 부족한 건 사실이지만!"

"알고 있다면 다행일세. 그런데 그렇게 자신을 비하할 필요는 없지 않은가."

역시 쇼크였는지 울상 짓는 마코토 군에게 레이 씨는 외과의사가 메스를 넣듯 날카롭게 말한다.

"자네는 빛나는 걸 갖고 있어. 허나 그걸 스스로 내버렸다네."

아직 레이 씨도 마코토 군을 잘 가늠하기 어려운 것이겠지. 살피는 것 같기도 묻는 것 같기도 한 말을 늘어놓고 있다.

"히다카 군처럼 너무 진지한 것도 아냐. 두려워하고 있네. 자신을 표현하는 걸 주저하고 있어. 무엇을 그렇게 두려워하고 있는 겐가?"

"…………"

마코토 군은 대답하지 않고 아픔을 참듯 얼굴을 구겼다.

상처 줄 생각은 아니었어. 라고 말하는 듯—— 레이 씨가 부드럽게 미소 짓는다.

"안심하게나. 자네의 동료는 모두 좋은 아이들이야. 부탁한다면 함께 나란히 맞춰 걸어주겠지. 하지만 폐를 끼치지 않도록 한 발 떨어져서 따라가는—— 그런 자세로 자네는 평생 동료를 따라잡지 못할걸?"

역시 다른 사람을 이해하여 적확한 조언을 준다. 마음속 깊은 곳까지 파악해 상처를 주거나 망가뜨리지 않게 신경 쓰면서도 강하게 키우려 한다.

"착한 동료들을 기다리게만 할 텐가. 그건 죄악이기도 하네. 부족하다는 자각이 있다면 죽을힘을 다해 노력하게나."

망가진 인형처럼 고개를 숙이고 서 있던 마코토 군의 어깨에 레이 씨는 손을 올린다. 용기를 북돋아 주듯—— 나도 호쿠토 군도 스바루 군도 그런 그를 지켜보고 있다.

"그리고 가슴을 펴고 자네 동료들과 나란히 서면 되네. 그러기 위해 필요한 재능, 반짝임의 새싹은 이미 자네 안에 있으이."

무기질적이다 싶을 정도로 인간미 없는 태도가 된 마코토 군의 눈동자가 인간성을 주장하듯, 방황하듯이 움직이고 있다. 그 시선이 나와 호쿠토 군, 스바루 군을 향한다.

"그게 이전에 자네를 상처 입혔던 것일지도 모르겠지만. 그것이 자네의 유일한 무기니라. 그걸 최대한 활용하도록 하게."

우리의 존재가 조금이라도 마코토 군의 버팀목이 되었을까. 그는 용기를 내는 것처럼 주먹을 꽉 쥐고 레이 씨를 올려다본다.

레이 씨도 그걸로 됐네 라고 말하듯 너그러운 웃음을 보였다.

"약한 동료를 지키면서는 다른 자들도 싸울 수 없다네."

그 표정이 순식간에 범죄를 즐기는 사람 같은 싱글벙글 웃음으로 변했다.

"그런고로. 유우키 군에게는 앞으로 지옥을 맛보여 주도록 하지 ♪"

무서운 선언을 하고서 이쪽을 '힐끔힐끔' 바라보며 신경 쓰면서도 끼어들지 않고 기타를 손질하고 있던 코가 군을 레이 씨가 손짓해 부른다.

"멍멍이. 이 녀석을 철저히 단련해 주게나."

마코토 군의 등을 밀어 코가 군 쪽으로 가게 한다.

극악무도한 일을 역시 즐거운 듯 말하면서.

"'이제 제발 죽여줘.' 라고 비명을 지를 때까지 절대 봐주지 말게. 이 녀석에겐 그런 극약처방이, 과격한 특훈이 필요하나니 ♪"

오히려 기다렸다는 듯 일어나려다가, 그것을 부끄러워하듯

──── 코가 군은 고쳐 앉았다. 전쟁이 시작되는 것을 고대하던 군인처럼 기타를 만지작거린다.

"뭐? 명령하지 마. 왜 이 몸이?"

그런 그에게 돌격지시를 내리기 위해 레이 씨가 양팔을 벌리고 크게 웃었다.

"음. 자네는 항상 자신만 알고 다른 사람을 신경 쓰지 않지. 하지만 그럼에도 뛰어나네. 사나운 말을 계속 타다 보면 어떤 풋내기든 원치 않아도 성장하게 될 게야. 성장하지 못한다면 간단히 말에서 떨어져 죽어버릴 뿐. 크크크 ♪"

"네 녀석은 악마냐. 기분 나쁘게 웃기나 하고 말이야."

코가 군은 귀엽지 않은 소릴 하고 있지만 그 표정은 말하는 만큼 기분 나빠 보이지도 않았다. 오히려 신이 난 기색으로 얼버무리듯 웃었다.

"어이, 바보 아케호시. 너희는 부탁할 상대를 잘못 고른 거 아니냐~?"

"아니. 상황도 상황이고 이렇게 사쿠마 선배에게 지도를 받을 수 있는 건 큰 행운이야. 우리에게는 엄격한 스승이 필요해. 소년만화 같은 혹독한 수련이."

대답한 것은 호쿠토 군이다. 아직 꿈꾸고 있는 기분인 듯──믿을 수 없다는 표정으로 자신을 둘러싼 현실을 새삼스레 돌아보고 있다.

어제 양호실에서 고개를 숙이고 있던 때와는 몰라볼 정도로 그 전신에는 생기가 넘쳐흐르고 있다. 무언가가 시작되려고 하고 있다. 우리의 이야기에, 그 엔진에 열기가 들어온다.

이제는 산산이 부서질 때까지 전진하는 것뿐이다.

"그렇지 않으면 강대하기 짝이 없는 학생회에 맞설 수 없어."

"의외로 열혈남이네. 홋케~는. 하지만 나도 조금 두근두근 설레☆"

스바루 군이 역시 가벼운 느낌으로 동조한다. 가만히 있을 수 없었던 거겠지. 주저앉아 있는 내 머리에 손을 올리고 그곳을 기점으로 빙글빙글 돌기 시작한다. 목이 떨어질 것 같은 나를 걱정스러운 듯 보면서 마코토 군이 수줍어했다.

"아하하. 나는 꼬리 내리고 도망가고 싶은 느낌인데——"

약한 소릴 하면서 자신의 지도 역으로 선정된 코가 군에게 예의 바르게 머리를 숙였다.

두 사람은 분명 동갑일 텐데 마코토 군이 이상하게 저자세다.

"그럼 잘 부탁해, 오오가미 군 ♪"

"뭐!? 함부로 부르지 마. 뒤에 '님'을 붙이라고 안경 콩나물!"

"안경 콩나물!? 히익, 무서워! 하지만 나도 모두에게 도움이 되고 싶어! 열심히 할게. 혹시 죽으면 시체는 거둬줄 거지……!?"

마코토 군과는 정반대로 굉장히 거만한 코가 군이다. 의외로 좋은 조합일지도 모르겠다——라고 그런 두 사람을 보며 나는 생각하고 있었다.

물과 기름이 아닌 불과 기름이다.

서로가 서로를 자극해 불타오른다. 그 열과 불길은 우리를 더 높은 곳으로 향하게 할 추진력이 된다. 높이 날아올라 일등성이 될 수 있을지도 모른다.

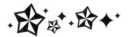

"크크크! 재밌어졌군. 다들 기합이 들어가 있으이 ♪"

아마도 가장 이 상황을 즐기고 있는 것 같은 레이 씨가 덩실덩실 기뻐하며 웃고 있다.

곧바로 코가 군에게 어깨를 잡혀 좌우로 흔들리고 있는 마코토 군이 벌써 울상이 될 것 같은 표정으로 질문한다.

"하지만 괜찮은 건가요? 사쿠마 선배뿐 아니라 경음부 전체가 우리 특훈을 도와도……?"

"괜찮네 괜찮아. 이왕이면 화려하게 불꽃을 올려보자꾸나."

화려하게 손뼉을 치고 '삼기인' 사쿠마 레이 씨가 명령을 내린다.

"혁명의 봉화를 올리세. 학생회가 분해서 으르렁대게 만들자꾸나. 궁지에 몰린 쥐는 도리어 고양이를 물지. 하물며 이쪽은 마물의 무리니라 ♪"

멋대로 우리까지 마물 취급당하는 기분이 들지만 신기하게 싫다고 느껴지진 않았다. 점점 더 빠르게 고조되는 흥분의 도가니 속에서 나는 설레기 시작했다.

반짝반짝 빛나는 무지갯빛 길이 우리 눈앞에 열렸다.

이제는 발을 내디뎌 지쳐 쓰러질 때까지 계속 달리는 일만 남았다.

"마음껏 날뛰어 보자꾸나. 목표는 2주 후에 열릴 드림페스——『S1』이겠군. 그거라면 공식전이니 학생회도 어제의 비공식전처럼 간단히 방해하지는 못할 게야."

호쿠토 군도 『S1』에 출전하는 것을 목표로 움직이고 있을 터였다. 생각하고 있는 건 같다. ——아니 최종적으로 우리가 원했던 대로 전개되고 있는 것이다.

레이 씨는 우리의 기대에, 희망에 답해주었다.

"그 경기가 궐기의 장이자 혁명의 날일세. 무대가 기다려지는구먼 ♪"

마코토 군에게 헤드록을 걸며 괴롭히고 있던(?) 코가 군을 역시 두고 볼 수만은 없었는지 레이 씨가 꾸짖는다.

"멍멍이. 분노는 그날까지 쌓아 두어라. 결전에서 모두 발산해 어제의 원수를 직접 갚는 게 좋겠지. 본인도 힘을 빌려주겠네. 순풍에 돛을 단 격이지 않겠느냐?"

"뭐!? 그러니까 부탁한 적 없다니까. 학생회에 복수는 내가 알아서 할 거라고!"

코가 군은 건방진 소릴 하고 있지만 역시 말하는 만큼 표정은 불만스러워 보이지도 않는다. 꼬리를 흔들듯 웃는 얼굴에 혈기가 왕성하다.

"암. 아무렴 좋지 않느냐. 드디어 있는 힘껏 물어뜯을 수 있으니 멍멍아. 본인은 막지 않겠네. 마음껏 송곳니를 드러내거라."

레이 씨가 코가 군을 흉내 내듯 장난기 넘치는 미소를 짓는다.

레이 씨가 코가 군에게 영향받은 것인지 코가 군이 레이 씨를 동경해 닮은 영혼을 키워왔는지——경음부 두 사람의 관계를 아직 잘 모르는 나는 이해할 수 없었지만.

가족과도 같은 온기를 공유하며 우리는 이 날—— 같은 뜻을 품고 일어섰다.

결과는 알 수 없다. 어쩌면 모두 눈물의 수렁에 빠져 절망하는 날이 올지도 모른다. 하지만 지금 이 순간만큼은 우리는 지상에서 가장 행복한 사람이었다.

최고의 청춘 속 한복판에 서 있는 것이다.

"아아—— 본인이 오랜 시간 지켜본 유메노사키 학원의 역사에 새로운 1페이지가 엮이겠구나. 그것은 아직 아무도 보지 못한 새롭고도 가치 있는 1페이지지. 그 역사적인 순간에 함께할 수 있다는 걸 본인은 영광으로 생각하네."

황홀해하며 레이 씨가 눈부신 듯 눈을 가늘게 떴다.

내내 창문을 막고 있던 암막을 힘차게 열고 그는 햇살을 받는다. 이미 해는 져. 햇빛은 황혼으로 물들었다. 흡혈귀 같은 레이 씨에게도 그것은 기분이 상쾌한 것이겠지.

모든 것의 시작을 고하는 서광과도 같은 붉은 빛 속에서——.

"흥분이 멈추지 않는구먼. 부디 본인을 잿더미로 만들 만큼의 빛을 보여 주게나! 고결하고도 사랑스러운 반짝이는 꿈을 품은 샛별들이여!"

소리 높여 외치는 레이 씨의 손에 의해 암막, 무대의—— 이야기의 막이 열린 것이다.

관객은 아직 없다시피 하다.

배역을 받은 우리도 미숙하고 부족하다.

그렇지만 이 순간 확실히 무언가가 완전히 바뀐 것이다.

우리만이 모든 것의 시작을—— 그 빛나는 분위기를 독점하고 있었다.

방과 후의 유메노사키 학원은 죽은 듯 고요하다. 아무도 없는 황야나 디스토피아처럼. 미소도 행복도 우리 주변 외에는 어디에도 보이지 않는다.

하지만 찬란한 미래와 그 새싹이 확실히 깨어나 땅 위에 얼굴을 보였다.

언젠가 그것을 꽃 피우기 위해 우리는 피와 땀과 눈물을 단비처럼 내리게 할 것이다.

Next Stage

"우와. 완전히 방과 후네. 해도 져 버렸어!"

유메노사키 학원의 넓디넓은 교정을 스바루 군의 손을 잡고 걷고 있다. 강아지 꼬리처럼 뿅뿅 흔들리는 오렌지색 머리칼. 몸짓이 일일이 커서 지면에 떨어진 그림자도 상당히 격하게 움직이고 있다.

신사에게 에스코트 받는다기보다는 완전히 개와 산책하고 있는 느낌이다.

배려가 없다. 그가 붕붕 팔을 휘두르는 통에 어깨 관절이 빠질 것 같은 느낌이 들면서도 어떻게든 그의 등을 쫓아간다.

"우리 꽤 오랫동안 경음부 부실에 있었구나. 계속 노래를 불렀더니 역시 목이 쉬어버렸어. 전학생도 피곤하지 않아?"

경음부 부실에서 소규모 돌발 라이브를 한 『Trickstar』^{트릭스타} 멤버들은 각자 레이 씨의 지시에 따라 행동을 시작했다. 호쿠토 군은 경음부의 쌍둥이와, 마코토 군은 코가 군과 특훈을 하고 있다.

그리고 나는 스바루 군과 함께 걷고 있다.

우리가 결전의 무대로 삼아야 할 『S1』은 2주 후에 개최될 예정이다. 여유는 전혀 없다. 일 분 일 초를 소중히 하며 사력을 다해야 한다.

"조금 기운이 없어 보이네. 너무 무리하지 마. 힘들면 꼭 얘기해줘야 된다? 나 그렇게 세심하지 않거든~?"

스바루 군이 갑자기 뒤돌아보더니 내 얼굴을 가까이서 들여다본다.

"말해주지 않으면 몰라. 홋케~라면 여러모로 신경 써줄 텐데 말이야. 내가 전학생과 '단둘이서' 행동해도 괜찮은 걸까?"

호쿠토 군이나 마코토 군과는 뿔뿔이 흩어지게 된 것이다. 따라서 나는 당분간 스바루 군과 함께 행동해야 한다.

"그래도 그게 사쿠마 선배의 지시니까. 잘 부탁해, 전학생 ♪"

태연하게 스바루 군은 나와 이어져 있는 손을 상하좌우로 흔들어댄다.

"……정말 '기운이 없어' 보이네. 괜찮아? 양호실이라도 갈래~?"

지쳐있는 나를 스바루 군이 걱정해준다. 아무래도 나는 지독한 낯빛을 하고 있는 모양이다.

하지만 짐이 되고 싶지는 않다. 그들이 내게, 전학생에게, 『프로듀서』에게 기대한 것의 백분의 일도 해내지 못하고 있지만. 그렇기에 적어도.

"흐~음. 『프로듀서』다운 일을 하나도 못하고 있다는 거 신경 쓰는 거야? 그런 역할은 지금 사쿠마 선배에게 뺏긴 느낌이지~?"

스바루 군이 계속 바라보기에 나는 두서없이 속내를 털어놓았다.

"그래도 괜찮지 않아? 시범을 봤다는 셈 치고 말이야. 전학생은 자신이 할 수 있는 걸—— 하나하나 늘려서 그걸 잘 해주면 되니까."

내 머리카락을 붙잡아 있는 힘껏 헝클어뜨린다.

"함께 성장해가자. 목표는 유메노사키 학원 일등! 일등성이야~☆"

그리고 스바루 군은 피용~하고 달려가 버린다. 그리고 별을 잡으려 하듯 손을 뻗으며 크게 점프했다.

⁂

착지하고서 스바루 군은 반짝반짝 환하게 웃는 얼굴로 돌아보며 날 손짓해 부른다.

"아참~. 일단……. 전학생 혹시 바느질은 잘해?"

바쁘게 말하면서도 또다시 불쑥 다가와 올려다본다.

"아니. 여자애라면 할 수 있지 않을까~하고. 우린 『유닛』을 결성한 지 얼마 안 돼서 전용 의상이 없거든. 꿈에 그리던 『유닛』 전용 의상~ ♪"

두서없는 스바루 군의 설명을 나는 질문해가며 들어본다. 그렇구나. 의상도 필요할 터다. ——아이돌이니까.

"맞아 맞아. 기본적으로 우린 드림페스 같은 데선 학교에서 제공되는 공통 의상을 입는데, 『유닛』은 유닛만의 전용 의상을 입을 수도 있어."

공통 의상이라는 건 어제의 『B1』——그 거친 비공식 시합인 【용왕전】에서 쿠로 씨나 코가 군이 입고 있었던 걸 말하는 거겠지. 교복과 비슷한 색의……

확실히 모두가 그 의상을 입고 있으면 구분하기도 어렵다. 개성도 뽐낼 수 없다. 『유닛』만의 의상이 있다면 그쪽이 좋을 것 같긴 하다.

"전용 의상이 생기면 드디어 진정한 『유닛』이 되었단 느낌? 그래서 동경하고 있어. 공통 의상은—— 다들 똑같으면 재미없잖아? 교내자금으로 구입할 수도 있지만 완성까지 시간도 걸리고 가격도 비싸니까. 직접 만들 수 있다면 저렴한 선에서 가능하잖아~☆"

일방적으로 빠르게 말해서 나는 당황해하면서도 생각해 본다. 의상 제작—— 말로는 못할 게 없다곤 하지만 나도 그들을 위해 무언가 하고 싶다.

미술 관련은 특기분야이긴 하다. 하지만 당연히 아이돌 의상 같은 건 만들어 본 적이 없어서 기초부터 알아봐야 한다. 2주 안에 할 수 있을까?

아냐. 불가능을 가능으로 만들기 위해 『Trickstar』의 모두가 노력하고 있다. 나도 그들의 동료가 되었으니—— 아주 조금이라도 보답하고 싶다.

그 순정에, 기대에 답하고 싶다.

그들과 같은 청춘을, 전장을 공유하고 싶다.

"디자인만 해 줘도 도움이 될 거야. 관심 있다면 생각해 봐. 우리에게 어울리는 멋진 걸로 부탁할게☆"

스스럼없이 내 등을 '팡팡' 때리고는 스바루 군은 눈을 반짝인다.

"그런 느낌으로 뭐든지 좋으니 조금씩이라도 해나갈 수 있었으면 좋겠네! 나도 힘낼 테니까. 전학생도 힘내자! 꿈이 커지는 걸~. 두근두근해! 전학생도 그랬으면 좋겠어☆"

또다시 내 얼굴을 들여다본다. 무언가를 기대하는 듯.

나는 조금 마음에 걸렸다. 스바루 군은 단순히 허물이 없고, 남자애다운 스킨십에 익숙한 거라 생각했었다. 하지만 무언가 달랐다. 내 얼굴을 가까이서 바라보는 그의 눈동자는 기묘하게 공허했다.

불안한 듯, 슬픈 듯, 절망이 가득했다.

"아하하. 아직 우울한 얼굴이네. 웃어 웃어! 좋아. 내가 재밌는 표정 보여줄게! 봐봐. 으헤헤~☆"

내 의문을 가로막듯 스바루 군이 빙글 뒤로 돈 후 다시 보여 준 얼굴은 굉장히 우스꽝스러운 표정이었다. 입술을 삐죽이며 두 눈은 각자 다른 방향을 향하고 있다.

"……아하하. 웃질 않네. 어쩔 수 없지. 전학 오자마자 갑자기 거센 파도처럼 성가신 일에 휘말려버렸으니 말이야~?"

스바루 군은 그런 해석을 하며 멋대로 납득해 준 모양이지만.

아까 순간적으로 엿본 신비한 여운을 남기는 그의 표정은 내 망막에 새겨져 사라지지 않았다.

항상 환하게 웃는 그가 왠지 금방이라도 울기 시작할 것만 같아서——.

"앞길은 알 수 없고 적은 강하고 옆에 있는 건 나같이 알 수 없는 녀석! 전학생이 우울해지는 것도 어쩔 수 없겠지?"

쓸데없는 움직임을 그만두고 스바루 군은 다시 걷기 시작한다.

둘이 나란히 모든 생물이 멸종해버린 것 같이 조용한 유메노사키 학원 운동장을 걷는다.

어깨를 나란히 하고 황혼의 시간을.

"하지만 말이야. 우린 전학생이 오기 전보다 훨씬 좋아졌어. 미래가 있으니까. 꿈이, 희망이 있으니까. 앞으로 나아갈 수 있으니까. 같은 곳에서 제자리걸음 하지 않아도 되니까."

혼잣말처럼, 아까까지의 활기가 거짓말이었던 것처럼 스바루 군은 담담하게 말한다.

"그래서 나도 전학생에게는 굉장히 감사하고 있어. 홋케~도 웃키~도 모두모두 널 기다렸어. 조류가 변하기를, 출항할 시기가 오기를 기다리고 있었어. 전학생 스스로는 잘 모를 수도 있겠지만——."

어깨너머로 이쪽을 보며 스바루 군은 진지하게 말해주었다.

"시간이 멈춰버린 것 같았던 이 학원을, 우릴 움직이게 해 줬어. 가능성을, 미래로 향할 수 있는 문을 열어줬어. 지금까지 유메노사키 학원에는 없었던 여자애인 데다 『프로듀서』고——게다가 우리 반에 와 줬어! 기뻐. 조금 운명 같다 생각해 ♪"

취한 것처럼 흐늘흐늘하게 웃으며.

하지만 언동과는 반대로 전혀 가볍지 않은 목소리로 이야기하고 있다.

"갑자기 무거운 짐을 지게 돼서. 구세주니 뭐니 떠받들어져서―― 당황할지도 모르겠지만. 우리는 정말 네게 기대하고 있어."

그리고 전학 첫날 교실에서 나를 태양 같은 미소로 맞아주었던 때와 같은 움직임으로―― 뒤돌아보며 대환영이라 말하는 것 같은 포즈를 취해주었다.

"아니, 감사하고 있어! 다시 한번 유메노사키 학원에 온 걸 환영해 ♪"

또다시 손을 잡아주었다. 뜨겁고도 무거운 감정의 모든 것을 어떻게 해야 할지 몰라 곤란해 하며 내게 그대로 쏟아내는 어린아이나 동물 같은 그를―― 나는 뿌리쳐서는 안 된다고 생각했다.

익숙하지 않은 이성과의 접촉이 부끄럽다 해도. 그들의 기대와 희망이 얼마나 무겁고 무섭더라도. 이 온기를 소중히 해야 한다.

"아직 자신이 누구인지, 무엇을 해야 좋을지 모를 수도 있어. 그런 것도 함께 찾아갈 수 있었으면 좋겠어. 절대로 지루하게 하지 않을 거고. 완전 즐겁게 해줄 거야. 반짝반짝한 걸 많이많이 선물해줄게!"

저녁 무렵의 반짝임을 반사해 전신에 불꽃 같은 정열이 피어오르며.

꽃처럼 활짝 핀 웃음으로.

아케호시 스바루 군――제일 처음 나를 맞아주었던 클래스메이트는 뒷걸음칠 정도로 바싹 다가와 말한다.

"가득가득 네게 반짝임을 줄게! 행복한 청춘을 줄게! 아니 함께 달려나갈 수 있을 거라 믿고 있어~ ♪"

상처 하나 없는 보석 같은—— 눈이 부실 것 같은 미소에 나는 아직 넋을 잃고 바라볼 수밖에 없지만.

적어도 절대로 놓치지 않도록 그의 손을 꼭 잡으며 걸어간다.

아주 잠깐 말없이 걸었다.

스바루 군이 말을 하지 않으면 정말로 조용하다는 사실을 뼈 저리게 실감한다. 나는 서로 말이 없더라도 신경 쓰이지 않는 타입이지만 스바루 군은 근질근질한지 어깨를 흔들며 이쪽을 몇 번이고 바라본다.

아직 손은 그대로 잡은 채.

그저 나무판자 한 장에 몸을 맡기고 어두운 바다 위를 둘이서 표류하고 있는 것처럼.

우리는 서로를 가까이서 바라보며 지금까지 전혀 다른 세상에서 살아왔었는데 이렇게 만나게 된 신기함을 그저 음미하고 있다.

"……아하하. 나는 옛날부터 많이 어려워했었거든. 우울해지거나, 고민하거나, 곤혹해 하거나 하는 느낌을 잘 모르는 데다 공감하지 못해."

부자연스러운 미소를 지우고 스바루 군은 혼잣말처럼 중얼거리고 있다.

　"어쩌면 인간으로서 결함이 있는 건 아닐까 하고……. 희노애락 중 무언가가 쏙 빠진 느낌이 들어. 그래서 주변 사람들에게 자주 상처를 주곤 해."

　나는 맞장구를 치는 것도 하지 못하고 그저 듣고 있다.

　예전부터 추임새를 넣거나 같은 화제로 신나게 이야기하는 게 서툴렀다. 여자애들은 모두 수다쟁이지만 나는 따라갈 수 없었다. 그저 웃으며 뭐든지 다 알고 있는 척을 하며 공기처럼 떠돌고 있었다. ──유메노사키 학원으로 전학 오기 전에도.

　대화에, 교류에 섞여들지 못했다. 조용히 손을 맞잡고 있는 것만으로도 좋았다.

　하지만 누군가가 들어줬으면 좋겠다고 생각하여 나온 소중한 목소리를 적어도 놓쳐서는 안 되었다.

　"난 가라앉아 있는 것보다 즐거운 게 좋아. 울고 있는 것보다 웃는 게 좋아. 어두운 것보다 밝은 게 좋아. 침울해하고 있는 것보다 반짝반짝 빛나는 게 좋아."

　해질녘이라 서로의 윤곽마저 애매해져 우리는 녹아 함께 섞여 버리는 것 같았다. 스바루 군의 마음이 내 안에 자연스레 들어온다.

　"나한텐 그게 당연해서 다들 그럴 거라고 생각했어."

　무서울 정도의 일체감. 그러니 이건 역시 대화가 아니라 독백이겠지. 양호실에서 호쿠토 군의 마음속 이야기를 들었던 것처럼 나는 그저 일방적으로 그의 마음을 파헤친 것이다.

"하지만 달랐어. 다른 사람들은 괴로워하거나 고민하기도 해. 그게 편안하다고 느낄 때마저 있어. 난 그걸 몰랐어. 그래서 예전에…… 모두와 만나기 전 1학년 때 난 반에서 소외된 존재였어."

나는 정말 아무런 대답도 할 수 없었다.

"그땐 모두 나와 같을 거라 생각해서 웃자, 즐기자, 신나게 놀자, 반짝이자고 계속 말했었어. 지금도 그 버릇을 고치진 못했어. 그런 말이 무거운 짐이 되는 사람도 있다고 배웠는데. 모르겠어. 아직 실감이 나질 않아."

주변 사람들도 그런 그에게 어떻게 대응해야 좋을지 몰랐던 거겠지.

외계인 같은 그를 호쿠토 군과 모두가 발견해 안아주기까지는. 그는 오랜 시간 동안 아름다운 그저 빛을 내기만 하는 별똥별로서 떠돌고 있었다.

천천히 부서져 가면서.

"그건 조금 슬퍼. 이게 아마 '슬프다'란 거겠지. 난 그 감정을 몰랐어. 웃으며 행복하다는 말만 내세우면서……. 하지만 의식하지 못했을 뿐 마음은 슬프고 아팠을 거라 생각해."

언제나 해맑게 웃던 스바루 군. 하지만 그 미소 속에는 깊이를 가늠할 수 없는 공허한 어둠이 펼쳐져 있다. 영겁의 고독이 그를 갈기갈기 찢고 있다.

"아픔을 눈치채지 못하고, 그런데도 계속 상처를 입어서…….

내 마음은 기이하게 일그러져서 이상하게 변했어. 그걸 알게 해준 게. 홋케~, 웃키~, 사리~야."

거기까지 말하고서 스바루 군은 미소 지었다. 설산에서 조난된 후 드디어 따뜻한 난롯불을 쬘 수 있게 되어 안심하는 여행자 같았다.

"소중한 동료야. 내 인생을 구해줬어. 그러니 은혜를 갚고 싶어. 난 웃으며 노래하는 것밖에 못하지만. 최선을 다해 모두의 꿈을 이뤄주고 싶어."

그런 기능밖에 없는 기계처럼 그는 웃고 있다.

아이돌답다고 간단한 말로 아는 체를 할 수도 없다. 보는 것만으로도 불안해질 것 같은, 무서운 미소였다.

"웃는 얼굴이 최고라고 생각하니까. 모두 행복해지기 위해 살고 있는 거라 믿고 있으니까. 반짝반짝 빛나고 있는 게 난 역시 좋으니까."

그의 미소는 언제나 우리들을 비춰준 반짝임이다.

스바루 군은 있는 힘껏 받았던 온기를 돌려주려고 하고 있던 것이다.

"예전에 교실 안에서 혼자 피에로처럼 계속 말해왔던 것들……. 나 스스로라도 긍정하지 않으면 과거의 내가 너무나도 불쌍해."

그는 전장에 서서 소중한 동료들과 꿈을 지키기 위해 싸우고 있다. 그리고 분명 과거의 자신을 구하기 위해.

앞을 바라보며 걷고 있다.

"그러니까 이건 날 위한 일이야. 난 먼저 과거의 날 긍정할 거야. 그러고 나서 동료들에게 은혜를 갚을 거야. 마지막으로 온세상에 반짝반짝한 꿈을 가득 퍼트릴 거야."

야망을 가슴에 품고 스바루 군은 외쳤다.

"반짝이게 할 거야, 이 세상 전부를!"

별을 움켜쥐듯 손을 머리 위로 뻗는다. 아직 그 손바닥에는 아무것도 잡히지 않는다. 닿지 않는다. ──그래도 그는 분명 포기하지 않는다. 어리석고도 고귀한 삶의 방식이었다. 누구보다도 고독하고 차가운 어둠 속에 있었기에 반짝이는 빛을 원하는 것이다.

나는 부족하게나마 그의 손을 단단히 쥔다.

나도 웃는 것밖에 할 수 없다. 말하는 게 서툴고 제대로 된 커뮤니케이션도 할 수 없다. 하지만 공허한 반짝임이라도 둘이 나란히 서면 별자리가 생긴다.

우리는 외로이 타버리기만 하는 별똥별이 아니다.

"도와달라고 말하지 않을게. 공감해달라고는 하지 않을게. 그저 내가 이런 녀석이라는 걸 알아줬으면 좋겠어. 앞으로 함께 동료로 지낼 테니까."

거기서 처음으로 내 존재를 떠올려낸 것처럼 그는 손을 마주 잡아준다.

온기를 공유하며, 나도 진정한 의미로── 그들의 동료가 될 수 있을까.

"너에 대해서도 알고 싶어."

소중한 듯 스바루 군은 쥐고 있던 내 손을 자신의 뺨으로 가져간다. 처음으로 만진 스바루 군의 웃는 얼굴. 그 뿌리에—— 소중한 것에 관여할 수 있게 해 주었다.

　왠지 신기해서 나는 스바루 군의 볼을 부드럽게 쓰다듬었다.

　그는 곤란한 듯 싱긋 웃고는 다시 힘차게 걷기 시작한다.

　"앗, '강당'이 보이기 시작했어. 시노농의 드림페스를 보러 가기로 약속해버렸으니 말이야~. 전학생도 같이 가자! 이미 데려오고 나서 얘기하긴 좀 그렇지만!"

　앞을 가리키며 나를 끌고 가 준다.

　이끌어준다. 분명 어디까지라도.

　"당분간은 함께 동고동락해야 할 것 같으니까 잘 부탁해, 파트너♪"

　윙크하며 일등성처럼 반짝이는 미소를 지어 보인다.

　우리가 향하는 목적지에는 '강당'이 있다.

후기

안녕하세요. 『앙상블 스타즈!』 시나리오 담당 아키라입니다.

본작은 모바일 게임 『앙상블 스타즈!』의 메인 시나리오에 바탕글을 추가하고, 가필 수정해 소설로 재탄생시킨 것입니다.

원작 게임에서 플레이어의 분신인 '전학생(시나리오 상 디폴트 네임은 『안즈』)'은 비주얼(용모)도 없는데다 거의 한마디도 말을 하지 않습니다. 게임 내의 선택지 등을 통해 발언 비슷한 게 표시되는 일은 있지만요.

그 선택지도 플레이하시는 분에 따라 무엇을 고를지는 천차만별일 거고 이름마저도 변경 가능. 세상에 다양한 종류의 사람이 존재하듯 모든 플레이어분들께 각자의 '전학생' 상이 있을 거라 생각합니다.

따라서 소설판은 편의상 일인칭('나' 시점)으로 작성되어 있지만 어디까지나 이건 '아키라가 생각하는 전학생'이다…….라는 방향으로, 인식해주시면 좋겠습니다(이 '나' 외의 인물은 가짜라고 여겨지는 건 의도하는 바가 아닙니다).

얼굴을 핥으면 놀라는 정도의 반응은 하는 그런 최소한의 인간다운 심리 표현은 보이고 있지만……. 아키라의 인식에서는 기본적으로 전학생은 '투명한 존재' 입니다.

아키라

설판 발매 축하드립니다! 게임 이외의 장소에서
키라 선생님의 앙스타를 읽을 수 있어 정말로 기쁩니다…!
만화라는 형태지만 이 작품에 참여할 수 있어 정말로 영광이고
명의 팬으로서도 앞으로도 유메노사키 학원의 모두를 사랑하고 싶습니다 ♪
화판은 월간ARIA(코단샤 간행)에서 연재 중.

ⅹⅳ 코믹에서도 유닛, 부활동 등에 초점을 맞춘 쇼트 코믹을 연재중입니다.
16년 상반기에는 코믹스 1권도 발행예정이니 잘 부탁드리겠습니다!

사요 이치

앙상블 스타즈! 청춘의 광상곡

2018년 10월 25일 제1판 인쇄
2022년 02월 10일 제3쇄 발행

지음 아키라 | **원작 · 일러스트** Happy Elements 주식회사 | **옮김** 이미지

발행 영상출판미디어(주)
등록번호 제 2002-000003호
주소 21315 인천광역시 부평구 부평대로 283 A동 702호
전화 032-505-2973(代) | FAX 032-505-2982

ISBN 979-11-319-8606-6
ISBN 979-11-319-8605-9 (세트)

구매 시 파손된 도서는 구매처에서 교환하실 수 있습니다.
기타 불편사항, 문의사항이 있으신 독자님께서는 노블엔진 홈페이지
[http://novelengine.com] 에서 Q&A 게시판을 이용해 주시기 바랍니다.

노블엔진(NOVEL ENGINE)은 영상출판미디어(주)의 라이트노벨 및 관련서적 브랜드입니다.

앙상블 스타즈!
작품리스트

◆

(글: 아키라 / 그림 : Happy Elements)

문호 스트레이독스
공식 가이드북 개화록&심화록

TV애니메이션 「문호 스트레이독스」 완전 독본이 등장했다!

나카지마 아쓰시, 다자이 오사무를 비롯한 캐릭터의 궤적을 자세히 분석한 스토리 해설,

세계를 채색하는 미술 설정. 이 책에서만 읽을 수 있는 상세한 설정 소개 등의 내용이 가득하다.

치밀하게 구축된 「문호 스트레이독스」의 세계를 더욱 깊이 즐기기 위한 공식 가이드북이 합본으로!

제1기를 다룬 「개화록」과 제2기의 암흑시대 편, 길드 편을 다룬 「심화록」을 함께 소장할 수 있는 기회!

**제작진×성우×원작자들의 토크, 대담도 가득 담긴
문호 스트레이독스 애니메이션의 모든 정수가 바로 여기에!**

아사기리 카프카, 하루카와 산고 원작 / 문호 스트레이독스 제작위원회

NOEN COMICS

문호 스트레이독스

글 / 아사기리 카프카   일러스트 / 하루카와 산고

· 다자이 오사무의 입사 시험 · 다자이 오사무와 암흑 시대 · 탐정사 설립 비화 · 55Minu

노블엔진에서 호평 발매중!

무장탐정사와 포트 마피아의 과거들
최강 태그로 완전 노벨라이즈!!

◆ 다자이 오사무와 암흑 시대

탐정사의 명콤비 (!?)
구니키다와 다자이의 만남편!!

◆ 다자이 오사무의 입사 시험

헤매고, 발버둥치고, 외쳤다. 왜냐하면 나는 살고 싶었으니까.
요코하마를 덮은 안개 속에서, 무시무시한 악몽이 태어난다!

문호 스트레이독스
DEAD APPLE
1

세계 각국에서, 이능력자가 잇달아 자살하는 괴사건이 발생했다.
현장에는 모두 불가사의한 「안개」가 발생.
사건에 관여한 것으로 의심되는 남자의 이름은 시부사와 다쓰히코.
「컬렉터」라고 불리는, 수수께끼에 휩싸인 이능력자였다.
그에 더해 다양한 사건에 암약하는 마인 · 표도르의 모습도 언뜻언뜻 보이는데……
요코하마가 무시무시한 악몽에 휩쓸리려 하고 있다——.

「문호 스트레이독스」 시리즈
첫 번째 극장판 애니메이션의 만화화 시동!!

간지이 만화 / 문호 스트레이독스 데드 애플 제작위원회 원작